歡迎光臨休南洞書店

黃寶凜 황보름 著
簡郁璇 譯

어서 오세요, 휴남동 서점입니다

少了書店的小鎮，就不是小鎮。
它雖能自稱小鎮，
但內心卻很清楚，它騙不了靈魂。

——尼爾．蓋曼（Neil Gaiman），英格蘭猶太裔小說家

目錄
CONTENTS

目錄
CONTENTS

好評推薦

「一家書店傳遞的，不只是書頁、知識、故事而已，還有書店主人的解讀、品味，以及想豐沛每位來店讀者的渴望。身為資深讀者，書店對我來說不僅是書籍的中介，也是心靈的庇護所。期待看完這本小說的讀者們，都能找到如同休南洞書店般、讓自己平靜且能找回能量的心靈遊樂場吧！」

——B編，編笑編哭

「休南洞書店的人們，在平凡的日常對話中帶出智慧的啟示，所有的迷惘都能在此書中，找到屬於自己的前進或停留。」

——山女孩Kit，作家

「這是一本貼近書店生活日常的小說，以書店做為開店夢想的中心，反思書店存在於社會的意義，不僅是遮風避雨之處，更是心靈得以寄託的地方。」

——李世傑，三民書局復北店襄理

「每一個愛書人心中都有一間書店，尤其休南洞書店簡直是夢幻存在。我喜歡書裡英珠每一個小小的煩惱及在書堆裡得到的安慰，像極了我們每天的日常。」

——芒果，金石堂網路書店文學迷書店員

「好想現在就出發，找一間家裡附近的小店，用一杯咖啡、一本書的時間，找回久違的療癒時光！」

——哈利，博客來文學小說企劃

「在生活上感到徬徨無助時，無論多麼細微的感受，我都推薦此書。書中人物的煩惱看似與我們無關，其實都是我們的縮影。隨著每一位角色生活及內心的變化，自己的心境也會跟著轉變，闔上書後不知不覺被療癒了，是這本書神奇的地方。邀請大家不妨一起進入休南洞書店這個療癒空間，或許會對人生有不同的感想及啟發。」

——李伊苹，誠品書店櫃服助理

「其實你我都相同，都渴望一本書，一個從這裡逃往那裡的契機，且不管那裡為何方。從書店窗外往裡面看著店員猶如另一個世外桃源，而這本書散文式的篇章卻能帶讀者體會窗內的點點滴滴，匯聚成書店的是對生活的焦慮或熱愛，我想兩者皆是。『畢竟端詳自己內心是一件困難的事，即便是讀了書。』看到這兒的我會心一笑，都以為書能解答一切，其實打開書的同時是在找回走失的自己。希望你也能在這本書中找到心之所向。」

——書萍，誠品園道店圖書管理專員

「『作家是每天懷疑自己沒有寫作才能的普通人』，書店與店員是經世事打撈的引路人，細細過篩書海中的暢銷與不暢銷書，為讀者擺上驀然回首發現自己需要的，就算讀了也不會成為成功人士的故事。若身體傾塌動彈不得、覺得人生想必出了什麼問題，找不到一席之地的時候，試著在文字裡踏入這樣的書店、與這些溫暖善良的人們相遇吧，或許微笑鼻酸，那個因故事感動且平靜的你，無比珍貴。」

——林珈聿，誠品線上圖書企劃

「每個人都像是一座孤島，而休南洞書店卻巧妙地搭建起了無形的橋梁，使每一個來到這裡的人，都可以透過店長推薦的書，以及與書店的邂逅從而寬慰起疲乏的內心，獲得滋養，笑著捧起每一個明天。」

——陳虹池，讀冊生活圖書產品經理

歡迎光臨休南洞書店

어서 오세요, 휴남동 서점입니다

1｜書店應該是何種樣貌呢？

有位弄錯營業時間的客人在書店外頭徘徊，他隨即彎下腰桿，舉起手掌擺在額頭上遮陽，探看書店內的動靜。英珠馬上認出那是一週會光顧兩三次，下班後總是穿著西裝上門的顧客。

「您好。」

聽到突如其來的招呼聲，男人嚇了一跳，定在原地轉過頭，發現了英珠的身影。認出英珠之後，男人連忙將手收回，挺直身子站好，有些難為情地笑了。

「之前都只在晚上來，我還是第一次在這時間來。」

見到英珠默默露出微笑，男人說。

「先不說別的，中午才上班這點真令人羨慕呢。」

英珠輕輕地笑著回答：「很多人都這麼說。」

滴滴滴滴滴滴。英珠按下密碼時，男人刻意迴避視線轉向他處，直到聽見大門開啟的聲音才又轉過頭。先前只能透過手掌遮光細看書店內部的男人，露出了放鬆的和悅表情。英珠將大門徹底敞開，對著男人說：

「一整夜下來，店內大概沾上了一些夜晚和書本的氣味。如果不介意，就請您進來逛逛吧。」

聽到英珠的話後，男人輕輕地搖了搖雙手，腳步往後退。

「啊，沒關係，再怎麼說都不能在非工作時段妨礙您。我之後再來。不過，今天天氣真的好熱啊。」

英珠察覺到陽光照射在手臂上的灼熱感，同時像是很感謝男人這番體恤似地露出淺淺的微笑，接著應和男人說的話：

「才六月就已經這麼熱了呢。」

短暫目送客人離去的身影後，英珠走進書店。她的心情很好，整顆心都在高興地迎接這個工作場所。英珠全身上下的所有感覺都對這個地方感到舒適自在，她決定再也不從意志或熱情等字眼上尋找意義，因為她明白，自己應該仰賴的，不是重複訴說這些鞭策自己的字眼，而是身體的感覺，包括身體是否肯定這個空間；在這個空間，我是否以自己而存在著；在這個空間，我是否不會冷落自己；在這個空間，我是否珍愛自己？此處，這間書店，對英珠來說就是滿足這些條件的空間。

不過，天氣真的好熱啊。儘管如此，在打開空調之前仍有待辦事項——送走過去的空氣，並迎接新的空氣。何時才能擺脫過去呢？努力擺脫也是一種貪欲嗎？儘管這個如習慣般浮現的念頭讓英珠感到心情沉重，但她也很習慣地積極推開這個念頭，然後逐一將窗戶打開。

轉眼間書店就充滿了溼黏悶熱的空氣。英珠用手朝臉部搧風，掃視一圈整間書店。假如自己是今天初次來到這裡的客人，會不會喜歡這個地方呢？會不會認為這個地方介紹的書籍值得相信、閱讀呢？想要讓客人信賴書店的話，書店應該是何種樣貌呢？

萬一自己是初次來到這裡的客人……果然最心儀的會是那個書櫃吧？那是個占據一整面牆、只擺滿小說的書櫃，像她一樣喜歡小說的人都會愛上吧。英珠是開了書店之後才知道，原來愛書人之中有不少人是不讀小說的。如果是不愛小說的人，想必連那面書牆的周圍都不會靠近吧。

填滿一整面牆的書櫃，等於是實現了英珠兒時的夢想。在她沉迷於閱讀之樂的小學時期，曾吵著要爸爸讓她擁有一個四面牆都擺滿書本的房間，但爸爸斥責年幼的女兒說，就算是書也不可以太過貪心。年幼的英珠雖然知道爸爸是想改正女兒耍賴的惡習，才刻意板起嚴厲的臉孔，但她仍經常被爸爸的表情嚇得哇哇大哭，最後在爸爸的懷中沉沉睡去。

英珠原本將身體靠在展示櫃上望著書牆，但這時她轉過身，朝著窗戶的方向走去。空氣流通得差不多了，英珠按照平時的習慣，從最右邊的窗戶開始依序關上，接著打開空調，在音樂網站上播放向來聆聽的音樂，英國團體基音樂團（Keane）的專輯《希望與恐懼》（*Hopes And Fears*）。這張二〇〇四年就發行的專輯，英珠卻是到了去年才初次聽到，但她一聽就徹底愛上了，所以幾乎每天都會聽。主唱慵懶卻帶有迷幻氛圍的嗓音填滿了整間書店，今天這一天開始了。

2 | 如今可以不用再哭泣了

英珠在櫃檯旁邊的書桌前坐了下來，打開了電子郵件，打算確認一下網路訂單量有多少。確認完之後，她看了昨夜事先寫下的備忘錄。根據優先順序寫下當天待辦事項的習慣，是在高中時養成的，假如以前做備忘錄是為了完美掌握一整天的時間，現在則是為了讓心情平靜下來才寫。看完依照優先順序排列的待辦事項後，就會產生今天也會過得很棒的自信。

書店剛開張的幾個月，英珠甚至連要做備忘錄這件事都忘了。那段時間彷彿靜止般，只是勉強一天撐過一天罷了。直到開書店之前，英珠都像是被什麼迷惑似地充滿幹勁，不，神智不清的說法似乎更貼切。是「我要開書店」這個念頭驅趕了其他想法。幸好英珠是個一旦有專注的目標就會全力以赴的人，目標鞭策她向前奔馳，而且就在決定地點、尋找建物、做室內裝潢、進書的空檔，她甚至取得了咖啡師的證照。

在休南洞的住宅區內，休南洞書店開張了。

可是英珠卻只是把門打開，幾乎什麼事也沒做。書店就像是一頭受傷的動物般大口喘著粗氣，沒有半點活力。儘管書店隱約散發的氛圍吸引了街坊鄰居，但要不了多久，書店的大門前就門可羅雀了。這是因為英珠就像個體內連一滴血液都不剩的人，呆坐在店裡的緣故。當街坊鄰居開門走進來時，就會感覺自己似乎侵犯了她的個人空間。雖然英珠的臉上掛著笑容，卻沒有任何人同樣以笑容回應。

儘管如此，仍有些人看出英珠的笑容並不是裝出來的，民哲媽媽就是其一。

「老闆娘坐在那裡納涼，顧客怎麼會上門？賣書也是在做生意，只知道像一尊雕像坐著怎麼行？以為賺錢有這麼容易嗎？」

民哲媽媽生得一張漂亮的臉蛋，又喜歡穿得很華麗，她一週會到文化中心上兩次中文課和畫畫課。課程結束後，她總會在回家的路上走進書店，觀察英珠的氣色怎麼樣。

「今天有好一點嗎？」

「我本來就很好啦。」聽到民哲媽媽的語氣中充滿擔憂，英珠露出淡淡的笑容說。

「哎喲，妳知道大家聽到社區開了書店有多開心嗎？不過，一個病懨懨的小姐像少了根螺絲釘似地，無精打采地坐在那邊，客人怎麼敢上門？」

民哲媽媽一邊說，一邊從閃亮亮的手提包中取出閃亮亮的皮夾。

「我看起來像是少了根螺絲釘嗎？那好像也不錯耶。」

英珠像是要讓民哲媽媽知道自己是在開玩笑，刻意用誇大的語氣說話，民哲媽媽見狀，忍不住發出嘖嘖兩聲，接著像是拿英珠沒辦法似地噗哧笑了。

「妳還是給我一杯冰美式吧。」

英珠一邊結帳，一邊貌似認真地說了下去：「我本來是個過度完美的人，所以才故意想讓自己看起來傻乎乎的，看來這招不管用呢。」

聽到英珠的話後，民哲媽媽似乎覺得很有趣，提高了音量。

「該不會有人告訴妳，我喜歡很會開玩笑的人吧？」

英珠像是在表達「隨妳怎麼想囉」似地，睜大有細細雙眼皮的眼睛，很識相地閉上了嘴。民哲媽媽心情很好地露出笑容並瞟了英珠一眼，她將身體倚靠在桌面上，一邊看著英珠泡咖啡的模樣，一邊自言自語：

「仔細想想，我也曾經這樣，整個身體都垮了，也提不起勁。生完民哲之後，有段時間就像病人似的。不過，說是病人也沒錯啦，畢竟全身上下到處都在痛。可是，我能理解身體生病，卻不懂為什麼心會生病。現在回想起來，那時應該是得了憂鬱症。」

「妳點的咖啡好了。」

見到英珠正打算替外帶杯蓋上蓋子，民哲媽媽跟她說不必了，直接把吸管插在杯子裡，接著就在咖啡區的桌子前坐下，英珠也在民哲媽媽的對面坐了下來。

「雖然是個病人，但又不能表現得像個病人，所以才更痛苦。我覺得自己很委屈，也沒辦法說出自己生病了，所以每天晚上都在哭。我在想，假如當時我也能像妳一樣成天無精打采地坐著，不知道會怎麼樣。想必那樣就能更早一點結束哭泣的日子吧。我真的哭了很長一段時間，想哭的時候就應該要哭，心在哭泣時，就應該要哭，要是憋在心裡，復原得就慢。」

英珠只是靜靜地當個聆聽者，民哲媽媽一口氣把冰涼的咖啡吸光了。

「說到這，還真羨慕妳呢，能擁有這樣的時光。」

就像民哲媽媽說的，剛開始幾個月英珠經常哭泣。當眼淚的水龍頭打開之後，英珠就任由淚水去流，等到有客人上門時，她再若無其事地擦去淚水，迎接客人。客人們都假裝沒看見英珠的淚水，他們並沒有過問：「妳為什麼哭呢？」只是露出了「她會哭泣一定是有什麼原因吧」的表情。確實是有原因，英珠也明白這點，而且這個原因會有很長的時間，不，或許它會一直在英珠的身邊打轉，令她傷心一輩子。

流淚的原因雖然還在過往的那個位置上，英珠卻在某一天驀然發現自己不再哭泣了。想到自己可以不必再哭泣，心情變得輕盈起來，無精打采坐著的日子也慢慢逝去了。早上起來之後，要比昨天多了一點力氣，卻沒有任何想立刻為書店做點什麼的心思，英珠反倒是一頭熱地鑽進書本的世界。

就像兒時那般，把想讀的書堆放在身旁，時而嘻嘻笑個不停，時而露出聚精會神的表情，日夜不分地沉浸在閱讀之中，甚至把媽媽吆喝趕緊吃飯的呼喊聲當成耳邊風，把肚子的飢餓感全拋到腦後，目不轉睛地享受閱讀的樂趣。倘若能夠再次找回這份遺忘多時的樂趣，或許英珠就能重新開始。

直到國中畢業之前，英珠只要有空就會閱讀，而忙碌的父母則是任由英珠窩在家裡的某個角落讀書。直到家中的小說都讀完之後，英珠開始跑圖書館。閱讀充滿樂趣，特別是讀小說時一點都不費力，就像是去了另一個世界旅行回來似地，讓人興奮不已。儘管從其他世界回到現實世界時，會彷彿突然被逐出甜美的夢境般難過，但也不必難過太久，因為只要翻開書頁，隨時都能再次去旅行。

在沒有客人的書店中閱讀，英珠不由得回想起自己十幾歲的時候，並露出了微笑。她一邊心想著，現在這個年紀，就連要看個書都不容易了，一邊用手掌輕輕按壓乾澀的眼睛。眨了幾次眼睛之後，英珠再次開始閱讀。就像與兒時分離的好友重修舊好似地，英珠全心全意地投入閱讀，從早晨起床到晚間入睡，都與書本這位好友難分難捨。

經過形影不離的相處，疏遠的關係很快就破冰，彼此恢復了過往情誼。書本接納了英珠，而且不只如此，還給了她溫暖的擁抱，就像無論英珠是什麼樣的人都無所謂，書本理解了她原來的樣子。英珠就像是一天三餐都好好吃飯的人，感覺到內心變得強壯起來，她帶著變得強壯的心抬起頭，這才得以用客觀的視角看待書店的狀況。

——我承認自己這段時間太疏忽書店了。

因為書櫃上就連一半都沒填滿，英珠勤快地將書櫃填滿，並向各家出版社訂購少量的好書。在已經讀過的書本上，她會插入寫上心得的紙條，至於沒讀過的書本，也會閱讀評論集、書評集與網路評論，事先了解其他讀者的心得。當客人問起英珠不知道的書時，她也會在事後尋找那本書。與其說是為了吸引更多客人上門，英珠先把重點放在讓休南洞書店具備書店的樣子。

慢慢地，社區居民也不再投以懷疑的目光，一些敏銳的人可以感覺到書店正在改變，每次光顧時，書店都變得更溫馨一些，也成了來往的人們會想進來一探究竟的空間。最重要的是英珠的表情起了變化，如今店內已沒有不停掉著眼淚，讓上門的客人們措手不及的英珠。

不只是社區居民，還有專程跑來逛書店的人。看到有三四名客人在閱讀，民哲媽媽開心地問：「他們是怎麼知道這裡的？」

「說是看到ＩＧ之後找來的。」

「妳有在經營那個哦？」

「是我插在書本上的紙條，我會把上頭寫的內容上傳到ＩＧ。」

「這樣做之後，客人就特地跑來這？」

「我會上傳各種內容，早上上班就向大家說聲早安，如果有正在讀的書就介紹一下書，偶爾也會抱怨說很累，下班時就跟大家說我要下班了。」

「我真搞不懂現在的人，只因為這樣就特地跑到這裡？不管怎麼說，真的是幸好，還以為妳只會傻傻坐在店裡，看來確實有在做點事。」

不把書店放在心上時，沒有什麼事可做的，但真正在意起來，就發現事情怎麼樣都做不完。從上班到下班為止，手腳都得忙個不停，特別是忙書店的工作時，中途要是收到咖啡的訂單，英珠就會忙不過來。經過好幾次分身乏術、手忙腳亂的狀況，英珠在書店附近找了幾處地方，貼上了咖啡師的徵人啟事，然後就在隔天，閔俊來了。英珠嘗了閔俊沖泡的咖啡之後，當天就撤掉了徵人啟事，閔俊也從隔天開始上班。那是書店開張一年左右的事。

在那之後又過了一年。五分鐘後，閔俊就會開門進來，而英珠將會一邊喝著閔俊替她泡的咖啡，一邊閱讀，直到書店開張的下午一點為止。

3 今天的咖啡是什麼風味？

閔俊一邊欣羨地望著以迷你電風扇消暑的男人，一邊朝著書店走去。天氣實在太熱了，走在火辣逼人的烈陽底下，就連頭頂都感到發麻。記得去年好像沒有這麼熱啊，不是嗎……閔俊努力回想去年這時候的天氣，同時也想起了走在這條路上時，偶然看見「徵求咖啡師」徵人啟事的那一刻。

【徵求咖啡師】
一天工作八小時，一週五天
薪資面議
只要能泡出美味的咖啡，歡迎你前來應徵

由於眼下迫切需要工作，閔俊隔天就去了那家書店。無論是要泡咖啡、要搬運物品或打掃廁所，又或者是製作漢堡、運送包裹、刷條碼的工作，對閔俊來說都無所謂，不管任何工作，只要能賺到錢就行了。

他選在感覺最不會有客人上門的下午三點打開書店大門，走進店內，果然如他所料，店內一個客人都沒有。看起來像是店主人的女人坐在咖啡區的方形桌前，正在手掌般大小的便條紙上寫字。聽見有人進來的聲音，女人抬起頭，用眼神打了招呼，臉上自然散發的微笑似乎正在對他說：「請慢慢逛，我不會妨礙你。」

看到貌似店主人的女人再次開始提筆書寫，閔俊決定不急著表明來意。就先逛逛書店吧。以社區書店來說，規模算是滿大的，每個角落都有擺放椅子，所以不必看人臉色，可以坐下來好好看書。占滿右側牆面的書櫃延伸到了另一面牆的三分之一，在大門的兩側，則擺著配合窗戶高度，兼作展示與收納之用的櫃子，儘管只是大致掃視一圈，也不覺得書本是按照特定標準陳列。閔俊從自己眼前的展示櫃上取出一本書，一張手掌般大小的便條紙如書籤般插在書上。他讀了上面寫的文字：

「我認為，一個人或許終究是座島嶼，如島嶼般孑然一身，如島嶼般孤單。我也認為，獨自一人或孤單不全然只是負面的。有可能因為獨自一人而自由，也可能因為孤單而深沉。我所喜歡的小說，是將登場人物描繪得猶如島嶼般的小說，而我所深愛的小說，是如島嶼般生活的各個人物發現彼此的小說，就是會說『哦，你在那裡嗎？嗯，我在這兒』的小說。雖然因為獨自一人，其實有些孤單，但現在似乎可以不必那麼孤單了，因為有你。只要能這麼想，就會變得無比快樂。這本小說就讓我嘗到了這種快樂。」

閔俊將便條紙再次插回原來的位置，並看了一下書名，上頭寫了《刺蝟的優雅》。他試著想像全身豎起尖刺的刺蝟，以優雅的姿態走路的模樣。刺蝟？一個人？孤單？深沉？因為獨自一人而自由，因為孤單而深沉。閔俊向來都認為，獨自一人就只是獨自一人，孤單也就只是孤單而已，因此並不會刻意避免獨自一人，也不會刻意迴避孤單，所以確實是很自由逍遙。可是，這樣就會變深沉嗎？這他就不清楚了。

閔俊猜想，剛才看到的便條紙，與此刻那個看起來像店主人的女人坐在桌前所做的事有關。這些都是她親自寫的嗎？還以為書店只要把書上架就好了，看來不是這樣。

「請問……」在書店內逛了一圈，最後再確認咖啡機的位置之後，閔俊向女人搭話。

「是的，您需要什麼嗎？」

英珠停下筆，站起身看著閔俊。

「我看到了徵求兼職人員的啟事，徵求咖啡師的。」

「啊！徵人啟事！請到這邊坐。」

英珠的臉上頓時散發光采，就像如今總算遇見了等待多時的人一般。等閔俊坐下之後，英珠從櫃檯旁的書桌拿了兩張紙過來，放在桌面，接著在閔俊的對面坐了下來，開口詢問：

「您住在這附近嗎？」

「對。」

「您知道怎麼泡咖啡？」

「知道，我在咖啡廳打工過好幾次。」

「那您知道怎麼使用那邊那台咖啡機囉？」

閔俊稍微轉頭看了一下。

「應該。」

「那可以請您泡個咖啡嗎？」

「現在嗎？」

「是的，請泡兩杯咖啡就好。我們邊喝咖啡邊聊。」

兩人面對面坐著，眼前各放了一杯咖啡。英珠喝了閔俊泡的咖啡，而閔俊則是看著她喝。直到泡咖啡之前，閔俊還不覺得緊張，因為過去泡出的咖啡味道都還不錯，可是看到英珠一言不發地細細品嘗自己泡的咖啡，他卻莫名緊張了起來。直到英珠緩緩地啜飲兩口之後，她才看著閔俊。

「您為什麼不喝？請喝喝看，很好喝哦。」

「好的。」

兩人聊了二十分鐘左右，主要是英珠說話，閔俊負責當聽眾。英珠說咖啡好喝極了，希望閔俊能立即來上班，而這正好就是閔俊心中所求，所以他也簡單地回覆說好。英珠說，閔俊只需要在這間書店扮演好咖啡師的角色就行了，讓她可以在咖啡這一塊無後顧之憂。英珠再次詢問閔俊是否也能負責挑豆和買豆的工作，閔俊心想這又不是什麼太困難的事，所以這次也簡單地回答說好。

「我有固定合作的烘豆廠商，我會跟他們老闆說。」

「好。」

「只要做好各自的工作就行了，如果有一邊比較忙，再從旁協助一下就行了。」

「好。」

「不只是我這邊需要協助，如果閔俊你那邊很忙，我也可以幫忙。」

「好。」

英珠將合約推到閔俊面前，同時也將原子筆遞給他，告訴他如果合約內容沒問題，在上頭簽字就行了。英珠將合約內容一項一項指給閔俊看。

「一週工作五天，星期天和星期一休息，中午十二點半開始到晚上八點半，可以嗎？」

「好。」

「書店一週會營業六天，我只休星期日。」

「啊，好。」

「如果超時工作，雖然幾乎不會發生那種狀況，不過我會提供加班費。」

「好。」

「時薪是一萬兩千韓元。」

「一萬兩千韓元嗎？」

「如果是一週上班五天，聽說要用時薪的方式計算。」

閔俊不自覺地轉過頭環視書店一圈，突然意識到自己進來之後始終沒有半個客人上門。真好奇書店的老闆是否也知道這件事。他忍不住想，這位看起來像是第一次徵兼職人員的老闆似乎整個在狀況外。英珠的坐姿一派悠閒，就像在處理一件很簡單的事，閔俊總覺得有點可疑，所以忍不住管起了閒事。

「通常不會給這麼多。」

英珠抬起頭看閔俊，很快就明白了他的意思，然後目光又往下移至合約上，說：「是啊，會很辛苦，因為房租很高……不過，這裡負擔得起的，閔俊你不用擔心。」

英珠就只說到這，然後抬起頭望著閔俊的眼眸。他有著一雙看似漫不經心，卻又莫名讓人感到溫暖的眼神。這點倒是很令英珠滿意。那是無法一次就能讀懂的眼神，是讓人想慢慢了解、與他對話的眼神。英珠也很滿意閔俊的態度。他不會刻意裝腔作勢，不怎麼想討好英珠，儘管如此，該有的禮儀他也都具備。

「要工作，就需要充分的休息，就算是休息，也要領到一定金額以上的薪水才能生活啊。」

聽完英珠的話後，閔俊再次看了看合約。也就是說，這個老闆為了讓兼職人員能夠獲得充分的休息，先想好讓他一週工作五天、一天八小時，接著又為了讓兼職人員領到一定的薪水，所以將時薪定為一萬兩千韓元。這是一種新手老闆的正義感嗎？又或者這間書店比表面看起來更賺錢？英珠要閔俊簽名，所以他就簽了，英珠自己也簽了名。閔俊拿著合約站起身。

閔俊默默地向送自己到大門外的英珠點頭致意，英珠說：

「不過，這間書店說不定只能撐兩年，這樣也沒關係嗎？」

這年頭有誰會做兼職人員超過兩年啊？閔俊至今做過最久的兼職工作是半年。站在閔俊的立場，就算英珠下個月突然要他捲鋪蓋走人，他也沒什麼好可惜的，所以閔俊只簡單地回答：「好。」

一邊想著這個叫做英珠的人很讓人訝異，一邊回答「好」的情景，轉眼間已經是一年前的事了。這段時間，英珠和閔俊就像剛開始說好的，各自顧好負責的工作。籌備新活動的英珠似乎沉浸在觀察客人反應的樂趣之中，而閔俊則是默默地挑選、購買咖啡豆以及泡咖啡。只要咖啡好喝就好，除此之外，英珠似乎真的對閔俊別無所求，甚至她還曾經看著因為無事可做，只好坐著發呆的閔俊，說他的表情看起來很好笑，忍不住笑出來。通常碰到這種情況，老闆都應該給員工臉色看才對啊……閔俊雖如此想著，但自己也跟著噗哧一笑。

閔俊一邊擦拭沿著髮絲流下的汗水，一邊打開書店大門走了進去，全身上下頓時被空調的涼風給包圍。

「我來了。」閔俊向正在閱讀的英珠打招呼。

「閔俊，你來啦？今天真的超熱，對吧？」

「就是啊。」

閔俊將吧檯的桌面往上抬起，進入了他的工作崗位。在櫃檯的兩側，一頭是閔俊的位置，另一頭是英珠的位置。

「今天的咖啡是什麼風味？」英珠向正在擦手的閔俊詢問。

閔俊用調皮的語氣回答：「等一下請猜猜看。」

不一會兒，英珠正在閱讀的書旁邊已經多了一杯咖啡。閔俊回到自己的位置坐下，觀察英珠喝咖啡的模樣。英珠再次放下咖啡杯，賣了一下關子才開口說：

「跟昨天很相似，水果香氣好像強烈一些，這真的很好喝耶。」

閔俊露出淺淺的笑容，點了點頭。兩人很習慣地交換幾句話之後，又很習慣地回到各自的時間。直到書店營業之前，英珠會閱讀她的書，閔俊則會準備今天要使用的咖啡豆，並抽空打掃書店的每個角落。雖然昨夜英珠已經先整理過才離開，但總還會有閔俊能做的事。

4—離開之人的故事

直到書店營業之前，英珠都在讀小說。英珠很喜歡小說能讓她擺脫自己的情緒，並靠近他人的情緒。她會跟隨小說中的人物，時而哀慟，時而痛苦，時而悲壯。盡情地吸飽他人的情緒，闔上書本之後，無論是世上的任何人，英珠似乎都能理解對方。

英珠多半是為了尋找某樣東西而閱讀，只不過她翻開第一頁時，並不是每次都清楚知道自己要找什麼，通常都是讀了數十頁之後，她才會頓悟「啊，我想找的就是這種故事啊」。也有些時候，她準確地知道自己在找什麼。英珠從一年前開始閱讀的小說就可歸類為「離開之人的故事」。主角可能是離開數日，也可能是離開一輩子。儘管出發時的模樣各不相同，但每個主角的離開，最終都改變了他們的人生。

當時人們對英珠說：「我搞不懂妳。」

也有人說：「妳為什麼只想到自己？」

每當快要忘記那些人責怪自己的聲音，那些話語就會如幻聽般出現。就在出現的次數開始變少了，它們又會從記憶的那一頭瞬間衝過來。每當碰到這種時候，英珠的內心就會有些被擊垮。但她不想再被擊垮了，於是便鑽進了有離開的人物出現的小說。

英珠彷彿打算蒐集這世界上所有關於離開之人的故事，在她體內的某處，有個離開之人群居的小鎮。在那個小鎮，充斥了關於他們的各種情報，像是他們離開的理由、離開時的心境、離開時需要的勇氣、離開之後的生活、事過境遷的情感變化，以及他們的幸福、不幸、喜悅與悲傷。只要英珠願意，她隨時都能造訪那個小鎮，在他們身旁安然躺下，靜靜聆聽他們的故事。他們透過訴說自己的人生故事，給英珠帶來了安慰。

英珠以這些離開之人的聲音，蓋過了那些說「我搞不懂妳」、「妳為什麼只想到自己」的聲音。她借助那些裝盛於自己體內、離去之人的聲音，如今，她能鼓起勇氣對自己說：

「當時妳是別無選擇。」

這幾天英珠閱讀的小說是莫妮卡・瑪儂（Monika Maron）的《悲傷動物》（*Animal triste*）。小說的主角是個把「離開」實踐得很徹底的女人。女人離開了丈夫與女兒，因為她愛上了另一個男人，因為她認為人生中最重要的即是愛情。因為女人不得不離開，所以當然也不會產生任何罪惡感，而就在自己深愛的那個男人離去之後，她為了永遠不忘掉與他曾經有過的記憶，自此不再為人生覆上任何記憶。為了記住男人，她放棄了能稱為生活的種種型態，獨自度過了數十年。如今，她已是百歲的老嫗，又或者是九旬了。

對英珠來說，好小說能帶領她去到超乎期待的地方。這部小說可說是「為愛離開的女人」的故事，而原本英珠關注的焦點是放在「離開的女人」，但現在她卻開始思考人能「為了愛」做些什麼。女人長期戴著男人留下的眼鏡，結果搞壞了自己的視力，只因戴上這副眼鏡，是能留在他身邊的最後一個可能性。

英珠心想，要怎麼做，才能愛一個人愛到這種地步？她思考著要如何追念五十年前的愛情，又或者是四十年前的愛情，獨自度過那漫漫歲月？要如何才能不產生悔不當初的念頭，又是如何能確定那男人就是唯一的摯愛。英珠無法理解，不過她覺得女人很帥氣。女人選擇的人生型態很強烈，實現的手段也很激烈。

英珠將目光移開書本，抬起頭，細細地咀嚼女人說的話：「在人生中最讓人懊悔的，莫過於錯過愛情。」在人生中，最讓人懊悔錯過的，真的是愛情嗎？難道就只有愛情嗎？愛情真有如此偉大？英珠認為愛情本身是美好的，但並不覺得愛情就比其他事情更偉大。有人就算不談戀愛也能活下去，就像有人只要有愛情就能活下去一樣。英珠認為，換作是自己，就算不談戀愛也能活得好好的。

就在英珠陷入沉思之際，閔俊則是用乾巴巴的抹布在擦拭咖啡杯。直到事先設定鬧鈴的時鐘告知下午一點到來，閔俊將抹布放回原位後，便走向大門的方向，將掛牌翻面，換成「營業中」。聽到閔俊準備開店的動靜，英珠的思緒也跟著回到現實。英珠想問問關上門走過來的閔俊，關於愛情他是怎麼想的，但她決定還是不問了。她可以預想閔俊會怎麼回答。他肯定會先露出彷彿在思考的表情，但最後又回答：「不知道耶。」英珠希望閔俊可以說出自己在遲疑的那一刻想了些什麼，他卻不肯輕易開口說出自己的想法。

把掛牌翻面，走回來時，閔俊再次拿起抹布，擦起原本已經擦好的杯子。英珠看著閔俊心想，幸好自己沒有開口問他，反正答案只有一個，那就是英珠自己此刻所想出的答案。英珠明白，人生就是帶著自己的答案生活下去，與現實互相碰撞，不斷進行實驗。接著，幡然醒悟的瞬間就會到來，發現自己從過去至今心中所抱持的答案其實是錯的。那麼，我們又會再次懷抱其他答案活下去，這就是我們平凡的人生，因此，在我們的人生中，答案會一改再改。

英珠對依然在擦拭杯子的閔俊說：「閔俊，今天也麻煩你了。」

5—可以替我推薦好書嗎？

開書店之前，英珠並沒有認真想過自己適不適合當個書店經營者。她只是單純地想，只要是愛書人，不就能扮演書店經營者的角色嗎？但開書店沒多久，她才領悟到自己在當書店經營者這件事上有個致命的不及格事由。當客人問起：「哪些是好書呢？」「哪些書有趣呢？」她這個經營者卻呆頭呆腦的，連個像樣的答案也說不出來。英珠還曾在某一天，替一個看上去已是四十歲後段班的男客人推薦了莫名的書。

「我覺得沙林傑的《麥田捕手》真的很有趣，您有讀過這本書嗎？」

「沒有。」男人搖了搖頭。

「我好像看了超過五次，其實也沒那麼有趣啦。啊……這裡說的有趣，是指一般人說的那種有趣，好比說不自覺地咯咯笑啦，或者太過期待接下來的內容，以至於讓人興奮到發昏。在這本書中沒有那種有趣，但該怎麼說呢？它具有超越一般有趣的趣味性……這本書呢，沒有明確的事件和意外，讀者只是跟著一個孩子的想法走，而且還只是幾天的時間而已，不過我覺得這本書……很有趣。」

「孩子都在想些什麼？」

客人一臉嚴肅地發問，讓英珠一下子緊張了起來。

「是關於孩子眼中的世界，包括對學校、師長、朋友、父母的想法……」

「可是，這本書我也會覺得有趣嗎？」

客人提問時依舊表情嚴肅，導致英珠一時語塞。就是啊，這本書對這位客人來說也會有趣嗎？我為什麼不由分說地推薦這本書？「謝謝妳的推薦。」客人對著露出驚慌表情的英珠道了聲謝之後，就開始翻閱起各種書，最後買了一本歷史書《歐亞見聞》。原來這位客人喜歡歷史書啊。英珠記得當天那位客人最後說的話。

「抱歉，是我不該多嘴問的，畢竟每個人的喜好都不同。」

客人竟然為了自己請書店老闆推薦好書而說出「抱歉」，是沒能向客人推薦適合書籍的老闆應該說「抱歉」才對吧？英珠認為，書店老闆不應該沒頭沒腦地把自己喜歡的書塞給客人，她希望自己往後可以做出書店老闆該有的行為舉止。那麼，該怎麼做呢？英珠趁著處理書店工作的空檔，整理了自己的想法。

・客觀的視角

用客觀的視角看待書籍。如果想把「好書」推薦給客人，而不是推薦我「喜歡的書」，就需要客觀的視角。

・提問

推薦書之前先詢問客人。「最近讀的哪些書讓您覺得好看？」「最感觸良多的書是？」「您平常主要讀哪個類型的書？」「最近主要在想些什麼？」「喜歡的作家是？」

但就算事先想好問題，當下仍會碰到腦袋一片空白的情況。也就是說，如果碰到這樣的要求時，要如何應對才好呢？

「推薦讓人心情舒暢的書給我。」

民哲媽媽說今天沒有力氣去文化中心，點了一杯美式咖啡。讓人心情舒暢的書啊……只靠這個線索太匱乏了，可是也不能隨便問事先準備好的問題。但即便如此，該問的還是要問，所以英珠就問了：

「您覺得心情鬱悶嗎？」

「已經連續好幾天啦，感覺就像喉頭塞滿了年糕。」

「發生什麼事了？」

聽到英珠詢問，民哲媽媽的表情突然僵住了，緊接著眼角開始顫抖。就算一口氣喝掉了半杯以上的美式咖啡，她的眼神依然顯得無精打采。

「是為了民哲。」

是家庭問題。英珠經營書店的同時，經常聽到客人說的內心祕密。之前她曾經讀過一篇文章，說作家們經常會碰到這種狀況，因為大家會覺得，如果是作家，就能理解即便是最親近的好友也無法理解的心情，所以人們會向作家吐露自己的故事。可是，人們卻也相對容易向書店老闆吐露內心的故事。難道他們是覺得成了書店老闆，就能洞悉人心嗎？

「民哲怎麼了？」

英珠想起了先前見過的民哲。他是個高高瘦瘦的暖男型高中生，和媽媽一樣，有一張皮膚白皙的臉，露出清澈笑容的樣子顯得很乖巧。

「民哲說……**人生很無趣**。」

「人生？」

「嗯。」

「為什麼？」

「我也不知道啊，他好像只是隨口說的，但那天之後我的心……就好痛，什麼事都不想做。」

根據民哲媽媽的話，民哲凡事都不感興趣，覺得讀書很無趣，打電動很無趣，和朋友們玩耍也很無趣，但也沒有因此就和這三件事徹底斷絕來往。要考試時他也會念書，無聊時也會打電動，也會和朋友們玩在一塊。可是，民哲對於人生的基本態度是「不冷不熱」。放學後他就會立刻回家，躺在床上上網，然後成天都在睡覺。民哲似乎患了嗜睡症，在十八歲的這個年紀。

「有沒有適合在這種時候看的書？」

民哲媽媽一邊吸著卡在冰塊之間的咖啡，一邊問。

英珠想起了好幾本適合推薦給民哲媽媽的書。小說中多的是患嗜睡症或在自己的世界中徬徨的主角，但對孩子患嗜睡症的母親來說，該推薦什麼書給她才好呢？英珠想來想去都沒想到書名。她想不到有什麼小說是以母子為主角，而且自己也沒看過子女教養的書。英珠瞬間冒出冷汗，但並不是因為想不出能推薦給民哲媽媽的書，而是因為這間書店似乎因為自己這個限制，只能成為狹隘的空間，只符合英珠的喜好、英珠關心的主題、英珠的閱讀能力。這樣狹小的空間能給人們帶來幫助嗎？英珠老實地對民哲媽媽說：

「我想不出什麼會讓人心情舒暢的書能推薦給您。」

「是哦？這也難免嘛。」

「……剛才的確想起一本小說，因為這是一本講述母女關係的小說，書名叫做《伊莎貝爾的祕密》（*Amy and Isabelle*）*。母女住在一起，不是會碰到那種相愛相殺的狀

* 美國作家、普立茲小說獎得主伊麗莎白．斯特勞特（Elizabeth Strout）的首部小說。

況嗎？即便是父母與子女之間，也不可能完全理解、配合彼此嘛，我讀完這本書之後，心想著就算是父母和子女，終究在某種意義上都得分離。」

民哲媽媽聽完英珠的話，說覺得內容好像不錯。她說要買這本書，請英珠把這本書拿過來，但英珠怕她可能不喜歡，所以就說要借給她，但民哲媽媽推辭說不用了。看著拿書走出去的民哲媽媽，英珠思考了關於書本的功能。世界上真有能把一個人彷彿堵塞住的內心一下子就打通的書嗎？一本書能做到這麼了不起的事嗎？

民哲媽媽買書之後大約過了十天，她說自己是為了說這句話來的：

「我還得趕去辦事，我來是要跟妳說那本書很好看。我在看的時候不知道流了多少淚，因為想到了我媽跟我。我們過去也吵得很凶，雖然不像艾米和伊莎貝爾那樣吵到令人窒息。」

民哲媽媽說到這，露出了短暫沉思的表情，接著以略為發紅的眼睛繼續說：

「我尤其喜歡結局，當媽媽不斷呼喚女兒名字的時候，我在這裡哭得一把鼻涕一把眼淚，心想著，以後我也會這麼想念民哲吧。民哲還能在我的羽翼下待多久呢？看來如今我也得放手讓他飛翔了吧。英珠，真的很謝謝妳，下次也要推薦好書給我哦，那我走啦。」

英珠猶豫不決推薦的書，即便與自己最初的要求不同，民哲的媽媽依然說很好看。雖然這本書並沒有讓人心情舒暢，但多虧了它，民哲媽媽得以追憶自己的母親，也有機會重新思索與兒子之間的關係。依結果來看，英珠算是盡了推薦的職責嗎？即便未能符合翻開書本的讀者期待，只要那本書是好書，閱讀此書的經驗，對讀者來說依然是愉快的享受嗎？

即便是這樣，好書也依然會是好書嗎？

說不定真是這樣。就算英珠推薦的書不符合客人的喜好，或許只要客人感受到「但還是很棒」，這樣也就夠了。當然了，對一個喜歡歷史書籍的成年男性，推薦一本以最著名的反社會人格高中生做為主角的小說，客人可能連看都不會看一眼，但如果有一天那位客人想讀小說，又或者想理解女兒或兒子的心情時，說不定也會從書櫃上抽出那本書來看呀。如果是在這種情境下，說不定他也會喜歡上那本書呢。畢竟就像世上萬事萬物，閱讀也講求時間點。

那麼，好書的標準是什麼？站在個人的立場上，它有可能是自己覺得好看的書，但英珠必須超越個人的層次去思考。

再仔細想想吧，好書的標準會是什麼？

——談論關於人生的書。不只是描述而已，而是用有深度的視角書寫的書。

英珠回想起民哲媽媽泛紅的眼眶，再次試著回答。

——理解人生的作家所寫的書。出自理解人生的作家之手，關於母親與女兒的書，關於母親與兒子的書，關於自己的書，關於世界的書，關於人的書。只要作家深刻的理解能觸動讀者的心靈，而那份感觸能幫助讀者理解人生，那不就是好書嗎？

6 沉默的時間，對話的時間

要招呼客人、要泡咖啡、要填寫購書清單，即便在各項工作之中忙得暈頭轉向，但等到尖峰時刻過了，在某一瞬間抬起頭，就會發現沒有要做的事、沒有客人，也不需要泡咖啡的寧靜時刻降臨了。書店內就只有英珠和閔俊兩人。英珠無論如何都想善用這段時間，想盡辦法打造休息的時光，就算眼前看到凌亂的書籍，她也沒有走向展示櫃去整理，而是走到流理台削起水果。把水果擺放在盤子上，拿給閔俊之後，閔俊就會像是等待多時般，將剛泡好的咖啡遞給英珠。

接下來，一陣靜寂在空氣中流淌。如今這份靜寂令英珠感到平靜，明明是與他人共處同一個空間，但彼此卻不必說話，這件事甚至令英珠感到開心。有很多時候，即便無話可說卻仍要開口說話，雖然可能是一種體恤對方的態度，卻很容易只顧著體恤對方，而疏忽了自己。硬逼自己說話，口不擇言，內心就會在不知不覺中變得空虛，產生只想趕緊離開這個場合的想法。

透過與閔俊使用同一個空間，英珠學習到，沉默也可能是同時體恤我與他人的態度。

這是一種無論是哪一方，都不需要看對方的眼色而刻意擠出話語的狀態。此外，英珠也學會了習慣這種狀態下自然散發的寂靜氛圍。

在這段不知維持了十分鐘、二十分鐘，又或者超過三十分鐘的寂靜時間，閔俊做的事始終一成不變，即便是在休息時間，他也不會拿出手機。儘管履歷表上寫了手機號碼，但英珠至今不曾與閔俊通過電話。雖然閔俊偶爾也會看書，但他看起來並不是那麼喜歡看書的人。在剩下的時間，他只是像名實驗室的研究員般，拿著咖啡豆嘗試這嘗試那罷了。感覺他大概是沒什麼事好做，但從咖啡的滋味漸入佳境這點來看，顯然他有很認真在做實驗。

說到「閔俊究竟有多不愛說話」這個主題，倒是有個人願意和英珠嘰嘰喳喳聊上一整天，她就是向休南洞書店供應咖啡豆的烘焙廠商老闆知美。英珠的所有咖啡知識都來自知美。很喜歡講笑話的英珠與很喜歡聽笑話的知美，打從一開始就很合拍，即便是超過十歲的年齡差異，也不構成任何問題。

剛開始主要是知美來書店玩，不過不久後，英珠的家就成了兩人的祕密基地。當英珠關上書店的門，回到家時，蹲坐在英珠家門前的知美就會拍拍屁股站起身。知美的雙手總是提著滿滿的食物，兩人成了無話不談的知心好友。就算突然說起了莫名其妙的話題，對方也會很自然地接話，要是對話中斷了，也會在某一刻再次銜接起來。與其說是一人掌握了滔滔不絕的說話主導權，她們之間更像是打乒乓球似地，一來一往地說出簡短的句子。

兩人也曾在英珠的家中一起喝著啤酒，一起討論「閔俊究竟有多不愛說話」的話題。

「他確實話很少，我一開始還以為他是什麼問候專用機器人，只有打招呼才會開口。」知美暫時將注意力放在咀嚼魷魚上，接著繼續說了下去，「不過好神奇，他回答時就很正常。」

「哦，對耶！」

英珠彷彿這才發現，魷魚還叼在嘴巴上，忍不住激烈點頭。

「閔俊真的常常做出反應，啊，原來如此，所以我和閔俊聊天時都不會覺得很悶，是因為他都會做出反應。」

「不過，仔細想想，不是只有閔俊話少而已。」

知美一邊繼續咀嚼魷魚，一邊說：「男人都這樣，婚後都會變得不愛說話。我認為這種沉默，帶有目前對婚姻生活感到倦怠的意思。」

英珠試著想像那些老公試圖以沉默戰勝倦怠的畫面，接著吐露因為閔俊都不說話，自己的腦中甚至還想了些什麼。

「剛開始我還以為他是不喜歡我，才會一句話都不說，甚至我都懷疑起自己有這麼糟嗎？」

「妳幹麼有受害者意識啊？妳是從小被討厭長大的哦？」

「嗯，與其那樣說……應該說是沒有機會和其他人打成一片？那種感覺就像這樣，我腳下踩著高跟鞋喀喀喀地瘋狂往前走，直到某一天張望四周，卻發現周圍的人都把我當成空氣看待，從我身旁咻咻咻地經過，沒有任何人靠在我的耳朵旁說：『妳要不要吃這個？這個超好吃的！』我這樣是被討厭了嗎？」

「妳被討厭了耶。」

「啊，真的是這樣！」

英珠誇張地嘆了口氣，接著彷彿有所頓悟似地，連忙將口中咀嚼的魷魚抽了出來。

「嗯……會不會是那樣啊？」

「哪樣？」

「該不會閔俊是把我們當成歐巴桑，所以才不說話吧？」

「哪有可能……閔俊跟我又沒差幾歲！」

英珠像是在撒嬌般，先是將兩個手掌整個張開，湊到知美的面前，接著彎下兩根大拇指。

「八歲？」

知美笑了，覺得把手掌整個張開的英珠很可愛。

「那閔俊超過三十歲了？」

「剛來書店時是三十歲。」

「原來如此。也對，差八歲不能算是歐巴桑。不過閔俊好像有點變了，妳沒感覺到嗎？」

「哪個部分？」

「最近他話有多了一點。」

「是嗎？」

「現在他會主動問東問西的。」

「是哦？」

「還會跟我家孩子們有說有笑的。」

「噢，是哦？」

「真可愛。」

「可愛？」

「很可愛啊，不吵也不鬧，靜靜地埋頭在做某件事的模樣。」

「埋頭在做某件事……」

「不管做的是什麼，只要看到專注做事的孩子們，我就會覺得很可愛，忍不住想對他們好。」

閔俊剛開始會納悶為什麼英珠每次都要拿水果給他，但現在就會默默地收下來吃掉。就像拿來當零嘴吃的餅乾，又或者是要閔俊肚子餓時拿來吃，事先買好的麵包，閔俊認為水果也是英珠苦思之後所準備的員工福利之一，只不過吃久了之後，就連本來不怎麼喜歡的水果，現在要是一天沒吃到也會覺得可惜，甚至碰到休假日，閔俊還會刻意跑出去買水果來吃。習慣就是這樣，日久成自然。

英珠拿水果給閔俊，就代表把這段時間看成是休息時間。儘管有時準備休息了，卻連一片水果都沒吃上，就又得趕緊招呼客人，但今天已經享受了二十分鐘的閒暇時光。碰到這種時候，英珠就會不慌不忙地吃著水果，從堆放在旁邊的書中挑一本來閱讀。她會將長度及肩的直髮撥到耳後，接著彷彿將全身的重量倚靠在書上的印刷字似地閱讀。有時讀到一半，她會抬起頭，以失去焦點的雙眼陷入沉思。乍看可能會以為她在發呆，但當她從發呆狀態回神之後，又會突如其來地向閔俊問些什麼，所以可以知道她並不總是在發呆。

「閔俊，你認為乏味的人生是應該拋棄的嗎？」

今天英珠又以手掌托腮的姿勢，沒看著閔俊就發問了。剛開始閔俊覺得她可能是在自言自語，所以刻意沒有回應，但現在他也知道英珠並不是在自言自語。

「不是有些人會在某天早上突然拋下此刻的人生，轉而投奔其他人生嗎？那些抵達目的地的人們會感到幸福嗎？」

英珠這次轉頭朝閔俊的方向問。今天果然又碰到了難以回答的棘手問題。為什麼英珠老是提出這種問題呢？要是拖太久沒有回答，感覺很沒禮貌，所以閔俊就先這麼回答了：「不確定耶。」

當英珠問了什麼時，閔俊的回答通常是在「好的」和「不確定耶」之間徘徊。這也無可奈何，那些抵達目的地的人究竟是幸福還是不幸福，要如何得知呢？

「在我閱讀的小說中，主角偶然在橋上遇見了一名女人，身上散發出某種微妙氣息的女人。這場邂逅成了契機，使原本住在瑞士的男人搭上前往葡萄牙的列車離開。這不是旅行，而是永遠地離開。我只是覺得很好奇，雖然那個男人的人生確實很乏味，但各方面來說還算不錯啊。不是有些曖曖內含光的人嗎？就算不是全世界的人都明白他的價值，但懂得的人就會懂他有多厲害。這位主角帶著這樣的才能，也過得很好，可是他卻像是這輩子就在等待這一刻似地，在某天早上便頭也不回地離開了瑞士。抵達葡萄牙之後的他能尋找到什麼呢？他在那個地方能幸福嗎？」

平時看起來性格非常實際的英珠，閱讀時卻莫名地……對了，她彷彿搖身變成了追逐浮雲的人，讓閔俊覺得很有趣。英珠就像是睜著一隻眼睛做夢，用一隻眼看現實，再用另一隻眼看夢境。不久前，她曾向閔俊提出關於人生意義的問題：

「閔俊，你認為人生具有意義嗎？」

「什麼？」

「我認為沒有。」

「……」

「因為沒有，所以才需要各自找到意義。還有，根據那人找到的意義，一個人的人生也會跟著改變。」

「……哦。」

「可是我找不到。」

「……找不到什麼？」

「意義。我應該從哪裡找到意義呢？我的人生意義是要從愛情尋找嗎？又或者是友情？是從書本，還是從書店？好難啊。」

「……」

「就算有心尋找，也無法立即找到，對吧？」

即便閔俊一言不發地盯著她看，英珠仍不以為意地繼續說。

「這可是要尋找我的人生意義呢，哪有這麼容易找到呢？不過我真的好想找到啊。嗯……如果找不到，我的人生就等於沒有意義了吧？」

這是什麼意思呢？

「……不確定耶。」

反正英珠也不是真的想從閔俊的口中聽到回答，只是透過提問的方式整理在腦袋中打轉的想法罷了，因此就算每次都說出單純「助興」的回答，英珠也不會指責閔俊的不是。閔俊慢慢地了解到，偶爾神遊在模糊未明的雲朵之中，再依據現實考量堅強地活下去的方式，能使英珠的人生更加豐饒。

在這樣的英珠身旁，閔俊時而也會像英珠一樣陷入沉思，甚至思考到最後恍如抵達了渺茫無邊的夢境。那並不是什麼能轉換為未來夢想或目標的夢，而是真正的夢。是當男人搭上前往葡萄牙的列車出發時，促使那男人採取行動的那種夢。閔俊不確定那男人在抵達目的地之後會感到幸福或是不幸，但可以確定的是，他將會過著與昨日截然不同的人生。對某個人來說，這樣不就已經足夠了嗎？與今日的人生截然不同的，明日的人生，對成天夢想著這種明日的人來說，那名男人的明日，不正是實現夢想之人的典型嗎？

7｜書店老闆親自主持的「說書」

倘若巷弄內的社區型書店如雨後春筍般出現是一股潮流，那麼除了書本，書店擴張為提供文化生活的空間，則又是另一股潮流了。儘管如此，書店老闆們並不是自願引領或跟隨這股潮流的，或許應該說是一種攬客手法？畢竟總要先讓顧客走進書店，而且光靠賣書無法過活。

剛開始英珠也打算只賣書就好，但她逐漸發現，光靠賣書無法達到收支平衡。雖然只有一名員工，但既然成了要為受僱者負起責任的雇主，就必須多思考關於利潤的問題。所以首先，英珠在每週五晚上開放書店，任何人只要申請就能使用這個空間，無論是說書、演出或展覽都可以。這時書店就只有提供空間而已，因此英珠或閔俊只要像平時一樣工作就行了。

英珠也說好會幫忙宣傳。她會在書店外的立牌上貼海報，或在社群網站上放報名表的連結。剛開始英珠擔心這種做法會讓前來書店看書的客人感到不自在，結果卻恰恰相反。有不少客人來書店看書時，若是碰到作家在朗讀或者歌手在唱歌，都很積極地表達參與意願。只要買一本書或點杯飲料，就能以五千韓元的費用立即參加活動。

每個月第二個星期三舉辦說書，第四個星期三進行讀書會。剛開始六個月是由英珠帶領讀書會，但她逐漸覺得麻煩，所以就建議經常參與的人擔任主導的角色，結果大家都爽快地答應了。現在會有兩三個人輪流選書並帶領讀書會。

說書則是由英珠主持。她帶著「不知道能不能藉此機會把想問作者的問題都問過一遍，同時又能帶到書中故事」的想法，試著挑戰這個任務，而另一方面，她也想藉由「書店老闆親自主持說書」，打造出休南洞書店才有的特色。她甚至將說書的內容錄下之後打成逐字稿，公開放在部落格和社群網站上。說書歸說書，作者們特別喜歡英珠精心整理的文字內容。

儘管現在只有星期三和五舉辦活動，但英珠在思考往後要怎麼做才好。她非常清楚，就算是再喜歡的工作，只要超過勞動的極限，最後就會變成「只能硬著頭皮去做的事」。就連自己喜歡做的工作都這樣了，如果必須做超多自己不喜歡的工作呢？想必工作會變成一件苦差事。維持工作樂趣的關鍵，就在於工作是否適量，因此英珠花最多心思的，即是避免自己和閔俊必須做的工作超出極限，也只有在舉辦讀書會和說書時，閔俊才需要多工作半小時。

碰到準備說書時，沒有一天不感到緊張的。打從幾天前英珠就會怪自己為什麼要做這件事，簡直是自討苦吃。明明自己也不喜歡站在台上說話……口才也不好……她會一邊想著，一邊後悔莫及。可是等到說書開始，她又覺得好玩極了，把先前後悔的事全拋到腦後。尤其是能把閱讀時感到好奇或喜愛的地方直接傳達給作者，是英珠無法放棄這件事的最大主因。

小時候，英珠還以為作家都不用上廁所的，總覺得他們不食人間煙火，唯獨夜晚來臨時，憂愁才會從肩膀撲簌簌地墜落，而孤獨感亦如同附著的藤蔓般，從脖子的周圍開始，繞過腰部，最後來到腳尖。在孤獨之中疲憊不堪的人似乎很難是親切和善的，因此英珠覺得，如果是作家，就算性情有些孤僻也無傷大雅。對她來說，所謂的作家，就是將世上運行的道理摸得透徹之後，在命運的牽引下開始提筆寫作的人。作家也會有不懂的事嗎？應該沒有吧？英珠至今仍無法拋棄心中對於作家所懷有的形象。

但是透過說書所認識的作家們，要比英珠過去腦中存有的作家形象更加平易近人。他們就只是每天懷疑自己沒有寫作才能的普通人罷了。有的作家甚至連一滴酒都碰不得，有的作家過著比上班族更規律的生活，還有的作家主張體力最為重要，每天都會去跑步。一名為了成為無須擔憂生計的全職作家，因此每天都會寫作七小時的作家，在說書結束後對英珠這麼說：

「我就是想試一次看看。不去煩惱自己有沒有才能，而是帶著先寫寫看的想法。因為我希望人生能這麼活一次。」

還有些作家的個性比英珠更害羞難為情，甚至有位作家不敢直視英珠的眼睛。一位作家說自己有想說的話，但因為口才不好，所以才會開始寫文章。他說自己說話很慢，是因為腦袋不靈光，還請大家諒解，結果這獨樹一幟的方式惹得聽眾哈哈大笑。看著作家們沒有性急地提出主張，而是以緩慢的節奏吐出每一句話，英珠產生了奇妙的安心感。就像他們說話時的模樣，即便看起來有些傻氣，但只要小心翼翼地踏出一步又一步就行了。

明天的說書主題是「與書本親近的五十二個故事」，預定會與著有《每日閱讀》的作者李雅凜對談。這本書讀到一半左右時，英珠產生了想見見李雅凜作家的念頭。讀完之後，她試著擬定要問的問題，結果一下子就超過了二十題。很快就擬好問題，意味著英珠想和作家聊的話題有這麼多。

- 與作家的一問一答。（部落格上傳時間為下午十點三十分；IG簡易版上傳時間為下午十點四十一分。）

英珠：說起我個人喜歡這本書的地方，就是因為有一種「就算讀了書也不會成為成功人士啊」的感覺（笑），覺得跟我的頻率很合。

雅凜：這種感覺很準確。（笑）人家不是都說，讀了書之後，看待世界的眼光就會變得清澈嗎？從此就能帶著清澈的視角更加理解世界。理解世界之後，就會變得強大，而似乎有些人就把這變得強大的一面與成功有所連結。可是，在變得強大的同時，也會帶來痛苦。在書中，充滿了以我狹隘的經驗絕對無法看見、充斥世界各個角落的痛苦，也就是說，如今我看見了過去沒有看見的痛苦。某人的痛苦是如此龐大，導致只追求自身的成功與幸福變得不再容易。所以我認為，讀了書之後，反而會與大家經常說的成功背道而馳。書本不會讓我們站在他人的前面或上面，而是幫助我們站在他人身旁。

英珠：「幫助我們站在他人身旁」，這句話好棒。

雅凜：是啊，所以到頭來，成功是體現在其他層面上。

英珠：在什麼層面呢？

雅凜：應該說是變得更像一個人？閱讀的時間久了，不是會經常對他人產生共鳴嗎？在這個被設計成只要靜止不動，就會自動朝著成功無限奔走的世界上，你會停止奔跑並開始轉頭看看身邊的人。因此我認為，當閱讀的人增加，這世界就會變得稍微美好一些。

英珠：不是有很多人會說沒時間閱讀嗎？作家您應該讀很多書吧？

雅凜：我沒讀那麼多，大概兩三天會讀一本吧。

英珠：這樣算很多了耶。（笑）

雅凜：是哦？（笑）因為大家都很忙，所以只能抽空閱讀嘛。早上讀一下，中午讀一下，晚上再讀一下，睡覺前也讀一下。不過把這些瑣碎的時間匯集起來是很可觀的。

英珠：您說自己會一次讀好幾本書。

雅凜：大概是因為我個性有點散漫吧。即便是有趣的書，如果持續只讀那本，就會覺得無聊乏味。因為我討厭無聊，不管那是什麼，所以我會趕緊取出其他書來讀。有人覺得書本內容會在腦袋中全部攪在一起，但我倒是不會。

英珠：我發現再次讀以前讀過的書時，好像會想不太起來。

雅凜：嗯……我在閱讀時，不會對記憶這件事太過執著。當然啦，畢竟書的內容必須串聯起來，所以在某種程度上必須記得前面的內容。但假如真的完全想不起來時……其實我幾乎沒有碰過這種情況，基本上都記得一定程度，不過，假如想不起來，我就會只讀用鉛筆做記號的部分，然後重新讀那本書。

英珠：您也在書中提到自己不會執著在記憶上，真的可以這樣嗎？（笑）

雅凜：（笑）我認為可以呀。書啊，該怎麼說呢？我經常會認為，它不是留在記憶中，而是留在身體裡。又或者，說不定是留在記憶另一端的記憶裡。我認為，即便是想不起來的某個句子或某個故事，也會幫助站在選擇前的我。在我做出的所有選擇之中，幾乎都是根據我至今所讀的書。我沒辦法記得每一本書，但那些書依然對我造成了影響。因此，我想應該不用過度執著於記憶吧？

英珠：聽您這麼一說，我倒是安心了，因為上個月讀的書在講什麼，現在已經記憶模糊了。

雅凜：我也是，大概多數人都是這樣。

英珠：大家不是說，這是個不太閱讀的時代嗎？您怎麼看呢？

雅凜：寫這本書時，我第一次進入了IG的世界，但我真的嚇到了，忍不住心想，是誰說現在的人都不讀書的啊？因為感覺有非常多的人以驚人的速度在大量閱讀書本。看到這個現象，我認為讀者終究不會消失。當然了，我知道這些人是非常特殊也非常少數的。不久前我在某篇報導上看到，大韓民國有一半的成人一年內就連一本書也沒讀，可是我對於「其實有很多人不讀書，所以這是個問題」的說法持保留立場。因為大家都是太忙、沒有空閒，是缺少了時間或心靈的餘裕才會這樣，是因為社會運轉的步調太過緊湊了。

英珠：那麼，直到這個社會變得稍微友善之前，我們都無法閱讀了嗎？

雅凜：嗯，不過我不希望只是苦等友善的社會到來。因為唯有閱讀的人增加，也就是說，唯有對他人的痛苦產生共鳴的人增加，才能更快邁向友善的世界。

英珠：那我們應該怎麼做呢？

雅凜：這不是我能解決的問題。（笑）嗯，不過，人類會有閱讀的需求嘛。似乎仍有許多人認為應該要閱讀。想讀書卻無法閱讀的人，應該怎麼做才好呢？

英珠：嗯……

雅凜：就原則上來說，這是一種真理。凡事起頭難，但閱讀久了，就會養成習慣。（笑）那麼，第一步該怎麼做呢？我應該可以告訴大家，這本書就是為了這樣的人寫的。（笑）

英珠：哎喲，您怎麼就只說一半呢？您不是在書中提到了計時器嗎？覺得書的內容讀不進去時，您說自己會使用計時器。

雅凜：抱歉我開了個玩笑。當書讀不進去時，我希望大家可以先思考此時自己對什麼感興趣。因為面對感興趣的事物時，我們的本能會發揮無窮無盡的興趣。最近不是有很多人想離職嗎？市面上也有很多離職的人所寫的書，那就去讀那些書就行了。想移民嗎？那就去讀跟移民有關的書就行了。自尊感低落嗎？和死黨絕交了嗎？感到憂鬱嗎？只要閱讀相關書籍就行了。只不過原本不讀書的人突然想要閱讀，注意力就會很難集中，會經常分心做別的事。這時我就會先用智慧型手機設定計時的應用程式，然後再開始閱讀。基本是二十分鐘，只要帶著「直到計時器響起之前，無論發生任何事，我都只專注讀書」的想法去讀就行了。限制會使我們感到緊張，而緊張感能幫助我們專注。等到二十分鐘過去之後呢？這時再做出選擇就行了。如果覺得「今天讀了二十分鐘，已經足夠了」，那就可以闔上書，開心地去做其他事；如果想要再多讀一會兒，就只要再次設定計時器就行了。就算設定三次計時器，也只有一小時。我們試著一天設定三次計時器吧，一天閱讀一小時，就是這樣達成的。

8｜咖啡與山羊

閔俊開始當咖啡師之後，起初平均一週會收到兩次咖啡豆的配送。為了盡可能防止咖啡豆的香氣跑掉，他向來都是用小的密封袋裝起來，直到最近，他到書店上班之前，每兩天會親自跑去Goat Bean一趟，一方面是為了取回事先訂購的咖啡豆，另一方面則是為了和知美討論下次要使用什麼樣的咖啡豆。

Goat Bean是英珠開書店之後打聽到的烘豆廠商。原本英珠透過認識的人在尋找咖啡豆品質佳且善於管理的廠商，沒想到運氣很好，在休南洞就有這麼一個地方。在英珠獨自經營書店的期間，Goat Bean的經營者知美甚至展現出一週登門造訪一次，監視英珠有沒有泡好咖啡的熱情。她說，即便咖啡豆再好，咖啡的味道也會根據咖啡師的實力而有天壤之別，甚至還親自出馬替客人泡咖啡。

聽到英珠徵到咖啡師的消息，最先跑來的人也是知美。知美偽裝成客人，嘗了好幾次閔俊泡的咖啡，至於試飲結果，她在走出書店的同時就即刻向英珠報告了。

「英珠，他的實力要比妳好多了，我現在可以放下心中的大石頭了。」

「姐姐，我沒那麼慘吧？」

「就有這麼慘啊，英珠。」

就在第四次品嘗閔俊泡的咖啡時，知美才表明自己的身分。

「閔俊，你不知道我是誰吧？」

不曾說上一句話的客人，卻突然問自己知不知道她是誰，閔俊直勾勾地望著客人。

「我是烘焙你手上拿的咖啡豆的人。」

「您是Goat Bean的烘豆師嗎？」

「對，閔俊，明天上午十一點你要做什麼？」

閔俊暗自思忖知美說這句話的意思，知美見他沒有說話，於是補上了一句：「來我們店裡一趟吧。身為咖啡師，總要知道自己使用的咖啡豆是從哪裡來，還有怎麼來的。」

隔天閔俊就去了Goat Bean。這一天，是他第一次缺席從來不曾遲到的瑜珈課。打開門之後，出現了宛如小型咖啡廳般的空間，接著經過咖啡廳，打開後門，便出現了烘豆的空間。

閔俊一看見烘豆的機器就想起了削鉛筆機，但過去握著把手轉動，就能把鉛筆芯削尖的迷你機器，此時卻變得跟人一樣大，而且正在烘豆。三名烘豆師分別在各自的烘豆機器前忙個不停，昨天向閔俊搭話的知美則是坐在椅子上，正在逐一挑選桌面上的某樣東西。閔俊才開口打招呼，知美便比出手勢要他坐下。

「我正在把有瑕疵的生豆挑掉，」閔俊還沒坐定，知美就開始說明，「一般這叫做手工挑豆（handpick）。」

知美說話的同時，依然沒有停下手上挑選生豆的動作。

「你看哦，這個和其他生豆比起來顏色特別黑吧？這是因為它的果實腐敗了。這個褐色的，是變質了，你聞聞看味道，覺得酸酸的吧？烘豆子之前，必須把這些都挑掉。」

知美很有毅力地以相同的姿勢挑選有瑕疵的生豆，而閔俊也把知美挑出來的生豆當成範例，把呈現黑色、褐色或者變形的生豆挑出來。知美的手上不停忙碌著，但一雙利眼依然沒有錯過閔俊挑豆的模樣。

「你知道 Goat 是什麼意思嗎？」

「山羊……吧？」

「知道我們店名叫做 Goat Bean 的原因嗎？」

「……這個嘛，山羊跟咖啡的由來有關嗎？」

「哦，我喜歡腦筋動得快的人！」

知美說了一句「結束」之後，接著便猛然從椅子上站起身，帶閔俊到最左側的烘豆機器前。一名烘豆師在挑選剛烘好的咖啡豆。知美向閔俊解釋，要再經過一次挑豆的過程，咖啡的味道才會好。

「這是閔俊你今天要帶走的咖啡豆，只要磨粉就行了。」

知美和烘豆師將腳步移向磨豆機，而閔俊也跟在後頭。

「根據研磨度，咖啡粉會變粗或變細。咖啡粉的顆粒是粗是細，萃取方式都不同。」

「……」

「閔俊你泡的咖啡很好喝，」知美看著靜靜聆聽的閔俊說，「只是有點苦。應該是因為過度萃取的緣故，所以我把咖啡豆磨得比較粗一點，這樣就不會有苦味了。你有感覺到味道不一樣嗎？」

閔俊以在思考什麼的表情回答：「我還以為是萃取時間改變，所以味道才變了，看來不是。」

「哦，閔俊你也有在做不同嘗試啊！」

知美在研磨咖啡粉的同時，也很使勁地將關於咖啡的知識塞進閔俊的腦袋。根據傳說，人類會發現咖啡的存在，是因為山羊的緣故。看到山羊只要吃了小巧圓潤的紅色果實之後，就變得活蹦亂跳的，絲毫不會感到疲倦，牧羊人於是首次得知了咖啡果實的存在及其效用。

「所以我才會把店名定為Goat Bean，因為懶得再想東想西。」

知美搖了搖頭說，沒有人對咖啡因的反應比她更強的，不過因為她實在太喜歡咖啡了，所以一天總要喝上三四杯。閔俊心想，這樣晚上應該睡不著覺吧？結果，知美就像是懂得讀心術似地回答：「所以我一定要在五點前喝。」接著又說：「不過，如果還是睡不太著，只要喝幾杯啤酒就解決了。」

知美說，咖啡樹是常綠樹，咖啡豆則是咖啡樹果實的種子。咖啡豆可區分成阿拉比卡豆和羅布斯塔豆，而在Goat Bean主要採用阿拉比卡豆。知美說：「因為豆子的味道更好。」知美問閔俊知不知道決定咖啡香味的因素是什麼，閔俊回說不知道。「是高度。」知美說。在低海拔地區種植的咖啡豆帶有隱隱約約的香氣，口感滑順，而在高海拔地區種植的咖啡豆帶有令人喜愛的酸度，且會散發果香或花香，具有多層次口感。剛開始和英珠一起挑選咖啡豆時，因為英珠特別喜歡果香，後來就一直都寄來香氣相似的咖啡豆。

那天之後，閔俊一週會去Goat Bean一趟，後來因為去的頻率越來越頻繁，所以就更改了瑜珈課的時間。閔俊也逐漸掌握了Goat Bean的氣氛，要是打開門走進去時覺得空氣涼颼颼的，就表示知美正處於盛怒的狀態，而她生氣的原因自然是因為老公。閔俊曾經想過，該不會知美的老公是像獨角獸般的存在吧？因為那些烘豆師也說不曾見過知美的老公。閔俊心想，知美的老公是否只生活在她的想像中，成天挨她的罵？

但一張照片消除了閔俊的懷疑。他偶然看到的那張照片，是三十歲出頭的知美與看起來像是她老公的人露出幸福笑容的模樣。知美說那是在結婚還不到一年時所拍的照片，雖然有無數次想試著撕掉，但誰叫她是個傻瓜，所以到現在還狠不下這個心，說著說著又開始罵起老公。

如果是老公把家裡弄得像垃圾場，或者把冰箱內的食材放到壞掉之類的事，知美會罵上十分鐘。如果是老公說要去參加告別式，卻和一群朋友跑去徹夜喝酒；或者趁知美工作時，和年輕女人坐在咖啡廳有說有笑，被知美逮個正著的事，知美會罵上二十分鐘。如果是碰到知美說她想來想去，老公都只把她當成賺錢機器的日子，則是會罵上三十分鐘。當知美抓著閔俊臭罵老公長達三十分鐘的那天，閔俊第一次差點遲到。

今天是罵老公十分鐘的日子。

「是我自作自受，因為是我先愛上那個人的。」

知美總是用「那個人」來稱呼老公。

「我覺得他逍遙自在的樣子很帥氣，感覺就像靠著搭便車在地球上旅行的人。因為我們家族的人啊，一旦發生什麼事，就會像爆米花一樣鬧得雞犬不寧，在吵鬧中耽誤正事的情況所在多有。可是這男人是我這輩子遇到的人之中最怡然自得的，就算被老闆臭罵一頓，他也一派輕鬆，就算客人指著他的鼻子破口大罵，他也面不改色。」

知美說，他們兩個是在啤酒屋打工時認識的。

「我覺得他的樣子很帥，所以就先主動追求了。交往了幾年，我又吵著說要結婚。我本來可是個單身主義者呢。最近好像都是說不婚主義？因為小時候看過太多女人吃苦的樣子，所以我壓根不想結婚。不管是我媽，有血緣或沒血緣關係的阿姨們，都吃盡了苦頭。想必她們都後悔莫及，忍不住用拳頭猛捶胸口，捶得胸口都瘀青了。可是我卻被這男人迷得神魂顛倒，對他說我會準備好房子，纏著要他跟我結婚。

「結果就是這樣，昨天我走進家裡，整個屋子亂七八糟，碗盤還放在水槽內，也不知道他跑去哪裡，衣服丟得到處都是，髮絲也還留在洗手間的洗臉盆上，而且我肚子都快餓死了，冰箱裡卻連個能吃的東西都沒有。最後剩下的兩包泡麵，他早上吃了一包，中午又吃了另一包，還配著週末買回來的小菜！那個人不工作，我也沒說什麼，但好歹要體諒一下同住一個屋簷下的人吧！我就不會肚子餓嗎？把泡麵吃掉了，那就再買回來補嘛，如果連這點事也不肯做，好歹也叫我買回去啊！聽我這麼追究，他掉頭就進了房間，還跟我鬧脾氣，直到今天早上連句話都不說。」

知美一口氣也沒停地說到這裡，接著喝掉了一整杯水，再對閔俊說：「抱歉啊，每次都這樣，但要是我不說出來，內心實在太悶了。閔俊你應該不想聽這些吧？」

說來也奇怪，閔俊並不討厭聽這些，反而希望下班後可以在啤酒屋之類的地方碰面，聽知美罵老公罵上兩三個鐘頭。他想了想自己為什麼會出現這種念頭，是因為如果能像這樣聽某人說上幾個鐘頭的故事，或許他也就能說出自己的故事。這還是第一次閔俊認真思索自己有很長一段時間獨自生活的事。

「不會不想聽，您可以多講一點。」

「不了，聽你這樣一講，我更抱歉了，以後我就少說點吧。」

「……」

「好，所以今天的咖啡豆就像上次說的，是哥倫比亞混合豆。哥倫比亞占四〇％、巴西三〇％、衣索比亞二〇％、瓜地馬拉一〇％。只要把哥倫比亞咖啡豆想成是能帶來平衡感就行了，那麼巴西呢？」

「……」

「說錯了也沒關係，何必想這麼久？」

「嗯……甘甜。」

「沒錯，那衣索比亞呢？」

「這個嘛……酸味？」

「最後一個瓜地馬拉呢？」

「呃……苦味……」

「沒錯！」

走出Goat Bean，閔俊突然覺得天氣正在改變。在不知不覺中，彷彿蒸籠般的熱氣消散，就連熱氣也變得涼爽，也就是說，秋天的腳步接近了。因為熱氣逼人，整個夏季閔俊都是從Goat Bean搭公車到書店，等天氣再涼一些，或許就可以靠步行。

運動、工作、看電影、休息，閔俊覺得如今這單純的循環猶如咬合穩固的齒輪般和諧轉動著。這樣好像還可以，這種生活也不錯。

9｜有鈕扣，卻沒有能扣上的孔

考上心目中的理想大學時，閔俊產生了安心感。儘管非常討厭父母說「人生的第一顆鈕扣要扣好」，要他再多加把勁，但在錄取通知單面前，他依然心想著：「我把第一顆鈕扣給扣好了。」

大人們總說，只要考上理想大學，人生就會一帆風順，也說沒有什麼高牆是名校的招牌無法穿透的。但閔俊和朋友們都知道，如今大學的招牌已不能保障穩定的未來，閔俊必須如同過去的人生般，在大學時期馬不停蹄地向前奔馳。

從外縣市的老家隻身北上至首爾，閔俊在入學典禮前就制定了大學四年的計畫，包括GPA、實習、證照、義工活動、英語，而朋友們制定的計畫也沒有太大的不同。儘管根據父母的財力，每個人在哪個地方，能多輕鬆地累積經歷都各有不同，但碰到子女必須自行達成的目標，就連父母的財力也無法代勞。

閔俊就像在制定小學暑假的時間表似地，制定了每學期的時間表。無論是按照時間表實踐的熱情或意志，閔俊都具備了。而閔俊的家人，在他就讀大學的四年期間組成了一支團隊，為了將球順利踢進名為大學學費、房租和生活費的球門內，他們團結一心地奮力奔跑。

閔俊的大學生活除了打工、打工還是打工，再加上讀書、讀書和讀書。蠟燭兩頭燒的生活並不輕鬆，但閔俊認為這也是一種必經的過程。只要熬過這段時間就行了，只要跨越這一刻就行了。閔俊相信，用心生活是件好事，即便因為睡不飽而總是精神不濟，他仍認為正是因為這樣，偶爾睡懶覺才讓人感到幸福。他之所以能如此樂觀，是因為從過去至今的努力，向來都能換來對等的好結果，而他相信往後也會是如此。閔俊大學四年的GPA接近四．○*，學經歷沒有一項比別人差，而他也有信心，往後無論碰到什麼事，自己都能過關斬將，可是他卻找不到工作。

「欸，我們怎麼會找不到工作啊？你跟我有哪點比別人差？」

系上同學聖哲在學校附近的酒館說，同時一口氣乾掉燒酒。閔俊和聖哲是在迎新活動時認識，兩人在大學期間形影不離。

「我們找不到工作，並不是因為比別人差。」

臉上泛起紅暈的閔俊也跟著聖哲乾掉了一杯。

「不然是為什麼？」這個問題，聖哲已經向閔俊問了數十遍、數百遍，而這也是他每天都會問自己無數次的問題。

「因為孔太小，不，是因為根本就沒有孔。」閔俊一邊在聖哲的杯子中斟入燒酒，一邊說。

「孔？求職的孔？」聖哲也將燒酒倒入閔俊的杯子。

「不是，是鈕扣的孔。」

兩人一口喝光燒酒。

「我媽說的，在我高中時，她說人生只要第一顆鈕扣扣好了，從第二顆鈕扣開始就會自動扣好，說考進好大學就等於是把第一顆鈕扣扣好。所以我在考上大學時內心鬆了口氣，因為往後也只要像現在一樣去做，第二顆鈕扣、第三顆鈕扣就會扣在正確的位置上。你覺得這種想法是種妄想嗎？我可不覺得這是在妄想。你也知道，我的腦袋可是好得不得了。你也承認我比你聰明吧？這麼聰明的我都這麼努力了，怎麼能忍受這個社會不接受我的事實？」

不知是否受到醉意的驅使，閔俊無力地垂下頭，然後又抬起頭來繼續說：「我呢，進大學之後，為了打造鈕扣真的卯足了全力。你也是吧？我讓鈕扣都保持精準的距離，而且我扣得要比你更好。仔細想想，聖哲，我能把鈕扣扣好，你也有不少功勞，謝啦。」

閔俊拍了拍聖哲的肩膀，聖哲則是揚起滿足的笑容。

＊GPA（Grade Point Average）為「成績平均績點」，是多數大學採用的一種成績評分制度，最常見的GPA制為四分制，A等為四分、B等為三分、C等為二分、D等為一分。

「比你的鈕扣顏色更漂亮的我，也想跟你道聲謝。」
閔俊聽到聖哲的話後微微笑了一下，但沒多久，他就以充滿血絲的眼睛看著朋友。
「可是，聖哲。」
「哦？」
「最近我在想，我們拚死拚活地打造鈕扣，卻漏掉了一件事。」
「什麼？」聖哲問，同時努力集中渙散的眼神。
「是沒有能扣鈕扣的孔。你想想看，眼前有一件衣服，一側縫滿了高級鈕扣，可是另一邊卻沒有能扣上的孔。為什麼？因為沒有人替我們打那些孔。所以你看我的衣服，上頭就只寒酸地扣上第一顆鈕扣。」
聽閔俊這麼說，聖哲不自覺地低頭看自己身上的休閒襯衫。襯衫上掛了一排整齊的鈕扣，但從第一顆鈕扣開始就沒有扣上。聖哲像是受到什麼驚嚇似地縮了一下身子，接著急急忙忙扣上第一顆鈕扣，還有第二顆鈕扣也扣上了。儘管人已經喝醉了，手指動作沒辦法很俐落，但他仍努力讓眼神聚焦，就這樣連最後一顆鈕扣也很有誠意地扣上了，同時他想著：「是因為每次都穿著敞開的襯衫走來走去，所以才找不到工作嗎？」閔俊不理會聖哲在做什麼，他用一種意味深遠的眼神盯著燒酒杯，彷彿第一次見到這種玩意，繼續說了下去：
「很好笑吧？假如一開始連顆鈕扣都沒有，不就能用很時尚的風格到處走跳了嗎？

可是你看這個，只扣了第一顆鈕扣，下面卻有一大堆派不上用場的鈕扣。這什麼都不是，就只是瑕疵品。衣服是瑕疵品，穿著它的我也是瑕疵品。啊，不覺得很哭笑不得嗎？假如我過去的時間都是為了成為這瑕疵品而存在呢？真沒想到我會有個哭笑不得的人生啊。」

「有什麼好哭笑不得的？」把第一顆鈕扣都扣上之後，聖哲覺得脖子被勒得很不舒服，一邊不斷用手拉領口一邊說。

「沒有嗎？」

「又不是只有哭。」

閔俊呆呆地看著聖哲，接著用手指壓住聖哲的額頭說：「是這樣嗎？這是件好事嗎？不是壞事嗎？」

「這小子是怎麼了！」

「這是正面思考的力量嗎？這種人生也可以是彩色的？真的是這樣嗎？」

見閔俊拉高音量，不知道在喊些什麼，聖哲趕緊堵住了閔俊的嘴巴，要他快住口。

接著閔俊拍掉聖哲的手再次大喊：

「有什麼好哭笑不得的！」

兩人咯咯笑了起來，說：「我們的人生太令人哭笑不得了啊。」

閔俊用雙手抓著空的燒酒杯，聖哲則是抓著燒酒瓶，兩人說著幸好自己的人生不是只有哭泣，至少自己還能笑，真是太慶幸了，然後又笑了起來。笑的同時，閔俊又點了一瓶燒酒，聖哲則是心情大好，追加點了雞蛋捲和部隊鍋。兩人看著送上桌的全新燒酒瓶，腦袋想著同一件事：希望在不久的未來，有個人可以突然蹦出來，替我的衣服打上鈕扣孔。希望那人可以幫我打上第二個、第三個孔，以證明我不是個瑕疵品。既然如此，就連坐在我眼前的這個朋友的衣服也順便吧。既然如此，就連我們的朋友也順便吧。不，既然如此，我希望這世界的鈕扣孔可以多到滿出來，希望世界上充滿了就算再大的鈕扣，也能咻咻穿過去的超大型鈕扣孔。

閔俊和聖哲在這天喝完酒，又過了幾個月，彼此便不再聯繫了。已經想不起來準確是從何時開始斷了聯繫，但可以確定的是，兩人已經近兩年沒有往來。或許聖哲已經找到了工作。假如是因為只有自己找到工作而心生愧疚，所以才沒聯絡，閔俊可以理解朋友的心情。但假如是相反，他就更能理解了。假如是還沒找到工作，閔俊也會選擇不聯繫對方。閔俊和大部分的大學朋友都斷了聯繫，就算有人打電話來也不接，收到訊息也不回。偶然在求職讀書會遇見朋友時，也只簡單寒暄一下。

當時閔俊參加了兩個面試讀書會。就算書面資料審查、性向測驗、人格測驗全部通過了，卻總是會栽在面試這關。閔俊一天會照上好幾次鏡子，心想著是臉的問題嗎？就算長得不帥，但自己的臉也不算醜啊。自己就是隨處都可見的長相，是在每個職場上都能見到的長相，也是跟審查的面試官沒什麼差別的長相。是因為長了一張大眾臉，所以才過不了關嗎？

閔俊帶著彷彿真的在面試的心情參加面試讀書會。他帶著給人自信滿滿的印象，同時又不失謙遜的表情回答讀書會成員提出的問題，也很努力熟悉特定肢體語言，以營造出不會表現得太過積極，但只要下定決心，就能想出比任何人都有創意的點子的形象。閔俊表現得很理直氣壯，既不會太有攻擊性，也不會太過小心翼翼，彷彿大學畢業超過兩年仍沒找到工作，是因為公司沒有識才的慧眼，而不是因為他有任何缺陷。

進入最後面試關卡的公司以簡訊告知了不錄取的消息。閔俊再看了一次簡訊，接著便立刻刪除了。他靜靜地站著，仔細琢磨此時自己感受到的是什麼樣的情緒。是失望嗎？是生氣嗎？是羞恥嗎？是想死嗎？但都不是。閔俊覺得自己解脫了。他早就有預感這間公司會是自己申請的最後一家公司。雖然不是下定了什麼決心，但從某一刻開始，他就不再為了求職做任何事了。除非之前投了履歷的公司要他去參加性向測驗，又或者要他去參加面試，他才會去。表現出誠懇上進的樣子，表現出緊張的樣子，都只是一種習慣罷了。

如今他覺得一切都結束了，這樣就夠了。閔俊整個人都輕鬆了起來。

「媽，我沒事，不用擔心，只要接家教就能賺到足夠的生活費，休息過後，我就會重新開始。」

閔俊靠坐在租屋處，打了電話給媽媽。「真的沒事吧？」在媽媽過度開朗的聲音之上，閔俊把自己開朗的聲音疊了上去。他對媽媽說了謊，他暫時沒有想接家教的念頭，也不打算準備求職。他想擺脫求職族的頭銜，想中斷準備某件事的過程。彷彿走在看不見盡頭的路上，彷彿用一雙手茫然推著屹立不搖的牆面，他不想再被那種心情牽著鼻子走了。

閔俊想要的是休息。回顧自己的人生，打從國一開始他就不曾放寬心休息。一旦成為資優生，就必須一直當資優生，而資優生必須時時努力。他並不討厭努力，只不過假如努力的結果是這樣，乾脆不要努力還比較好。儘管如此，他並不想為過去的時光後悔，只是假如未來也要像現在一樣活下去，他覺得總有一天自己會後悔。閔俊確認了戶頭，顯示著還能撐上幾個月的金額。那一刻他下定了決心，直到戶頭餘額顯示零的那一天為止，就好好玩一回吧，什麼事也不做地活一回吧。好，就這麼試試看吧，還有，下一步呢？下一步是……

哪有什麼下一步？下一步根本就不存在。

冬季走向尾聲之際，閔俊開始過起無業遊民的生活。為了避免正式的無業遊民生活受到干擾，他決定只在睡覺前打開一次手機，而且還是想到才開機。趁自己還沒忘記之前，閔俊也打了通電話給電信公司，將費率改成了基本方案，反正也沒人會主動打電話給他。

閔俊很想知道，擺脫應當要做的事情後，自己會做著哪些事情過活。雖然不知道自己能夠活得多自在，但他希望自己一天的工作能如行雲流水般自然，也希望自己能徹底擺脫晨間鬧鈴、社會的視線、父母的嘆息、無止境的競爭、比較，以及對於未來的恐懼等。

早上很晚才醒來，直到肚子產生飢餓感之前，他會靜靜地躺在床上滾來滾去，要是肚子餓了，就等吃完飯之後再繼續滾來滾去。扣除經過窗外的行人腳步聲、對話聲、汽車聲，閔俊一整天聽不見任何聲音。直到外在的聲音逐漸消停，閔俊的內在自動浮現了各種想法，接著又消失。他會突然一陣哽咽，內心感到很委屈，但之後又變得無限樂觀，自言自語的次數也增加了。

「從過去至今所做的事，」閔俊對著空氣說話，接著在心中把句子給說完，「**原來都是為了求職啊。**」

閔俊想起了自己就讀幼兒園時，聽寫拿到滿分的那一刻。老師用紅筆寫了一個大大的「一〇〇」。「閔俊，你很棒哦。」老師一邊說，一邊拍了拍他的屁股。不知道為什麼，老師的稱讚讓閔俊感到難為情，但他仍感覺到胸口膨脹起來。他一個箭步跑回家，把筆記本打開給父母看，這時父母驕傲地把兒子高高舉起，還問他想吃什麼。

「是從那時開始嗎？」閔俊邊從冰箱取出兩顆雞蛋邊說。

在小學、國中、高中所學的一切，在大學所學的一切，在小學、國中、高中所做的每件事，在大學所做的每件事，那些成果，閔俊領悟到，既然自己放棄了求職，那些成果就再也沒有用處了。

——不，也不是只能這樣想嘛。也就是說……不管怎麼樣，英文能力確實變得很強，到國外旅行時會很得心應手吧？啊，我真的很傻，平時是會有多常去國外旅行？不過……假如路上有外國人向我問路，我可以告訴他怎麼走嘛。啊，不管了，就當作英語學了有幫助吧，但剩下的呢？在考試拿高分的要領？製作簡報的能力？想坐多久就坐多久的屁股？把自己拿來實驗人在疲倦的狀態下能撐多久的經驗？這些全變成了無用之物嗎？

閔俊思考起「自己」——也就是過去做的一切最具代表性的成果。儘管自己很沒出息地到處碰壁，但他並不會因此討厭自己，甚至他根本不覺得自己沒出息。閔俊曾在某處聽過這樣一句話：「不能只有用心做，要做得好才行。」可是，「好」的標準是來自誰？閔俊思考起那些自己放棄睡眠、精心打造出來的鈕扣，它們的樣式好看，顏色好看，品質也很優秀。閔俊深信這些鈕扣打造得「很好」，沒有半點懷疑。

但是這些鈕扣只不過是為了求職所打造出來的鈕扣，所以閔俊的內心感到很受傷。即便如此，他並不想要把打造鈕扣所度過的漫長歲月視為虛度光陰。在我身體的某處，在我內心的某處，不也鏤刻著享受那些時光的點滴記憶嗎？不是嗎？難道我的人生是個徹底的錯誤嗎？

在無形中，閔俊的無業遊民生活也建立起規律性。他發現自己原來並不是很愛睡覺的人，睡太久反而會渾身不對勁。就算沒有設鬧鈴，他也會在早上八點睜開眼睛。起床後，他會把家裡打掃乾淨，在整潔的環境下準備一頓早餐來吃。因為他已經打定主意，在戶頭餘額見底之前，都不再為金錢的問題煩惱，所以三餐算是吃得很飽足。早餐吃麵包和煎蛋或炒蛋，午餐吃有配菜的米飯，晚餐則是豐盛地吃一頓當天想吃的食物。

上午九點半一到，閔俊就會出門，帶著散步的心情走二十分鐘到瑜珈教室。剛開始上瑜珈課，是為了伸展一下僵硬的身體，沒想到很適合自己。儘管最初全身上下都在哀號喊痛，讓他驚覺「原來這個部位也有肌肉啊」，但現在上完瑜珈之後，身體卻暢快得不得了。閔俊特別鍾愛瑜珈課結束後，讓身體呈大字形躺著休息的時間。他很驚訝，明明只是短暫躺一會兒，卻能紓解身心的緊張感。閔俊有時會不小心睡著，但這時的睡眠真是香甜無比。「請大家起身坐好。」當瑜珈老師以低沉的嗓音叫醒大家時，閔俊就會打起哆嗦，腦袋也會有些恍惚。以身體放鬆的狀態步行二十分鐘回家時，閔俊會覺得做了件善待自己的事，並獲得片刻的幸福。

當幸福暫時來訪，不幸也就緊接而至。正當閔俊坐在租屋處，將一大口菜包飯放入嘴巴的瞬間，腦袋卻冷不防地衝出這樣的念頭。

我這樣過活也沒關係嗎？

雖然菜包飯真的很美味，但這種念頭卻令人胃口盡失。但閔俊心想，難吃的東西終究贏不了美味的東西，於是又包了一大口菜包飯，放入口中。專心咀嚼久了，短暫找上門的不幸就會消失，接著再次回到原本雖然不幸福但也沒有不幸的狀態。

吃完午餐，閔俊通常會看電影。看不同電影的空檔，他也會一口氣追完大家大推的人生電視劇，就連《白色巨塔》也是現在才看。當主角張俊赫最後死掉時，閔俊也跟著哽咽哭了，而《祕密森林》則是在驚嘆「原來我國的電視劇發展到這種程度了啊」之中看完。至於電影，則是參考電影的專業網站，仔細挑片來看。他一個月會上兩次藝術電影院，要是聖哲看到現在的閔俊，想必會對他非常滿意。

聖哲非常熱愛電影。身為一名充滿熱情的電影迷，即便是在考試期間，他也很愛跑去看午夜場。他經常帶著因為睡眠不足而憔悴的黑眼圈，斥責閔俊成天只會看那些打打殺殺的電影。

「別看別人說好的電影，要看你覺得好的電影。」儘管閔俊有好幾次用物理的方式堵住聖哲假裝自己很行的嘴，但聖哲依舊不懂閉嘴為何物。而且當閔俊說某部電影累積千萬觀影人次，從電影院回來之後，聖哲甚至還會對他做人身攻擊，說：「你這傢伙就是這種水準啊。」

「好電影的確可能累積千萬觀影人次，但千萬人次的電影不全是好電影。你就是不懂這點，那種電影能成為千萬人次的電影，是因為它本來就是三百萬人次的電影。」

就算閔俊不回嘴，聖哲也會自顧自地繼續說下去。

「意思就是數百萬的觀眾成了宣傳的奴隸。當觀眾超過三百萬時，製作公司就會宣傳：『這部電影超過三百萬觀影人次。』那大家就會心想：『哦，聽說這部電影超過三百萬人次耶，我要不要去看一下？』那很快就會超過四百萬。接著製作公司又會宣傳：『這部電影超過四百萬觀影人次。』那大家又會想：『聽說這部電影超過四百萬人次耶，我要不要去看一下？』接下來就是五百萬、六百萬、七百萬……」

「你好吵，」閔俊打斷聖哲的話，「你知道這叫做強詞奪理嗎？」

「你又為什麼要裝懂？」

「你的意思不就是這樣嗎？假如某部電影累積三百萬觀影人次，就等於獲得了千萬人次的自由出入證。那麼製作電影的人的目標應該都是三百萬人次了吧？只要達到三百萬人次，就能成為千萬人次的電影。」

「唉，算了，你這個腦袋不靈光的傢伙，怎麼都不懂得變通啊？我的重點是這個：不是千萬人次電影，就都是能滿足千萬名觀眾的好電影。所以不應該為了千萬人次而去看，而是我們所有人、熱愛電影的所有人，都應該去看自己喜歡的電影，不是嗎？嗯？」

「電影都還沒看，我要怎麼知道自己會不會喜歡？」

閔俊連看都不看聖哲一眼，在筆記本上邊寫筆記邊問。

「光看導演也知道啊！光看海報也知道啊！光看故事概要也知道啊！你想想看，你真的以為我們國家有超過千萬人喜歡黑社會和檢察官較量的電影嗎？以為大家都那麼喜歡新派劇嗎？大家都是漫威鐵粉嗎？難道不都是跟著別人看的嗎？」

閔俊不懂為什麼只要談到電影，聖哲就要這樣大動肝火，但知道此時能令他消火的人就只有自己。閔俊停止做筆記，抬頭看著聖哲。

「聖哲，我現在才明白你在說什麼。」

「是吧？」

「我會去理解你說的所有話，是我想法短淺，謝謝你分享資訊，真的很謝謝你。」

閔俊從座位上起身，以誇張的姿勢抱住聖哲。這個閔俊用來挫挫聖哲氣勢的招數總能完美奏效，當閔俊一抱住聖哲，聖哲隨即更用力地回抱，同時這樣說：「朋友，我也謝謝你能理解我。」

確實如聖哲所說，閔俊看那些電影，並不是因為喜歡看打打殺殺的場面。確實如聖哲所說，是因為不知道自己喜歡什麼樣的電影，所以才會去看別人讚譽有加的電影。儘管如此，他從來不曾後悔看了那部電影。有什麼好後悔的？只要看得興致盎然，也就夠了嘛。

既然有閒暇時間，閔俊就能探索自己喜歡什麼樣的電影。閔俊想告訴聖哲，如果想知道自己喜歡什麼，首先要具備探索內心的閒暇時間，他還想告訴聖哲，想理解層次高、深沉、微妙的電影所需要的專注力，同樣來自精神上的餘裕。

要是往後見到面，閔俊也想問問他：「你一邊高唱著自己快忙死了，是怎麼能看完那麼多電影的？無論再忙，也能將一件喜歡的事留在身邊的訣竅又是什麼？」

只要看完一部電影，閔俊就會花很長的時間思考關於它的一切，甚至花一整天的時間細細吟味電影。閔俊心想，自己從來不曾毫無目的地為某件事撥出這麼長的時間，同時覺得自己正在做非常奢侈的行為——揮霍時間的奢侈。藉由揮霍時間，閔俊逐漸了解屬於自己的記號和喜好，也隱約明白了，當自己為某件事傾注心思，到頭來就會望進內心深處。

10 — 常客

閔俊用右手擦拭桌面，同時用眼睛追尋中年男性客人的身影。剛才開門進來的那位客人，是從幾週前開始，只要到了平日下午一點半，就會把書店當成圖書館使用的客人。根據英珠的說法，剛開始幾天他一邊檢視書店每個角落，一邊挑選想讀的書。一旦找到心儀的書，從隔天開始，客人就會天天報到，享受「餐後閱讀時光」。這是英珠的解釋，她還補充說，這位客人是兩個月前在距離書店五分鐘的地點開業的房屋仲介老闆。

客人誤把書店當成圖書館，而他閱讀的書是規格大也很厚重的《道德部落》（*Moral Tribes*）。他似乎已經讀完一半以上了，卻彷彿陷入了每天花二、三十分鐘消化剩餘頁數的樂趣之中。當他把書本放回展示櫃，走出書店時，原本死氣沉沉的臉上甚至變得靜穆起來，而且其中似乎還帶有自我沉醉於知識收穫的成分。幾天前英珠和閔俊交換意見，討論該怎麼制止那位客人的行為：該怎麼告訴他這裡不是圖書館，而是書店？

「先等他把現在讀的書讀完吧。」

英珠坐在閔俊的對面，在巴掌般大小的便條紙上邊寫字邊說。閔俊也跟著抄寫英珠寫下的文字。

「可是那位客人啊，」閔俊停止握筆寫字的動作，看著英珠，「閱讀《道德部落》的人，卻不知道自己的行為是對或錯，這點有些好笑。」

英珠連頭也沒抬就說：「畢竟端詳自己內心是一件困難的事，即便是讀了書。」

閔俊再次動筆寫字，同時說：「那不就沒有必要閱讀了嗎？」

英珠發出「嗯」的一聲之後，望向窗外一會兒，然後朝閔俊的方向轉過頭。

「儘管很困難，但並非不可能。善於端詳自己內心的人，光是靠一本書也能產生些許改變，但我相信，即便是不擅長的人，只要經常接受刺激，最後也只能對自己坦誠。」

「是這樣嗎？」

「因為我是後者，才會拚命閱讀，心想著只要讀久了，我也會慢慢變成好人吧？」

閔俊像是理解似地，輕輕地點了點頭。

「不過，你知道那位客人為什麼要在這裡做房屋仲介嗎？」英珠帶著探問閔俊是否也知道其中原因的語氣問。

「這一區的不動產景氣好轉了嗎？」

「沒有，目前還沒，不過那位客人說幾年內會好轉呢。距離這裡二、三十分鐘距離的社區，居民最近不是因為仕紳化而飽受折磨嗎？從那個地方被逐出的人口都會流向哪裡呢？那位客人的直覺大概是指向了休南洞吧，他說不消幾年，這一區的街道會因置產的人、脫手房地產的人、租賃的房東和租客而變得熙熙攘攘。」

閔俊望著正好整以暇地享受餐後閱讀時光的客人，心想著假如那位客人恭敬地向命運之神致謝的那天到來，自己就得離開這個社區了。現在還算能應付得來的房租，到了那時，少說也要翻個兩倍吧？當某人的期望化為現實的那一刻，另一人的人生就會陷入悲慘的不合理現象。閔俊心想，那位客人與自己絕對不可能成為命運共同體。

在這裡任職超過一年，閔俊和大部分的常客都說過一兩句話，雖然幾乎都是客人先搭話，但偶爾閔俊也會先打招呼。三天兩頭就會跑來的民哲媽媽和社區居民是最眼熟的，一週至少會來書店一次的客人們，也一眼都能認出來。其中又以讀書會的會員最平易近人也最積極。也有人主動評鑑咖啡的風味，這種客人光是遇見一回就很難忘記。

閔俊和一位上班族客人交談過不少次。這位客人一週會來書店兩三次，只要來了，就會閱讀到書店關門為止。他也曾在閔俊最後做整理時才氣喘吁吁地跑來，上氣不接下氣地進門之後，在桌子前坐下閱讀，哪怕只是讀個幾頁而已。這位客人曾經在午餐時段白跑一趟，但也因此和英珠成了能互開玩笑的關係。閔俊也曾聽他們互通姓名，客人叫做崔宇植，一聽到名字，英珠甚至拍手稱讚這名字取得真好，吹捧起客人。閔俊還納悶平常都很淡定的英珠為什麼會有這種舉動，後來才知道，這位客人的名字和英珠喜歡的演員名字相同，所以才不自覺地興奮起來。

名叫宇植的客人使用書店的模式是這樣的：他會買一本書，而買書的這天，他不會另外點咖啡，而是在桌子前坐下來閱讀；沒有買書的日子，他會點一杯咖啡，但這時他只喝幾口而已。偶爾，宇植會超過一週都沒踏進書店。英珠和閔俊像是察覺了這件事，又好像沒有察覺。直到宇植久違地來到書店，他會露出格外開朗的表情，向英珠解釋自己為什麼超過一週沒有來書店。

「因為旅行社推出了新的產品。我忙著跑各家代理商介紹旅遊產品，忙得不可開交。雖然想著無論如何都要來這裡看個書，可是就是擠不出時間。該怎麼形容經過關門的書店的心情呢？就像小時候擔心會被媽媽罵，只能眼巴巴地經過遊樂場一樣心碎啊。」

閔俊認為宇植是個感性的人，心想會不會是因為宇植主要讀小說才這樣，又或者，是因為他是個感性的人，所以才喜歡讀小說。不，搞不好前提本身就錯了。只能把小說和感性做連結嗎？某一天，宇植率先向正在擦拭桌面的閔俊介紹自己。

「現在才跟您打招呼呢，我是崔宇植。」

「啊，是，我是金閔俊。」

「每次都很抱歉。」宇植突然用很歉疚的表情望著閔俊。

「怎麼了嗎？」閔俊驚訝地問。

「我是說咖啡，每次都沒把咖啡喝完，讓我很過意不去。因為我喝咖啡會心悸，所以不能喝太多，不過我都會想喝上幾口。」

「這不是客人需要感到抱歉的事。」

「啊，是這樣嗎？看來我又操了不必要的心。」

宇植露出了和善的笑容。

「不過，我是不太懂咖啡的風味，但就連不懂咖啡的我，也覺得咖啡的味道很好呢。」

閔俊記得英珠說，因為喜愛名字相同的演員，所以覺得這位客人給人善良的印象。如果名字相同，感覺也會變得相似嗎？閔俊看了一眼彷彿偶然找到連自己弄丟都不知道的珍貴物品的宇植。

「謝謝您這麼說。」

只要是常客，自然就會關注起那個人，無論他是誰，但最近一兩個月，英珠和閔俊最感興趣的客人其實另有他人。坐在那裡的客人，隨著天氣變熱就鮮少上門，但約莫進入仲夏時，她卻來得相當頻繁。這位客人平日幾乎每天都來，待上五六個小時才離開。在看完書之後做筆記的客人之間，女人格外顯眼，但最令她顯眼的原因，是因為她既不看書，也不做筆記。也就是說，是因為她坐在那裡，卻什麼事都不做。

剛開始女人一週只來一次，呆呆地坐上一兩個小時，所以不管是英珠或閔俊都沒有太注意她。當女人向英珠問這樣的問題時，英珠也只覺得「真是位獨特的客人啊」而已。

「如果在這裡喝一杯咖啡，可以待幾個小時呢？」

「我們書店沒有限時。」

「哦！但我還是會不自在耶，如果點了一杯咖啡卻待上一整天，這樣不是對書店不好嗎？」

「是這樣沒錯，不過……目前還沒遇過這樣的客人。」

「那請趁這次機會斟酌一下吧，因為我可能會變成那種人。」

女人在書店停留的時間真的越來越長，就算長達六小時也很怡然自得。甚至書店沒有主動提及時間限制，她還自行制定規則，每三小時就點一杯飲料。這件事還是女人告訴閔俊才知道的。某天來到書店後，女人在第三個小時再次點了咖啡，同時對閔俊說：

「過了三小時，我會再點一杯咖啡。這樣就不會造成書店的困擾吧？」

有一段時間，女人的桌面上只放了一支手機和一張便條紙。偶爾她會在便條紙上頭寫些什麼，但多數時候都只是輕輕閉著眼睛，一動也不動地坐著，然後某一刻，她會彷彿打瞌睡似地點起頭來。後來英珠和閔俊才知道，女人一動也不動地坐著，其實是在冥想，而看似打瞌睡的模樣，是在冥想過程中真的睡著了。

原本穿著寬鬆T恤和垮垮短褲上門的女人，在外頭開始吹起涼風時，便換上大尺寸的休閒襯衫和男友風長褲現身。這種感覺好像只是隨意穿上，卻散發一股帥勁的時尚風格，似乎最優先追求的是舒適感。大約從穿上褲裝上門開始，女人就不再坐平時的固定位置，而是跑到角落的座位去編織造型清潔布。她似乎非常討厭給別人造成困擾，所以在編織清潔布時也會問英珠：

「我可以在這裡製作手工品嗎？我會安靜地製作，應該不會對店裡造成困擾吧？」

「不能盯著客人看，讓對方有負擔」是書店的第一原則，但唯獨在她面前，英珠無法遵守這項原則。都要怪那該死的造型清潔布。女人坐上好幾個小時編織清潔布的模樣，總讓英珠看得出神。一個巴掌般大小的清潔布，一天能做一個，但有些時候，女人只要兩三個小時就能俐落完成一個作品。也是在這時候，英珠知道了她的名字叫靜書。

編織清潔布時，靜書一有空就會閉目靜靜地坐上好半晌。當然了，後來英珠才聽靜書說，這也是在冥想。清潔布有各種造型，英珠尤其喜歡吐司造型的清潔布。用褐色表現吐司邊，再用香草色表現吐司內裡，是很出色的選擇，從遠處望去，就像桌面上擺了一片剛出爐的吐司。靜書一言不發地沉浸在製作的過程中，但仍不忘每三小時就點一杯飲料。

從靜書編織清潔布超過一個月後，英珠開始好奇靜書目前為止製作的清潔布有幾個，甚至眼前還隱約出現了靜書家中有成堆清潔布的情景。英珠的腦中自動描繪出在眾多清潔布之中，吐司造型清潔布的外邊露了出來，看起來十分誘人的模樣，但英珠什麼也沒問，靜書也持續製作清潔布。直到幾天前，靜書才抱著一個鼓鼓的紙袋走進書店，對英珠說：

「我想捐贈清潔布給休南洞書店，我該怎麼做呢？」

11—清潔布活動圓滿結束

三人將靜書捐贈的清潔布擱放在桌面，簡單地開了會議。這是來自靜書不要求任何報酬的一番美意，因此決定不把清潔布拿來營利。那麼也就沒有什麼好苦惱的了，三人都贊成在書店舉辦清潔布活動。

• **星期三下午六點半／IG發文**

休南洞書店將於本週五舉辦活動。蒞臨書店的所有讀者，請各自帶走一個清潔布！這是親手製作的清潔布，是有愛心、花朵、魚類、吐司等各種造型的可愛清潔布。因為數量有限，所以先搶先贏哦。我們會隨時更新數量，避免讓大家白跑一趟。週五就來休南洞書店，與清潔布一起度過。☺

#休南洞書店 #社區書坊 #社區書店 #社區書店活動 #人人都是清潔布使用者 #竟然拿清潔布辦活動 #製作清潔布的人是誰 #期待星期五的到來

•星期五下午一點四分／IG發文

今天來書店，就送你清潔布。贈送給前來書店的每個人，數量限定七十個。☺

#休南洞書店 #社區書坊 #社區書店 #社區書店活動 #請前來索取七十個限量清潔布 #不買書也會贈送哦

•星期五下午五點二分／IG發文

沒想到清潔布這麼受歡迎呢，剩下三十三個。☺

#休南洞書店 #社區書坊 #社區書店 #社區書店活動 #以清潔布迎接快樂星期五

清潔布活動的迴響要比想像中更熱烈。就像英珠先前忘我地看著靜書編織清潔布的模樣，客人們也忘我地看著可愛造型的清潔布。今天英珠收到關於清潔布的問題要比書還多。大部分的客人都說，平常只會想到買清潔布來用，卻沒想過要親手製作。碰到有人詢問該如何編織清潔布時，就按照靜書先前的說明告訴他們。

今天英珠學到了，原來客人們會對獨特好玩、讓人心癢癢的點子產生反應。可能是因為手上拿著小巧可愛的東西，內心感染了喜悅，客人們都很欣然地花了錢。相較於買書後才帶走清潔布的客人，有更多客人是在帶走清潔布的同時買了書。可是假如經常舉辦這種活動，反應也會越來越差吧？看來專注於書店本色的同時，偶爾也得增添有趣的色彩才行。

當活動邁入尾聲的傍晚，書店內有四五名客人在安靜地閱讀，也終於有了時間。英珠朝著窗邊的桌子走去，並望著坐在那裡的民哲。他以右手托腮望著窗外的模樣，乍看之下就像被囚禁在鳥籠裡的雛鳥。是誰將那孩子抓進了鳥籠呢？孩子是否知道從裡面也能打開鳥籠呢？英珠感覺到自己現在要做的，是世界上最需要細膩手法的事，那就是幫助孩子親手打開鳥籠的門，促使孩子採取行動。

桌面上放著英珠上週拿給民哲的《麥田捕手》。看到英珠一靠近，民哲便趕緊坐好的模樣，看來這次英珠的推薦又失敗了。她下定決心，以後再也不推薦這本充滿社會適應不良的高中生獨白的書了。

「書沒看吧？內容不怎麼樣？」英珠坐在民哲的對面，問道。

「啊，不是的，我也知道這本書很棒。」民哲以順從的姿勢回答。

「覺得很難嗎？」英珠無緣無故地撫摸起書本。

「書店阿姨，您知道這本書的第一句台詞什麼時候才出現嗎？」

就在上星期，民哲說好要稱呼英珠為書店阿姨。

「什麼時候出現？」

英珠頓了一下，翻開書本。

「出現在小說的第七頁。」

民哲的聲音就像下雨天時說出「下雨了」般淡然，但英珠卻讀出了藏在那個嗓音中的埋怨。民哲似乎察覺了英珠的想法，猶豫不決地說：

「對不起，因為我沒讀過這種書，而且課本我也讀得很吃力。」

上週民哲來書店找英珠，而英珠早就知道，民哲媽媽和民哲取得了共識。民哲媽媽允諾，假如民哲可以一週來書店一次，閱讀英珠要他讀的書，那麼民哲就算不去補習班，或者在家裡遊手好閒幾小時，她都不會嘮叨他。初次聽到這件事時，英珠強烈地表示拒絕，因為覺得很有負擔。連孩子和姪子都沒有的英珠，要如何插手別人家的教育呢？「雖然很抱歉，但我做不到。」聽到英珠的話後，民哲媽媽握住了英珠的手。

「我能理解妳覺得有壓力。」

民哲媽媽鬆開手，吸了一大口美式咖啡。

「不如就想成替書店的客人推薦好書怎麼樣？我要求的也只有這樣。只不過是我介於中間罷了，妳就把民哲當成一週會光顧書店一次的高中生。就先試一個月吧，四次就好，只要每次推薦一本好書給孩子。我會這樣做，是因為孩子都不聽我們的話，現在父母就是這麼無能為力，不曉得該拿自己的孩子怎麼辦。」

英珠在一天之內就改變主意，決定和民哲見面。一週會來書店一次的高中生……假如真有這樣的高中生，英珠非但不會有負擔，還會喜出望外呢。

英珠拿起《麥田捕手》隨意翻閱，開始動腦筋思考有什麼值得高中生閱讀的書。就在這時，民哲指著書說：

「書店阿姨，您覺得我無論如何都必須讀這本書嗎？」

「咦？」

「那麼我會在一星期內再努力一次，是因為我不熟悉，所以才會覺得難。」

看著說話有條有理的民哲，英珠突然心想，或許這孩子不只是一隻被囚禁於鳥籠的雛鳥。

「說不定是這樣哦。不過你做得到嗎？」

「做什麼？」民哲睜大了眼睛。

「為閱讀付出努力。」

「去做就辦得到吧？」

「嗯……我不怎麼喜歡太過努力耶。」

「努力才能獲得想要的結果，不是嗎？」

「你知道這個道理，卻一副有氣無力的樣子？」

英珠彷彿了然於心似地，悄悄地試探民哲。

「因為腦袋知道是一件事，去做又是另一件事。」

民哲若無其事地接下英珠的話。

打從第一次見面，英珠就很喜歡民哲。民哲和兒時的英珠有著相似之處，兩人的內心都感到很鬱悶，卻不知道其中原因是什麼。為了化解這份鬱悶，兒時的英珠瘋狂地埋頭讀書，但民哲選擇停下腳步來化解鬱悶。或許民哲比英珠更機靈，此時他會不會正在檢查自己身上的方向鍵？而那件事，是英珠現在才在做的事。

英珠趁工作空檔和民哲一來一往地對話。民哲會呆呆地望著窗外，直到英珠來的時候才轉頭看她。民哲沒有半點迴避的神色，英珠問什麼，他都會沉穩地回答。他很聰明靈敏，甚至帶給人一種愉快的感覺；在小心翼翼的態度背後，還藏著淘氣的一面。和民哲對話之後，英珠決定改變計畫，她把上半身靠向桌面，縮短與民哲之間的距離，說：

「我們來制定作戰計畫吧。」

「什麼作戰計畫？」

看到英珠靠近，民哲很慌張地一邊將身體稍微往後退，一邊問。

「我們別讀書吧，不過，你一週要來這裡跟我聊天一次。因為你媽媽給了我書錢，等一個月後，我再還給你媽媽。就先保密一個月，知道了嗎？」

「那可以不讀書嗎？」

民哲以今天見面以來最開朗的表情問。

• 星期五下午八點三十分／IG發文

帶走清潔布的朋友們！今晚是否拿來使用了呢？現在剩下的數量是四個。剩下的清潔布就由書店主人與咖啡師拿來用在廚房囉，感謝今天光臨我們書店的所有朋友。☺

＃休南洞書店 ＃社區書坊 ＃社區書店 ＃社區書店活動 ＃清潔布活動落幕 ＃大家今天都辛苦了 ＃祝有個美好的夜晚 ＃請大家好好休息

今天的閔俊很反常，不知在磨蹭什麼，都已經快到下班時間了，他的手裡卻還拿著抹布。他無緣無故地看向英珠的方向，把已經擦過的杯子再擦了一遍，已經擦過的咖啡機也再擦了一遍。看樣子英珠今天好像要加班了。閔俊心想，碰到工作量多的時候，合力一起做完並早點回家是不是比較好？畢竟現在書店的事，閔俊也多半都能處理。但即便如此，他也不能主動說要超時工作。英珠是個把工資算得很精準的老闆，要是開口說要多做點工作，感覺就像是在向英珠多要錢似的。猶豫到最後，閔俊背起了背包，他站著思考了一會，然後拉起吧檯的桌面並問英珠：

「老闆，您今天要加班嗎？」

「哦……我可能要再多待一下才能走。」

英珠將目光從筆電移開，往上看著閔俊。

「怎麼了？」

「如果工作太多，我可以幫您。不是為了加班費，而是因為我今天不想回家。」

「哦！跟我一樣耶，我也是因為今天不想回家，所以才留下來的。」

「真的嗎？」

「騙你的。」英珠露出頑皮的表情笑著說。

「工作沒有多到需要操心。等一下知美姐說好要來我家，我打算在那之前離開，頂多也就加班一小時。」

英珠都說到這個分上了，也不好再說要一起加班，閔俊看了一下英珠，接著輕輕點頭致意。

「那我先走了。」

「好的，閔俊，明天見。」

・**星期五下午九點四十七分／ＩＧ發文**

大家不都說秋天是男人的季節，而春天是女人的季節嗎？聽說這是受到荷爾蒙的影響。秋高氣爽的近日，男人們都還好嗎？秋天也是食慾爆發的季節呢，所以最近到了下班時，肚子就好餓啊，可是又不能只顧著狼吞虎嚥，所以我就讀起充滿食物的小說，當成是烹飪節目在看。最近我閱讀的小說是蘿拉．艾斯奇維（Laura Esquivel）寫的《巧克力情人》（*Like Water for Chocolate*），我也強烈推薦在看書

之前先觀賞同名電影哦。☺

＃休南洞書店 ＃社區書坊 ＃社區書店 ＃肚子餓時就讀食物系小說 ＃蘿拉・艾斯奇維 ＃甜蜜又帶點苦澀的巧克力 ＃讀到一半的我現在要下班了 ＃大家明天見

心想著閔俊好像變得不太一樣的英珠，看見知美蹲坐在自己家門前，右手提著半打罐裝啤酒，左手則抓著儼然裝了滿滿各種起司的紙袋。「姐姐！」英珠喊了一聲之後，知美便像是雙手抓著啞鈴似地，一邊發出呻吟聲一邊站起身，英珠也趕緊接過一個袋子。

「怎麼買了這麼多？」

「哪有多？反正我都會吃掉。」

「可是，今天真的能過夜嗎？」

「當然啦，那個人要到凌晨才會回家，我現在啊，已經束手無策了。」

英珠和知美把下酒菜擺得美味誘人，接著將盤子隨意放在地板上，親密地在兩旁側身躺下。雖然喝啤酒時會坐好姿勢，但等到喝完之後，她們又會再次以舒適的姿勢躺下。英珠在布置家裡時花最多心思的燈光，也使得兩個女人隨興躺著的身影散發出光彩。

「妳家就只有燈光美。」

聽到知美批評，英珠不甘示弱地回嘴：「書也很多啊。」

「書也只有妳喜歡而已。」

知美再次批評。而英珠也回嘴：「這個家的主人也很不錯咧。」

「也只有妳覺得好而已。」

知美一出狠招，英珠猛然起身，大口灌下啤酒並說：「姐姐，好像真的是這樣。」

「哪樣？」

知美以躺臥的姿勢吃著起司，瞟了英珠一眼，露出「她又認真起來了，別那麼認真好嗎？」的表情。

「只是我最近常常這樣想，我這個存在只對自己有好處，對別人來說卻完全不是。偶爾也會覺得我這個存在對自己也沒什麼好處，但還算可以忍受。」

「妳的問題還真多，」知美用手臂支撐身體，起身坐好，「世上的人還不都是這樣？我這個人對別人來說又會有多好？我不就是緊緊抓著這個念頭撐到現在的嗎？如同我無法忍受那個人，那個人會不會也無法忍受我？會不會是五十步笑百步？」

「世界上應該會有懂得愛自己，同時又不會給他人添麻煩的人吧？」英珠剝下如大拇指般大小的方形起司外皮，說道。

「在妳喜歡的書中有那種人嗎？該不會背後有長一對翅膀吧？」

知美嗆了一句後再次躺下，望著天花板。

「妳上次不是說嗎？小說的主角都是有些偏離軌道的人，所以才能擔任普通人的代言人。我們都是偏離軌道的人，所以彼此碰撞久了，就免不了會互相造成傷害。如此說來，不就代表妳也是普通人嗎？」

知美彷彿在獨白似地接著說：「我們都是這樣的，都會給別人添麻煩，但偶爾也會做些好事。」

「說得也是，」英珠也望著天花板躺了下來，「可是，姐姐。」

「嗯？」

「你還記得當時那位客人嗎？說在享受餐後閱讀的客人。」

「哦，記得啊，那人怎麼了？」

「有好一段時間沒見到他，但幾天前他又再次跑來，把書接著讀了下去。」

「那人也真有本事。」

「所以昨天我對那位讀完書之後離開的客人說了。」

「說什麼？」

「我跟他說，不是只看個幾頁，而是長時間把一本書翻完，這樣書本會有損傷，而受損的書必須退貨。」

「結果他說什麼？」

「他漲紅了臉，飛也似地走出去了，一句話也沒說。」

「妳那裡也有給別人添麻煩的人呢。」

「不過今天那位客人來了。」

「來找妳碴？」

「不是，他大致選了一下自己至今讀過的書，最後買走了超過十本書，但從頭到尾都沒正視我的眼睛。」

「看來他回家之後反省了一下，覺得自己給別人添了麻煩。」

聽到知美的話後，英珠輕笑出聲。

「啊對了，姐姐，我這裡有塊清潔布。」

「什麼清潔布？」

「是手工清潔布，是吐司造型的，超級可愛，給妳用。」

「這誰給的？」

「我們書店的常客。今天舉辦了清潔布活動，剩下的就由姐姐、我和閔俊分享。」

「閔俊會在家裡做飯吃嗎？」

「不知道耶。」

「他看起來很精明，應該會自己做飯吃吧？」

「看起來精明跟做飯有什麼關係？」

「他看起來像是會自己做飯吃的人，不像是需要人照顧的類型。」

閔俊吃完飯，洗好碗盤之後，選了一部電影。他一邊看電影，一邊打開手機的電源確認訊息，但都是些內容不重要的訊息。就在他打算再次關機的瞬間，有電話進來了。是這段時間刻意避開的媽媽打來的電話。閔俊將電影暫停，管理好表情，接起了電話。

「哦，媽。」

「你的電話怎麼都打不通？手機怎麼老是關機？」

聽到媽媽不由分說地追問，閔俊輕輕嘆了口氣。

「我不是說打工時不方便接電話嗎？回家之後忘記開機了。」

「飯呢？」

「吃過了。」

「身體呢？」

「很好。」

「工作呢？」

「就那樣。」

「爸爸問你，打算做兼職到什麼時候？」

閔俊從椅子上滑下來，靠著牆面坐著，一陣煩躁的情緒突然湧上，他忍不住不滿地回嘴：「要做兼職工作到什麼時候，是我能決定的嗎？」

「不然由誰決定？」

閔俊拉高音量回答：「國家？社會？企業？」

「你怎麼老是講這些洩氣話。如果你打算只做兼職，就乾脆回南部！就叫你回來休息一下，為什麼都不聽話？你要好好休息，才有力氣再次奔跑啊！」

閔俊將頭靠在牆壁上，一句話也沒說。

「為什麼不說話？」

「媽。」

「怎麼？」

閔俊小聲地喃喃自語，就像是說給自己聽。

「就非得奔跑不可嗎？」

「什麼？」

「我現在也過得很好。」

「哪裡好！哎喲，媽媽都傷心得睡不著覺了……想到你在那邊的生活，媽媽不知道有多後悔，在你讀大學時，沒有讓你把所有心思都放在課業上。你那時也說自己很好，我還以為是真的很好！」

聽到媽媽語帶哽咽，閔俊不禁愧疚起來。他本來打算說自己後悔的不是沒有把所有心思都放在課業上，而是後悔自己缺乏遠見，後悔自己盲目地相信只要這樣做，就必然有明亮的未來，卻缺乏考慮這個方法是否正確的遠見；後悔自己只相信唯一的路，埋頭往前跑，卻缺乏斟酌是否有其他路可行的遠見。但最後還是決定不說。

「不用擔心，我過得很好。」

「哎喲，不管了，媽媽是相信你，只是心裡有些過意不去。」

「我知道。」

「錢呢？」

「還有。」

「錢用完了就打通電話回來，不要憋著不說。」

「不會有那種事的。」

「好，那就這樣，還有手機記得要開機，知道了嗎？」

「嗯。」

閔俊掛斷電話後，依然以相同姿勢坐了許久。

12 總會有那麼一次，能當個好人

與知美聊過給人添麻煩的人之後，英珠卻完全提不起勁來，就算勉強自己伸個懶腰，嘗試打起精神，整個人卻還是萎靡不振。看似好轉，有時卻又像現在一樣氣力盡失。即便以雙手拍拍兩頰、到書店外頭來回踱步，或者藉由哼歌竭力拋開過去，效果也只是一時的。

想到媽媽對自己說的一大串話，英珠不由得緊緊閉上了眼睛。從一開始到最後一刻，媽媽都不是站在英珠這邊，而是與那人站同一陣線。媽媽每天早上跑來家裡做早餐，為了不是英珠，而是那個人。女婿一言不發地接受丈母娘的獎賞，並冷眼旁觀丈母娘數落妻子的不是。當丈母娘不在時，他會問她：「還好嗎？」她並沒有反問：「這是你現在應該對我說的話嗎？」只是默默地點了點頭。

「妳知道自己現在對不起多少人嗎？」

媽媽晃動英珠的肩膀大吼。最後，當英珠說出自己辦了離婚手續時，媽媽差點就動手摑她巴掌。自那天之後，英珠便再也沒見過媽媽。

我對不起媽媽什麼？

每次想起媽媽問她知不知道自己對不起多少人時，英珠就會在心中不甘示弱地頂撞回去：「我是對不起媽媽什麼？」無論如何頂撞，卻怎樣都無法拔出插在心上的那根刺，胸口彷彿到處都瘀青似地又痠又疼。一想起媽媽，這世界上沒人與自己站同一陣線的念頭便迎面而來。陷入負面想法時，英珠就只能靜靜地坐下來，想想別的事，想想能讓心情好起來的事。就算不容易，也非如此不可。

幸好今天有靜書在。英珠確認沒有急事後，便坐在靜書面前欣賞她編織的模樣。捐贈清潔布之後，靜書也幾乎每天都來報到，一屁股坐在位子上。有段時間她只是呆呆地坐著，因此正式開始編織也才不過幾天，問她是不是在編織圍巾，她回答說對，還說「我不喜歡太長的，所以打算編織能繞脖子兩圈的短圍巾」。

英珠摸著顏色不會過亮，但也不會太暗的灰色圍巾，說：「款式……」

「是基本款。剛開始先做基本款，等上手之後再變換造型才容易。」

英珠一邊點點頭，一邊撫摸圍巾。

「顏色很好看，是很適合各種場合的灰色。」

靜書保持手上移動鉤針的節奏，看也不看英珠就回答：「顏色也是從基本款開始。不管什麼衣服，灰色不是都很好搭嗎？」

聽到靜書的回答後，英珠再次點了點頭。英珠鬆開撫摸圍巾的手，很自在地用手托腮，看著靜書編織的動作。穿針、繞線、取針的一連串過程，猶如心臟搏動般有規律地延續，英珠可以想見，直到有人找她之前，她都會繼續坐在這裡看圍巾完成的過程。可能的話，英珠並不想錯過圍巾完成的那一刻，假如能夠參與那個瞬間，自己似乎就能擺脫這種彷彿獨自留在世上的惡劣心情。

・星期四下午十點二十三分／部落格發文

我偶爾會覺得自己是無用的人而感到絕望，特別是害得給予善意、關心我、愛我的人陷入不幸時，經常會有這種念頭。還有什麼比帶給身邊人們不幸的人更不值得存在的嗎？我終究是會對他人造成傷害的人嗎？我就只是這樣的人嗎？我的心因此而麻痺。

麻痺到最後，我會歸納出一個結論：我就只是個平凡人，是無論再怎麼竭力向前，終點站依然平凡無奇的人類。隸屬平凡人種的我，無可避免地會使他人悲傷、疼痛。我們只能互相分享歡笑，同時也互相分享悲傷。

所以，當我閱讀《光之護衛》*這樣的小說時能夠安下心來。當我稍微替某人護衛時，是不是曾讓某人感受到「我與你站在同一陣線」呢？儘管我們懦弱不完美，所以顯得平凡，但平凡的我們也能做出善意的舉動，在那非常短暫的瞬間，我們不也能變得偉大嗎？

在小說中，對名叫權恩的孩子來說，唯一的朋友就是轉動發條後會噴出一分三十秒白雪的水晶玻璃球。自小無父無母、獨自挨餓長大的權恩很害怕做夢，晚上也不敢睡覺。權恩經常看著落下一分三十秒白雪的玻璃球，直到旋律結束，便趕緊用棉被蓋住自己的頭，同時暗自祈禱不會做任何的夢。這個就讀小學的孩子一邊發抖一邊如此祈求：

「使這個房間運轉的發條，現在請讓它停下吧，好讓我的呼吸也能停止。」

在這樣的孩子面前，身為小說中敘事者兼同班班長的「我」出現了。儘管權恩的孤單與貧困讓年幼的「我」產生隔閡感且心生恐懼，但想到要讓那孩子孤零零的一個人，又不禁萌生罪惡感。所以有一天，「我」從家中偷了一台底片相機拿去給權恩，要權恩賣掉相機去買點東西來吃。對於一個渴求死亡的孩子，一台別人要她拿去賣掉的相機帶來了希望的曙光。

「『班長，你知道最偉大的行為是什麼嗎？』閱讀信件的我搖了搖頭。有人曾說過這樣的話。拯救他人不是任何人都能做到的偉大行為，也就是說……也就是說，無論我發生了什麼事，班長你都必須記住，你給我的相機曾經拯救了我。」

「我」很平凡。他就像看著鏡子自問：「所以你，現在幸福嗎？」卻無法做出

---

* 韓國小說集，趙海珍著，創批出版社。

任何回答的我們一樣。「我」遺忘了權恩，就算時光荏苒，再次見到權恩也認不出來。就連我們班上曾經有個窮困的孩子，自己曾經去找過那個孩子幾次，還有給過相機的事也都忘了，然而「我」在兒時做出的舉動，卻未曾在權恩的人生中抹去。權恩因為「我」而有了活下去的力量，對權恩來說，「我」是救命恩人，也是偉大的人。

闔上書的同時，我心想，別在「我不完美」的想法中鑽牛角尖了吧。即便是這樣，我也依然有機會，不是嗎？不完美的我，不也依然能做出善良的言行舉止嗎？令人失望的我，不也總會有那麼一次能當個好人嗎？這麼想之後，我稍微有了點精神呢，也稍微期待起未來的日子。

13 一所有書都是公平的

光是在心中與已經數年不見的媽媽爭吵，英珠就已經快得內傷了，而所有精力也都用來平息內心深處的波濤。英珠拖著身子緩慢移動，病懨懨地在書店晃來晃去，自然也看不見閔俊意志消沉的模樣。即便是再熱心助人的人，一旦沉溺在自己的問題中，到頭來就只能對他人漠不關心。

為了書店，終究還是得穩住心思。原本一些不急著處理而延宕的事務，今天成了必須處理的急事。英珠在上午十點上班，確認訂購的書籍，整理未記錄的帳目，選出要寄送的書籍，撰寫新進書籍的介紹文，同時帶著些許急躁的心情望著還沒讀的本週讀書會選書。

英珠馬不停蹄地度過一天，甚至先前慢吞吞的樣子早已成了過眼雲煙。這是英珠徹底發揮潛力的日子，她找出了自己該做的事，而且三兩下解決完畢。假如過去和英珠共事的人看到這樣的她，說不定會取笑道：「就是說嘛，人哪有這麼容易改變呢？」但當時認識英珠的人之中，至今卻沒人仍與她保持聯繫。

英珠忙碌地處理書店事務時，靜書則在編織藍色的圍巾。來找英珠的民哲則是一邊等待英珠，一邊觀賞靜書編織的模樣。靜書覺得這個身穿校服坐在自己對面，板著一張臉看自己編織的孩子很可愛。要是無事可做就看個 YouTube 嘛，為什麼要看我織圍巾呢？

「你喜歡這種東西？」靜書詢問忘我地看著自己編織的民哲。

「這種東西？」民哲收起擱在桌面上的胳膊，看著靜書。

「問完之後，發現我也不知道是什麼意思呢，我只是要問你為什麼在這裡。」

「我一個星期會來書店一次，和書店阿姨聊天，這樣媽媽才不會嘮叨。」民哲乖乖地據實以告。

「書店阿姨應該是在說英珠姐，至於你媽媽為什麼要嘮叨，這我就不想過問了。總之，你想看的話就繼續看吧，你想試試看就跟我說。」

「編織嗎？」

「嗯，你要試試看嗎？」

靜書停下手上的動作，民哲想了一下，搖了搖頭。

「不了，我在旁邊看就好。」

「那就隨你囉。」

民哲再次將胳膊交疊放在桌面上，看著藍色圍巾在靜書的巧手下規律移動。每次圍巾移動時，民哲都會覺得它好像正朝著自己的方向蠕動。靜書維持一定的編織速度，民哲的雙眼也以一定的速度跟隨靜書的手。民哲感到很驚訝，光是看著別人編織，內心竟然能如此平靜。之前他曾在YouTube上專注地看別人做料理二十分鐘，影片中的人物在大自然中親自採集食材，將它擱置一個月後，接著經過極為複雜的工法，最後打造出令人食指大動的料理。民哲覺得既神奇又好玩，反覆將影片看了好多遍，而此時的心情就和那時一樣。明明沒什麼稀奇的，卻忍不住想一看再看。

跟著靜書規律的手部動作久了，感覺就像催眠師以懷錶吸走了民哲的心神。催眠師對民哲說：

「沒事的，一切都很好。」

民哲有些犯睏，直到將瞌睡蟲一次趕走後，他才以彷彿領悟什麼道理的口吻說：「這是我第一次看到。」

「什麼？」

「看別人編織。」

「最近不都這樣？」

民哲一言不發地繼續看靜書織圍巾，接著再次搭話：「阿姨。」

「我也是阿姨嗎？」

「不然要怎麼稱呼？」

靜書停下織圍巾的動作，想了一下。

「我和你沒有血緣關係，叫阿姨好像有點怪呢，可是我又不想被叫姐姐。大嬸就更不想了。我們國家的問題就在這，在許多第二人稱的代名詞中，卻沒有你能叫我的稱呼嘛。」

「……」

「嗯……英珠姐也已經被叫阿姨了，仔細想想，血緣也不是太重要。是啊，血緣在我們國家也是個問題。只要我的家人可以成功，大家就會不惜變成怪物！甚至變得寡廉鮮恥！嗯……就叫我阿姨吧。」

「好……」

「不過，你為什麼叫我？」

「我下次也可以看阿姨編織嗎？」

民哲像是在詢問非常重要的事情似地，以非常迫切的表情說話，靜書覺得他很可愛，瞥了他一眼後，首肯般點了點頭。

「不過，會發生座位爭奪戰。」

「為什麼？」

「因為那裡本來是你們書店阿姨的座位。」

在英珠熟練地處理延宕的工作，埋首於書店的事務時，閔俊努力不讓自己看起來過於徬徨。沒有咖啡訂單時，他必定會跑到英珠身旁，捲起袖子協助英珠，等到協助英珠的工作告一段落，他又會像是在大掃除似地在書店每個角落擦拭，將咖啡機和杯子一擦再擦，改變咖啡桌的位置，看到書本時也像偏執病發作般排成一列，雖然英珠也有意識到閔俊的動作，但並沒有太放在心上。

大火已經撲滅，現在就只剩下要處理的小事。英珠削了水果，拿去給閔俊、靜書和民哲之後，在座位上坐了下來。她一邊吃著水果，一邊思考賈瓦哈拉爾·尼赫魯（Jawaharlal Nehru）的《尼赫魯世界史》（*Glimpses of World History*）究竟要進幾本。一旦訂購了書，英珠就會盡可能不退換貨，因此一開始就要做好判斷再下訂單。不過碰到像這次一樣，過去的統計資料無法提供任何線索的情況時，就只能籠統推估。要找這本書的人潮會持續多久呢？

今天下午書店開始營業的那一刻，有人打來了電話，詢問書店有沒有《尼赫魯世界史》這本書。英珠回覆說有，結果客人說晚上下班時要來取書，留下了姓名和電話。英珠一掛上電話，隨即從書櫃上取下書本，移至預約書的書櫃上。整整過了兩年，進這本書兩年，第一次賣出去了！

等到書賣出去之後，就要開始考慮要不要再進那本書。這本書是英珠完全不需要考慮，私心想要再進的書，所以她打算等客人取書後就立刻放入訂購單，但剛才又接到要找這本書的電話。「整整兩年都沒賣出一本的書，卻在一天內賣出了兩本。」英珠喃喃自語，接著她不知想起了什麼，連忙坐了下來，在網路視窗上搜尋《尼赫魯世界史》。果不其然，出現了某綜藝節目提及這本書的新聞。

偶爾會發生這樣的事。某部電視劇的某位主角閱讀的書、某知名人士在某綜藝節目上提及的書、某個藝人在社群網站上手中拿著的書，經過這類宣傳後，來找書的客人就會增加。有時宣傳的書還會突然躍升暢銷排行榜。人家說，書本貴在「發現性」，這句話說得沒錯。假如看電視的觀眾發現某本書，並開始閱讀那本書，姑且不論那是什麼樣的書，英珠都認為這是件好事。

但是站在經營書店的立場上，可能會因為那本被新發現的書而陷入窘境。休南洞書店沒辦法因為某部電視劇的某主角讀了那本書，因為某位知名人士喜愛那本書就盲目地進書。英珠進書時，會根據以下三個主要基準：第一，那本書是本好書嗎？第二，我想賣那本書嗎？第三，那本書適合休南洞書店嗎？這些標準一看就很主觀，所以在他人眼中或許會認為是「老闆說了算」，但這對英珠來說是非常重要的基準，這是為了讓自己享受書店的工作。

平時進書，只要根據進書基準，並不需要考慮太久，因為確實就是「老闆說了算」。可是，碰到像今天一樣突然引起熱烈話題的書或暢銷書，就只能認真思考了。英珠很猶豫，要不要就這次追加「第四，那本書會大賣嗎？」的基準呢？有時，英珠想賣的書與容易賣掉的書會有所衝突。第四條基準的誘惑非常強烈，以至於在書店開張初期，英珠就曾被巨大的洪流捲走，就像是在不知名的土地上著陸的人似地，帶著茫然的心情進書。

「請問有〇〇〇這本書嗎？」

「沒有，我們沒有。」

就在已經逐漸厭倦「我們沒有」這句話時，英珠勉為其難地進了書，而那本書果然賣得很好。問題出在英珠，每次看到那本書，內心就覺得鬱悶。就像硬逼自己吃討厭的食物，就會對那種食物恨之入骨，英珠甚至也恨起了那本書。所以她決定要狠下心來，不厭其煩地說上數十遍、數百遍的「我們沒有」。另一方面，她也決定要認真地進好書，讓客人們能在休南洞書店「發現」意想不到的書。

如今，就算再暢銷的書，只要英珠不認同，就不會進那本書。就算進了書，也不會把那本書擺在更好的陳列位置上。因為無論是哪一本書，她相信都有適合的位置，而替它找到位置，就是自己的責任。進書時雖然難以公正，但她希望可以公平地販賣自己所進的書。實際上有段時間沒賣出去的書，一旦變換位置，就會以驚人的速度賣出去。社區書店的精髓，可說就在於策展。

因此英珠很傷腦筋，要進幾本《尼赫魯世界史》好呢？先進兩本，放在原本擺放的位置上，還有雖然不是當下的事，不過之後把這本書和其他歷史書綁在一起辦活動也不錯。《尼赫魯世界史》是擺脫現有以歐洲為中心的世界觀，蘊含第三世界觀點、別具意義的書，若是能與以多元視角看待歷史的書籍一起辦活動，說不定客人們也會響應。就決定拿第二排第三個展示櫃來辦活動了，經營書店以來，有分量且需要深呼吸才能閱讀的厚書，主要都是在那個展示櫃辦活動。

14｜協和音與不協和音

接到媽媽的電話後，閔俊就對日常生活失去了熱情。在家時，他有氣無力地躺著，瑜珈姿勢也做得很散漫，只有在泡咖啡時才能勉強集中精神。是罪惡感壓迫了他的熱情，閔俊覺得自己好像只會令父母失望，為此深感煎熬。那天媽媽的聲音聽起來就像在訓斥閔俊過著錯誤的人生。不，不會的，因為媽媽不是那種人。

就連閔俊自己也感到很訝異，這麼不堪一擊的自己，過去是怎麼能若無其事地活著。這段時間，他都在不勉強自己的前提下生活，適當地賺錢，適當地花錢，雖然偶爾會感到孤單，但想到自從開始做書店的工作，隨時都有聊天的對象，所以不曾被孤單牽絆住。閔俊也開始理解英珠說的，從小就夢想著被書本包圍的空間是什麼感覺，只要走進工作的地方，閔俊的內心就感到很平靜。而且英珠又是個很好的雇主，偶爾因為老闆實在太像鄰家姐姐，閔俊甚至把自己身在工作場所的事給忘了。

來到工作場所，就有必須要做的事，閔俊不僅把工作做得很好，甚至還做得很有創意。正如知美說的，混合咖啡豆的方式有無限多種，即便在相同的場所，以相同的方式栽培，咖啡豆的風味也會不同，而即使是相同的咖啡豆，也會散發不同的風味。是大自然使然，是不同的人使然。

閱讀與泡咖啡似乎有許多相似之處，不僅任何人都能入門，越做越容易沉浸其中，一旦陷入就無法輕易戒掉，而且會逐漸講究起細節。到頭來，左右閱讀的質與咖啡的質，始於理解微妙的差異。最後，閱讀人士與咖啡師會享受起閱讀本身、泡咖啡本身。閔俊很享受工作，只是……

閔俊已經十天沒去Goat Bean了。他拿了各種藉口搪塞，像以前一樣以宅配領取咖啡豆。帶著咖啡豆特意上門的Goat Bean咖啡師和閔俊聊東聊西，後來站起來時稍微開了玩笑。

「閔俊你都不來，老闆說老公的事時，就變成我們要全數接收了。她老公好像又闖了什麼禍吧。」

閔俊只是笑而不答。

「老闆已經事先混合好你喜歡的咖啡香氣，就來我們店測試一下吧。」

閔俊停頓了一下，接著回答：「好。」

認為所有努力都已徒勞無功的時期還比較好，當時反而能一派輕鬆地放棄一切。因為假如努力也有臨界點，當時自己的狀態早就已經超越了。假如再多努力一點、再多試一次，是否就能成功呢？當時的我已經到達了九十九度嗎？即便有過這樣的念頭，但從九十九度到一百度所需要的不是努力而是運氣的想法卻緊接而至。假如我就是沒有運氣，那就應該一直在九十九度徘徊吧。

閔俊從看電影中得知了一件單純的事實。電影中的人物總是在選擇的路口苦惱，最後選擇了其中一條路。帶領電影前進的動力，取決於登場人物的選擇，如此說來，我們的人生不也相同嗎？引領我們人生的不是其他，不正是我們的選擇嗎？一想到這，閔俊不禁心想，自己當時同樣不是放棄了，而只是做出了選擇，做出了脫離那條路的選擇。

不久前觀看紀錄片《西摩小傳》（*Seymour: An Introduction*）時，這樣的想法延續了下去。西摩·伯恩斯坦（Seymour Bernstein）也不是放棄了當鋼琴家的人生，而只是選擇了鋼琴家以外的人生罷了。以出色的鋼琴家累積起華麗名聲的西摩·伯恩斯坦選擇教導鋼琴，而不是彈奏鋼琴時，身邊沒有任何人理解他。儘管如此也無所謂，年過八旬的西摩·伯恩斯坦說，自己不曾為那個選擇感到後悔。

即便是在看這部電影的當下，閔俊也能打包票，自己會像西摩·伯恩斯坦一樣不後悔當初的選擇，可是此時閔俊需要的不是這種保證，他需要的，是勇氣，是不在乎那些對自己失望的人，堅持自身選擇的堅定勇氣。

自從告訴英珠自己不想回家的那天開始，閔俊真的變得很討厭回家。心神不寧的狀態，在一個人時會變本加厲。閔俊今天也不斷磨蹭，直到過了下班時間還留在書店。英珠帶著事情不太順利的表情盯著筆電，因此並未察覺閔俊還留在書店。閔俊轉了轉肩膀，左右伸展腰部，在書店內走來走去，中間還不時看英珠一眼。他用手敲了敲咖啡桌面，也無緣無故地打開門看。冰涼的秋風瞬間鑽進書店內，閔俊急忙關上了門，這時英珠才終於望向閔俊。英珠確認了一下時間，問閔俊：「閔俊，你不下班嗎？」

閔俊慢慢走向英珠，說：「要下班了。我現在是下班狀態，在逛我家附近的書店。」

聽到閔俊開玩笑，英珠輕笑出聲，心想著最近閔俊回答「不確定耶」的次數減少了，同時將手移開筆電。

「我在想啊，那家社區書店現在應該差不多打烊了。如果突然闖進已經打烊的店內是不行的哦。」

閔俊用手指敲了敲身旁椅子的椅背，接著像是下定決心似地提起椅子，來到了英珠身旁。

「我會不會妨礙到您？」閔俊站著詢問。

「又不想回家了？」英珠拍了拍椅墊。

「最近常這樣。」

閔俊和英珠並排坐著，同時伸長脖子瞄了一下筆電。

「工作很多嗎？」

「我在挑選下週說書的提問，可是卡關了。」

「哪裡進行得不順利？」

此時閔俊正大光明地盯著筆電畫面。

「我在考慮往後要減少私心，只憑書本內容來邀請作家。」

「這是什麼意思？」閔俊一邊將目光移開筆電，一邊問。

「因為我還沒讀書，就向出版社提出了說書的邀請。我是在得到作家的許可後才開始閱讀，可是卻發現自己對文章一無所知。我都不懂的東西要怎麼問？我絞盡了腦汁，現在才擠出十二道問題。」

閔俊瞥了一眼英珠所指的數字「12」，接著看向翻開後倒蓋在筆電旁的書。書上以工整的字體寫著《寫好文章的方法》。

「都沒讀過的書，為什麼要邀請作者？」閔俊一邊仔細研究書，一邊問。

「嗯……因為作家很有魅力？」

「哪種魅力？長得很帥嗎？」

閔俊擱下書本，從褲子的口袋中拿出手機，開了機。

「就……應該說文字很辛辣？我喜歡他的文字不來善良那套。」

閔俊在搜尋視窗上輸入「玄勝宇」。

「是說喜歡他很坦率嗎？」

閔俊邊用手機看男人的照片邊問，英珠輕輕點點頭，接著在螢幕上打上「13」。簡短聊了幾句話，兩人默默地沉浸在各自的想法之中。英珠一邊看著螢幕上的

「13」，一邊責怪起自己，閔俊則是環視書店一圈，思考此時自己感受到的罪惡感是否恰當。終於，英珠開始敲起鍵盤，反覆幾次打字與刪除的過程，最後完成了一道問題。

「13.您在人生中曾經坦誠到什麼程度？」

這是在說什麼啊！英珠長按退格鍵，刪掉了提問，接著重新撰寫問題。

「13.您曾經在我寫的文章中找到不合文法的句子嗎？」

他當然不可能讀過我寫的文章啊！英珠再次長按退格鍵，刪掉了提問。英珠一下子火氣上來，在冰箱拿了兩罐氣泡水，把其中一罐遞給了閔俊。閔俊下意識地接過氣泡水並拿在手上，呆呆地望著遠處的窗外。看著閔俊的模樣，英珠問：

「發生什麼事了嗎？」

閔俊打開氣泡水的瓶蓋，但過了好幾秒才開口。

「我的確是想和您說些什麼，所以才坐在這，但要開口還真不容易呢。」

「閔俊，你本來沒有這麼不愛說話吧？」英珠喝了口水後問。

「不愛說話這個字眼，我還是從您還有Goat Bean的老闆口中第一次聽到。」

「啊！真的？果然真的是這樣啊！」英珠突然拉高音量，閔俊吃驚地看著她，「我曾經和知美姐聊過，說你這麼不愛說話，是因為我們是大嬸輩。我當時還信誓旦旦地說不可能，結果還真的耶！」

英珠朝著閔俊做出調皮的表情，接著又喝了口水。

「那是什麼意思？」閔俊感到很荒謬地問，「再說了，老闆您也不是什麼大嬸，年紀跟我又差沒幾歲。」

「你說真的吧？」

「當然啊……」

「我就相信你了，為了我自己好。」

聽到英珠開玩笑，閔俊的神色頓時輕鬆不少，稍微笑了一下。接著，他連連喝了好幾口水，然後看著英珠。

「可是，我可以問一件事嗎？是私人問題。」

「是什麼？」

「您的父母在哪裡？」

「我父母？在首爾。」

「是哦？」閔俊稍微瞪大了眼睛。

「有點怪吧？明明女兒在開書店，父母卻一次也沒來過，而且一看就覺得沒打過一通電話，可是老闆也不像是在休假時跟父母見面，所以父母應該是住在國外或路途遙遠的外縣市吧？沒想到卻是住在首爾，真奇怪。你是這樣想的吧？」

閔俊一邊心想自己的反應好像不是很得體，一邊若有似無地點點頭。

「父母說不想見到我，尤其是媽媽。」

閔俊看著英珠，就像是在問為什麼。

「因為我讓媽媽一下子操完了一輩子的心，早知如此，我就應該早點擺脫乖女兒情結。我現在是帶著『都怪我，是我沒培養出媽媽的免疫力』的想法生活的。」

只要想起媽媽，英珠就會像往常一樣表情瞬間嚴肅起來。她一邊整理自己的表情一邊問：「但你為什麼問起父母的事？」

閔俊停頓了一下，說：「幾天前我媽打來了電話，因為我把手機關機了，所以我們超久沒通電話了。」

「為什麼要關機？」

「因為覺得和別人有所連結很有負擔？」

「嗯，原來是這樣啊，和媽媽聊了什麼呢？」

「沒聊什麼，媽媽很擔心我，我要她別擔心，媽媽叫我趕快找個正式的工作，我說自己會看著辦。」

「嗯，這樣啊。」

偷瞄英珠的閔俊趕緊補上一句：「是我媽那樣說啦，不代表這份工作就不是正式的工作。」

「我知道你的意思。」

「媽媽也不知道我在做什麼工作。」

「不用解釋也沒關係。」

看著臉上掛著沉靜微笑的英珠，閔俊再次開口：「過去幾天，我了解了一件關於自己的事。」

「是什麼呢？」

「我一直都假裝自己是大人，但事實上我不是。媽媽說一句話，我現在整個人就變得畏畏縮縮，就像被看不見的障礙物絆倒了。問題是，我有能力站起來，只是不知道自己可不可以站起來。我經常會擔心，要是父母對我失望怎麼辦？要是往後無法再令父母開心怎麼辦？所以此時拍拍屁股起身，讓我覺得對不起父母。」

「你是認為，現在的生活不符合父母對你的期待，對吧？」英珠以能體會閔俊的口吻詢問。

「對……所以最近我在想，以要成為獨立的人來說，我實在太過脆弱了，也對自己感到很失望。」

「你想成為獨立的人嗎？」

「這是我從小就有的模糊夢想。雖然不知道為什麼，但我從來沒有想過要擁有特定的職業。無論是醫生或律師，我都沒什麼興趣，也不曾期望要變成知名人士之類的。大概就是希望能有穩定生活、獲得認可而已吧，而我腦中擁有的模糊夢想，就是成為獨立的人。」

「很帥氣呢，這樣的夢想。」

「一點也不，我好像連怎麼做夢都不懂。」

英珠用手指敲了敲氣泡水的瓶身，將背部稍微埋進椅子裡。

「我的夢想是開書店。」

「那您實現夢想了呢。」

「是這樣沒錯，夢想是實現了，卻不知道為什麼感覺不像實現了夢想。」

「為什麼？」

英珠稍微吸了口氣，看著窗外說：「我很滿意現狀，只是覺得……**夢想並不是全部**。我不是說夢想不重要，也不是有什麼比夢想更重要的東西，只是感覺人生有點複雜，不是實現了夢想就能突然變得幸福？大概是這樣吧。」

閔俊盯著鞋尖，輕輕點了點頭。他細細地思索英珠說的，人生有點複雜，不會突然就變得幸福。人生本來就很複雜。閔俊心想，或許是因為自己想把本來就很複雜的人生簡化為三言兩語，最近才會這麼痛苦。

兩人有一搭沒一搭地說話的期間，英珠完成了第十五道提問。閔俊依然坐在英珠旁邊，向她搭話。

「老闆，您有聽過紀錄片電影《西摩小傳》嗎？因為不是很大眾化的電影，您可能不知道。」

英珠盯著數字16，收到閔俊的問題後，眼睛往上抬並想了一下。

「《西摩小傳》哦……啊，西摩兒．伯恩斯坦嗎？」

「西摩、西摩兒，是同一個人嗎？」

「有一本書，叫做《彈奏人生》（*Play Life More Beautifully*）。啊！那本書就是在寫拍完紀錄片後的故事，看來你說的是那部紀錄片啊。沒有，我沒看過，倒是滿想看一次的。不過怎麼了嗎？」

「那位爺爺啊。」

「西摩兒爺爺？」

「對，那位爺爺在影片中說了這樣的話。」

閔俊微微低下頭，停頓了一下，然後才抬起頭看著英珠。

「據說如果希望讓人從音樂中聽到美麗的協和音，旁邊就必須要有不協和音，所以在音樂上，協和音與不協和音必須共存。還有，人生就跟音樂一樣，因為協和音的前面有不協和音，我們才能感受到人生是美麗的。」

「這段話說得真好呢。」

閔俊再次垂下頭。

「可是，我今天卻有這樣的想法。」

「什麼想法？」

「……真的有方法可以準確知道此時此刻的人生是屬於協和音或不協和音嗎？要怎麼知道我過的是協和音的生活，還是不協和音的生活？」

「嗯……真的耶，因為當下可能會不太清楚，總要事過境遷才會明白。」

「就是啊。雖然我完全能了解爺爺想說什麼，但我卻很好奇，自己現在是處於何種狀態。」

「你覺得是什麼樣的狀態？」

低著頭的閔俊帶著有些五味雜陳的表情回答：「我自己覺得是協和音，別人卻認為是不協和音。」

英珠仔細觀察閔俊的表情，露出淺淺的微笑。

「那我現在看到的，就是你猶如協和音般的人生呢。」

閔俊露出苦澀的笑容。

「假如我說得沒錯的話。」

「我想你會是對的，一定是這樣，我能保證。」

聽到英珠的話，閔俊輕笑出聲。

兩人一起望著窗外，書店所散發的光芒正溫馨地庇護著巷弄。外頭能看見經過巷子的路人，有幾個人行色匆匆，但路過時意識到書店的存在，朝這邊瞄了一眼。英珠打破沉默說：

「和父母之間的關係……只要這樣想就會好過一點。比起過著不令某人失望的人生，過我想要的人生不才是對的嗎？心情很沉重吧，我深愛的人對我失望，但我們也無法因此就一輩子按照父母的期望過活啊。我也曾經相當懊悔，早知道就別那樣做了，早知道就聽他們的話了，可是這樣的懊悔也無法挽回什麼。因為要是能回到過去，還是會做出相同的選擇。」

英珠依然望著巷子，接著說了下去。

「我會這樣生活是無可奈何的，因此就接受它吧，不要自責，不要悲傷，要理直氣壯。我花了幾年的時間對自己反覆說這些話，獲得精神上的勝利。」

聽到英珠的話，閔俊揚起嘴角露出了微笑。

「看來我也得試試這招了，精神勝利。」

英珠大力點頭說：「對，試試看吧，自我感覺良好的能力，也是我們需要的。」

閔俊表示自己就只妨礙到這，接著提起椅子站了起來。走向大門的同時，他語帶猶豫地叮囑英珠別太晚下班。對閔俊的擔憂很是感激的英珠，用雙臂畫了一個大大的圓。閔俊走出書店，在回家的路上，閔俊再三咀嚼英珠說的話。自我感覺良好也是一種能力。閔俊走著走著，回頭看了一下，感覺彷彿有個光圈正守護休南洞書店似的。先前英珠曾說過社區內有書店的五大好處，而現在，閔俊彷彿知道了社區書店的第六個好處——從外頭望著書店會讓心情很好。

15 作家您和自己的文字有多相似呢？

英珠比平時早三十分抵達書店。說書的問題到現在還沒填滿一半。無論是寫一句話或長篇文章，寫作都是一件吃力的差事。除了企劃書，英珠從來都沒寫過文章，這樣的她，卻在經營書店的同時，每天都要寫好幾篇短文上傳，每兩三天就要撰寫一篇介紹書本或讀後感的長文，因此碰到要寫文章時都大傷腦筋。

文章寫到一半時，腦袋會在某一刻突然當機，覺得眼前一片茫茫。有時心急地開始寫文章，但後來才發現自己對要寫的主題一無所知。腦袋裡明明浮現了某種想法，但那個想法卻多半無法化為語言。

英珠看著數字18，思索了一下這次是什麼情況。是我對於這位作家以及他的作品一無所知嗎？又或者只是想法還沒整理好？英珠將雙手放到筆電上，開始敲起鍵盤。她在好不容易寫出來的句子最後打上了問號，再讀了一遍。如果作家聽到這個問題之後，會怎麼回答呢？我是否提出了一個好問題？

「18. 閱讀或寫作時，最講究的是什麼？是句子嗎？」

英珠是透過一位出版社的發行人初次聽說玄勝宇作家。那位經營一人出版社的發行人分享了幾篇文章，說是最近出版界的話題。除了第一篇文章，其他文章都帶有針對反駁文進行二度或三度反駁的特性。事件似乎是從一個撰寫單調主題、追蹤者卻有一萬名之多的部落格開始的。部落格上沒有任何關於日常生活的文章，就只有滿滿關於語句的文章。第一篇文章寫於四年前，標題是「韓語的音韻體系（一）」。部落格的分類有「韓語文法之始終」、「這是壞句子」、「這是好句子」、「替你改句子」四種而已，該事件就是從「這是壞句子」的分類開始的。

就在以散文或書籍中的句子為例，解釋這個句子為何錯誤的文章達到數百篇之際，這位部落客似乎讀了一本翻譯書。部落格上列出了從那本翻譯書上找到的十多個錯誤句子，而在錯誤的句子下方，以不帶私人情感的客觀角度逐條提出哪裡有錯的根據。

開端是出版該翻譯書的出版社發行人看到此篇文章，於是在自家的部落格上刊登了反駁文章的聲明文，而部落客看到那篇文章又成了另一禍根。出版社發行人表示，該部落客的指責是一種「出自無知的無禮行為」，用言語刺激該名部落客，還說這裡所說的「無知」，並非韓語文法上的「無知」，而是對於出版界的「無知」。這樣的說法又給了部落客反駁的機會。

部落客透過針對反駁文的反駁文表示：「我對出版界面臨困境感到遺憾，但這並不代表讀者就得在書上閱讀亂七八糟的句子。」接著，出版社發行人反問究竟有哪本書是

「沒有半個亂七八糟的句子，每個句子都無可挑剔的」，並且說要是有那種書，「希望您能借給我」，導致情況更加惡化。部落客於是又彷彿等待多時地在「這是壞句子」的類別新增了一篇文章。

在文章中，點出超過二十個句子，從「一般人經常犯下的小錯誤」開始，到「不符合主述關係的重大錯誤」，還有「雖然文法上不算錯，但無法理解是在說什麼」的句子。部落客說，這是隨意翻開翻譯書後，從該頁開始，修改五頁內容後的結果。不只是這樣，部落客也以相同的方式從絕版的書籍中挑選一本來修改，但點出的句子只有六個，全都屬於「一般人經常犯下的小錯誤」。針對此狀況，部落客如此補充說明：

「我固然身為對語句有著濃厚興趣的部落客，卻有很多時候不清楚完美的句子是什麼。即便如此，要我漫不經心地閱讀一本充滿荒謬句子的書並不容易。您要求我告訴您，究竟有哪本書的每個句子都是完美的吧？很遺憾的是，我並不想回答這個問題。因為我認為這個問題從一開始就錯了。我認為，只因世上的任何書都有不完美的句子，做書的人就應該跟著不追求完美，這並不是個理直氣壯的理由。」

兩人的脣槍舌戰在使用推特、IG等社群網站的書迷與出版人士之間成了熱門話題，局勢則是往部落客一面倒。出版社發行人的文章底下有數十則揶揄的留言，文章上傳得越多，揶揄也就越多。但越是如此，出版社發行人似乎就越光火，他不是威脅部落客快點撤下文章，要不就是不加思考地使用「損害名譽」或「提告」等字眼。

對此，部落客很沉著冷靜地回應，要是自己有錯，甘願受罰。事件似乎越演越烈了，可是有一天，發行人卻突然舉起了白旗，透過文章表示「我為自己不知反省、感情用事感到後悔」，還說「往後我會努力做出更多好書」。先前觀戰的人們一方面為突然落幕的比賽感到空虛，另一方面又以各自的方式拍拍發行人的肩膀，並舉起了部落客的勝利之手。部落客贏得了漂亮的一仗。

假如故事到此結束，大概就只會成為眾人記憶中的一段插曲，但出版社發行人似乎不是個簡單人物。既然已經在眾目睽睽之下承認自己落敗，他似乎下定決心要更徹底虛心求教。就結果來看，或許發行人是個相當有生意手腕的人。發行人在成為他們戰場的部落格上，發表了鄭重請求部落客的文章：「麻煩您幫我們校訂書籍。」四個月後，翻譯書以全新的句子再次亮相，而該翻譯書甫上市就賣光一刷，一個月內創下三刷紀錄。

出版界人士以「就宣傳手段來說相當激烈」來評論此事件。分享此連結給英珠的一人出版社發行人說：「雖然頭腦認為部落客說的話有理，但內心卻想替發行人加油助陣。」並且拍下翻譯書的封面傳給英珠。

自那天開始，英珠偶爾會在入口網站的搜尋欄位上輸入「玄勝宇」這個名字。關於他的訊息，更新的速度很緩慢，即便如此，其中也沒有半點具體資訊。跌破大家的眼鏡，他只是個「平凡的上班族」，而大家似乎對他是「理工學院出身」一事感到興致盎然。他在部落格上所搭建的知識之塔，則是自修的結果，這點同樣打動了眾人的心。從半年前開始，勝宇每個月會有兩次以「關於句子，我們不知道的故事」為題連載報紙專欄，也因此英珠每兩週會和勝宇的文字見一次面。

勝宇的文字高雅，但又有其辛辣的筆鋒。辛辣，英珠很喜歡作家們的辛辣，這是她喜歡外國作家散文的原因。假如韓國作家剛開始是走辛辣路線，但最後又會選擇小心翼翼的中庸之道，外國作家則會不當成一回事，很果斷地從頭到尾都很辛辣。會朝著世上的愚蠢之人喊著：「喂，愚蠢的人！」並對其指指點點的作家，多半是外國作家，而不是韓國作家。

這想必是在介意他人眼光的文化中成長的人，與不是在這種文化中成長的人之間的差異。英珠同樣是免不了會介意他人眼光的人，但或許就是這樣，所以會從與自己擁有不同性情、不同情感、不同自信的作家文字中感覺到魅力。當然了，英珠是個隨時向透過文字相遇的人敞開心房的讀者，只要那個人是活在書本之中，無論是他們的矛盾、缺陷、狠毒、瘋狂、暴力性，她都能照單全收。

英珠也很喜愛勝宇的文風，他並不會誇大或虛張聲勢。儘管他會刻意使用冷調的文風，但他似乎原本就是個情感豐富的人。在這個自我宣傳的時代，他卻沒有透露關於自己的任何情報，甚至顯得他很神祕。勝宇光是以個人所擁有的內涵，也就是說，他是個光靠文字就能取勝的人。不，他本人似乎不怎麼執迷於勝負。當然了，這一切不過是英珠自己將勝宇形象化的結果。

如同先前說的，英珠是以全然的讀者立場來進行說書。她帶著想和作家聊天，想在近處親自聽作家故事的私心，也因此既然勝宇都出書了，她怎麼能錯過機會呢？英珠老早就知道勝宇會出書，因此書一出版，她就聯繫出版社並詢問是否能舉辦說書。短短幾小時內，出版社就聯繫說願意參加，還說這是作家的第一場說書。

確認閔俊開門進來的同時，英珠在筆電上打上了數字19。她將手腕擱在筆電上，就像在空中彈奏鋼琴般移動指尖，接著快速地完成了一個句子。英珠最想問勝宇的問題就是這個。

「19. 作家您和自己的文字有多相似呢？」

16 — 拙劣的句子會埋沒好的聲音

閔俊覺得剛才開門進來的男人很眼熟。是誰呢？微捲髮的造型，看上去十分疲倦的男人站在門前環顧了幾秒鐘，接著將背包放在咖啡桌的椅子上。男人坐在背包旁，花了比稍早前更長的時間環視書店。

閔俊忙著接連泡出咖啡的時候，男人不知不覺地站到了閔俊面前。看到自己眼前這個閱讀菜單的男人，閔俊馬上就知道了他是誰。是老闆鍾愛的作家，也是今天說書的主角。勝宇抬起頭對閔俊說：

「請給我一杯熱美式。」

閔俊伸出手輕輕擋住勝宇遞出信用卡的動作。

「您是玄勝宇作家吧？」

「什麼？對，怎麼了嗎？」

勝宇似乎對於有人認出自己是誰感到很慌張。

「我們會提供作家一杯飲品，請您稍等一下。」

勝宇帶著尷尬的表情說：「啊，好的，謝謝。」同時微微點了一下頭。

站著等待咖啡的勝宇和照片上幾乎一模一樣。一般來參加說書的作家們會露出兩種神情，興奮或是緊張，但勝宇就跟照片上一樣，看起來無動於衷。閔俊本來還看著照片中面無表情的男人，心想著這人是不是很喜歡裝酷，但今天看到本人，發現他原本就是這種表情。最重要的是，男人露出了很罕見的疲憊神情。閔俊可以憑自己的經驗猜想到，擁有那種臉的人過的是什麼樣的生活。閔俊自己在沒辦法好好睡覺，生活被課業及打工牽著走時也是那種臉。應該說是睡眠不足的臉嗎？

「您的咖啡好了。」

當勝宇接過咖啡並看著閔俊時，閔俊已經將目光從勝宇身上收回，望著勝宇背後的某處。勝宇也不由自主地朝著閔俊看的方向轉過頭，看見英珠雙手提著兩張椅子，正朝著書店中間走過來。

勝宇將目光放在英珠身上，詢問閔俊：「是老闆嗎？」

「是的，是我們老闆。」

閔俊看著英珠再度朝反方向走遠，又問：「您還需要什麼嗎？」

聽到勝宇說沒有，閔俊走向英珠的方向，接過了椅子。勝宇看著閔俊不知道對英珠說了些什麼，接著英珠突然轉過身朝著自己走來，而且還滿臉笑容地與他四目相交。直到她來到自己眼前，他隨即點頭致意。

「您好，我是玄……」

「您是玄勝宇作家吧？」

英珠眨著一雙和善的眼睛問。勝宇一時跟不上英珠語氣中所散發的情緒，因此僅以點點頭代替回答。英珠又說了：

「您好，我是休南洞書店的老闆李英珠。真的很高興能見到您，也感謝您願意參加說書。」

勝宇感受著手上咖啡的滾燙熱氣，對英珠說：「幸會，還有您提出說書的邀請，反而我更該感謝才是。」

英珠彷彿聽到了令人非常感動的話，整張臉都亮了起來。

「真謝謝作家您這麼說。」

這次勝宇也沒跟上英珠的情緒，甚至沒做出點頭的回應。英珠覺得勝宇的樣子有些生硬，但心想他應該是為了說書而緊張。她接著說：

「說書是從七點半開始，但通常會等十分鐘左右再開始。有一小時會和我分享，剩下的二十到三十分鐘會接受聽眾提問。開始前先坐在咖啡區就行了。」

聽到英珠的話後，勝宇答了聲「好的」，接著就一直看著英珠。雖然腦中想著這樣盯著別人看好像不太恰當，但因為對方也同樣不以為意地看著自己，所以勝宇沒辦法轉移視線。英珠完全不明白勝宇是什麼樣的心情，只是帶著和一開始相同的眼神看著勝宇，後來才說了一句「那我還有點事要做，等會兒見」後就離開了。直到英珠走了，勝宇才將目光從英珠的身上移向窗戶外頭，看見一起合作的編輯正朝著書店走過來。勝宇再次朝英珠的方向瞥了一眼，然後走向門口去迎接編輯。

「那麼說書開始了。作家，請您向大家打聲招呼。」

「好的，大家好，我是《寫好文章的方法》的作者玄勝宇，很高興見到大家。」

包括沒有事先報名，直接到現場參加的人在內，總共超過五十名的聽眾拍手迎接勝宇。英珠動員了書店內所有椅子，除了把自己的椅子拿過來，還得移動放在展示櫃之間的兩人用沙發。勝宇與英珠保持一公尺左右的距離，面向聽眾坐著。由於椅子的外側稍微轉向了內側，因此對視時不需要費力轉頭。

勝宇原本看上去有些緊張，但轉眼間說話語調就冷靜沉穩下來。收到問題時，他都會先停一下再回答，而說話時也持續在揀選用詞，彷彿在斟酌自己的表達是否得當。雖然說話的速度不算快，但不會給人無聊的感覺。英珠帶著興味盎然的眼神觀察勝宇說話的模樣。

勝宇的模樣，與她在閱讀他的文字時預想的樣子非常相似。文字的形象與作家的模樣有了重疊。有條有理的態度、沒有太大情緒起伏的表情、嘴角微微上揚時便劃下句點的笑容，以及雖然會體諒他人，但不會違背意願以迎合他人的嘴唇線條。是因為嘴唇線條的緣故嗎？英珠向勝宇提問後，聆聽他的回答時，心情都很平靜自在。無論英珠提出再棘手的問題，勝宇似乎也能臨危不亂，冷靜地整理思緒。想必等他整理好之後，又會像現在一樣慢條斯理吧。

今天來的聽眾有一半以上是作家部落格的追蹤者。在這之中，也有人的句子經過作家維修（勝宇和其追蹤者將「校訂」稱為「維修句子」），而那位聽眾說了「當時的經驗就像是重見光明」的俏皮話，把大家惹笑了。英珠也說自己後來成了勝宇的追蹤者，所以「某事件的來龍去脈」都看在眼裡，結果大家又再度哄堂大笑。英珠覺得勝宇似乎並不避諱談當時的事，便問：

「能請問一下您當時的心情如何嗎？因為應該會有人好奇。」

勝宇點了點頭，開口說：「儘管文字上裝得很鎮定，但實際上我非常驚慌，甚至苦惱是不是要繼續經營部落格。因為了解到我做的事可能會對某人造成傷害，所以寫文章時內心產生了疙瘩。」

「聽您這麼一說，那個事件過後，『這是壞句子』就幾乎沒有上傳文章了。」

「是的，在那之後減少了一些。」

「是因為內心過意不去嗎？」

「倒不完全是因為那樣，一方面是因為最近忙著寫書，所以沒有時間。」

「不過，那位出版社發行人委託校訂工作時，您馬上就答應了嗎？」

「沒有，」勝宇微微側著頭，像是在回想當時的情況，「畢竟我不是校訂的專家嘛。」

「是說您嗎？」英珠笑著問，勝宇馬上換了說法。

「啊，因為我不是以此為職業的人，也從沒想過要嘗試校訂整本書，所以苦惱了滿久，後來是帶著『就試試這一次吧』的心情答應的，也因為對發行人感到抱歉。」

「是因為您毫不留情地批判那本書嗎？」

「不，那本書本來就出得很沒誠意，所以我對此倒是不覺得抱歉。」

反而勝宇在說話時感覺沒那麼辛辣，語氣就像在說很理所當然的話，不，好像是因為勝宇身上散發的氛圍。

「是因為我認為自己的回應方式太過咄咄逼人，所以感到抱歉，這是我的缺點。」

勝宇看著英珠的眼睛。

「我有個改不掉的缺點，就是時時刻刻都期望保持合理性。當對方打感性牌時，我反而會以更理性的方式回應。我是非常一絲不苟的類型。我對這樣的自己非常了解，所以平時會多加小心，但當時卻沒做到。」

英珠覺得勝宇主動坦誠的模樣很有趣。態度真摯，卻不會令人感到枯燥乏味，似乎就是因為這份坦率。英珠看著時間，繼續提出事先準備好的提問。

「閱讀或寫作時，最講究的是什麼？是句子嗎？」

「不是的，雖然大家都會以為是句子。」

「那不然呢？」

「是聲音，作家的聲音。讀到即便句子有些笨拙，但其中蘊含好聲音的作家的文章，不是會感覺到力量嗎？我認為好句子之所以重要，就在於這種聲音，因為好的句子能使聲音變得立體。」

「要怎麼做呢？」

「假設有作家說的是壞的聲音好了，壞句子會使聲音模糊，因此壞的聲音有可能不會被視為壞的聲音。經常有人會說太多累贅的句子是壞句子，因為這種累贅扮演了掩蓋壞聲音的角色，它會使壞的聲音看起來變成好的。」

「反過來也有可能呢。」

「是的，不是有很多拙劣的句子隱藏好聲音的情況嗎？碰到這種時候，只要好好修飾句子，就能讓作家的聲音原原本本地呈現出來。」

「啊，我好像知道是什麼意思了。」

英珠邊點頭邊看著勝宇，勝宇也保持微微低頭的姿勢作答後看著英珠。英珠看著勝宇的眼睛再次問：

「其實這個問題是我最想問的。作家認為您和自己的文字算是相似嗎？」

英珠帶著初次見到勝宇時那種閃閃發亮的眼神發問。勝宇一面想著英珠剛才也露出相同的眼神，很好奇這種眼神意味著什麼，一面努力專注在問題上。

「這是今天的問題中最困難的呢。」

「是嗎？」

「其實我對這個問題本身有疑問。有誰會知道文字與寫作者是否相似呢？即便是寫作的作家。」

英珠領悟到，自己在閱讀文章時向來都會進行的作業（試著將文字和作家連結），對某人來說可能會是很生疏的提問。她的腦中也閃過了這樣的念頭：如此看來，這項作業或許僅是自己獨享的遊戲。英珠突然心想，這個提問說不定對作家來說非常不自在且無禮，他可能會曲解問題，認為意思是「你明明就跟自己的文字不像，但你知道這件事嗎？」不過英珠提出這個問題，絕對不是想讓作家難堪。

「嗯……我認為能知道。」

勝宇帶著一臉好奇注視英珠。

「怎麼知道呢？」

「我在閱讀尼可斯．卡山札基（Nikos Kazantzakis）*的文章時，能描繪出作家的某種形象。比方說，坐在火車靠窗的座位上，表情嚴肅地望著窗外的模樣。」

「怎麼說？」

---

* 希臘哲學家、小說家、詩人、散文與遊記作家，曾到西班牙、英國、俄國、埃及、巴勒斯坦和日本等地遊歷，受到古希臘文化、天主教、佛學和共產主義等多種思想影響。一生著作等身且領域廣泛，對現代希臘文學有重大貢獻。

「因為尼可斯・卡山札基很喜歡旅行，而且他也是會認真思考人生的作家。」

勝宇看著英珠，但沒有做任何回應。

「我相信那位作家不是會嘻皮笑臉地在他人背後說壞話的類型。」

「要如何相信？」

「因為他的文字是這麼說的。」

文字是這麼說的。勝宇靜靜地望著英珠，眨了幾次眼睛後說：

「嗯……聽您這麼一說，我大概可以這樣告訴您。我討厭說謊，所以不會說一大堆話，我也確實會盡可能寫出與我的本質接近的文章。」

「您能夠再說詳細一些嗎？」

「文章寫久了，也會在無意間說謊。假如我近一年的時間都沒有看電影，某一天就會很輕易地這樣想：『過去一年我都沒看電影耶，看來我這人不喜歡電影吧。』但在這之後，一年期間沒有看電影的事從意識中消失，只剩下『原來我不喜歡電影啊』這個解讀留了下來。直到我像往常一樣寫文章，說了各種話題之後，不經意地寫出這樣的句子：『我不喜歡電影。』這句話感覺不像是錯的吧？甚至連我自己都被蒙騙過去了。但事實上是這樣，我算是喜歡電影的人，只是因為太過忙碌，所以從一年前開始沒空看電影。只要緩慢且深入地去思考就能抵達真相，但如果沒那樣做，最後就會說出謊話，即便不是刻意如此。」

「在這裡所說的真實的句子……」英珠說。

「應該要說，我過去一年間沒看電影，或者沒辦法看囉。」勝宇說。

說書進行得很順利，聽眾的反應很好，英珠和勝宇也很有默契。進入聽眾提問時間後，聽眾們彷彿頓時成了主角。從「作家，您的髮型是天生的嗎？」開始，到有人問「您對自己的句子滿意嗎？」之後，還有聽眾站出來指責說：「我覺得第五十六頁的第二十五個句子好像有錯。」勝宇特別投入這個問題，與該名聽眾針對那個句子聊了許久，最後得出了「彼此追求的風格不同」的簡潔結論。

所有聽眾都離開了，勝宇與出版社編輯也在打過招呼後離去。今天也同樣是由還沒下班的閔俊與英珠一起善後。整理得差不多時，英珠就會從冰箱取出兩瓶罐裝啤酒。兩人並肩坐在空無一人的書店內喝著啤酒，閔俊暢快地灌下一口啤酒，接著問英珠：

「遇到自己喜歡的作家之後心情怎麼樣？」

「當然很棒囉。」

「看來我也得找一個喜歡的作家了。」

「那當然好囉。」

英珠一邊喝著啤酒，一邊仔細回顧自己是否在與作家對談時犯下什麼失誤。至少這次在謄逐字稿時，應該會很開心。至少在今天，一週內要將說書的內容上傳到部落格與社群網站上，還有要立刻著手準備下一場說書的工作，並不會讓英珠感到有負擔。

「不過玄勝宇作家啊，他的臉真是疲倦到很罕見耶。」

聽到閔俊的話，英珠忍不住大笑。英珠短暫笑完後，回想勝宇的模樣，好像有些疲倦，又好像有些疲乏。他的態度真摯，同時又很坦率。他很努力理解提問背後的意圖，也拿出所有誠意來回答。他的樣子，與英珠透過文字想像的他的模樣非常相似。

17 一 在充實度過星期日的夜晚

書店開張以來，英珠始終固守週日休息的模式，但已經有好幾人向她建議，乾脆星期一休息怎麼樣？也有其他書店的老闆說，書店是一門週末生意。儘管考慮到收益，不禁會想「應該那樣做嗎？」並心生動搖，但英珠卻反而會因為想到「等書店占有一席之地，屆時身為老闆的她也要一週上班五天」的想法而感到興奮。

不過，「書店占有一席之地」的意義究竟是什麼？如果能提供員工足夠的薪資，老闆的食衣住行也不成問題，這樣就算是占有一席之地嗎？又或者要像做其他事業，戶頭的數字扶搖直上，甚至產生「賺了點錢」的感覺，才稱得上是占有一席之地？無論意義是什麼，最近英珠突然心想，休南洞書店說不定永遠、永遠……都無法占有一席之地！假如永遠無法占有一席之地，那該怎麼辦？是應該按照預定計畫收掉書店，還是會有其他辦法呢？

儘管有各式各樣的煩惱，星期日卻依然甜美如常。從早晨起床到夜間入睡為止，能享受完整的自由。即便是對同時具備內向與外向性格的她來說，與人交際也消耗不少力氣。就算在工作時，也會有那麼一兩次強烈地希望能一個人靜一靜。要是沒有好好安撫內向的部分，糊里糊塗地過完一天，到了晚上甚至會輾轉難眠。哪怕只有一小時，她也需要安靜坐下，度過完全獨處的時光，也因此星期日顯得十分珍貴。哪怕只有星期日一天，她也希望能擺脫面對人的緊張感。

英珠在早上九點睜開了眼睛，並在洗漱後泡了杯咖啡。她一邊喝著咖啡，一邊想著今天要做什麼好，但她也心知肚明，就算花腦筋思考，自己也會度過沒什麼生產力的一天。當她肚子餓時，只要看到冰箱有什麼食物，就會直接拿出來吃，吃完早餐後，她會下載幾集綜藝節目，笑嘻嘻地看上幾小時。無論是吃早餐或看綜藝節目都會坐在書桌前解決，直到入睡之前，英珠都不會離開這個客廳。

英珠的家很簡單，一個房間有床和衣櫃，另一個房間有圍繞牆面的書櫃，廚房有一人用冰箱，客廳有一張大桌、椅子、茶几和桌面很窄的矮桌，這就是全部了。知美要她好歹擺一張兩人用沙發在家裡，所以她正在考慮，但覺得維持目前的狀態也不錯。

難道因為還有空間，就非得全部塞滿嗎？英珠不禁心想，空蕩蕩的感覺，這種感覺也很值得追求。只不過英珠家確實也有一項滿出來的物品。英珠家的客廳有三個燈飾，一個在陽台窗戶旁，一個在書桌旁，最後一個在寢室門旁。英珠喜歡的地方在於，無論是什麼，只要打上燈光，就會散發隱隱約約的魅力。

書桌上放了一台和書店的型號相同的筆電。在家時，英珠主要在這張書桌上解決所有事情。今天她也在吃完早餐後坐在那個座位上，在網路上搜尋好看的綜藝節目。英珠不看播放好幾年的綜藝節目，她喜歡看單季的節目，開開心心地看個兩三個月就會劃上句點的節目，當自己愛看的節目結束後，英珠的心似乎也跟著重新設定了。

如果像今天一樣找不到想看的節目，英珠就會把已經看過的節目再看一次。只要是羅暎錫製作人的節目，英珠都喜歡，因為都是美好的人在美好的風景中分享美好對話的故事。應該說，當善良誠實的故事看久了，心情就會平靜下來？英珠最喜歡的節目是《花樣青春》，而其中又以非洲篇與澳洲篇最為喜愛。儘管英珠對這些藝人都很陌生，但光是看著他們青春洋溢、燦爛無比的笑容，心情就會變好。

看著他們，英珠不禁懷念起自己走過的某段時光，分明是青春，但要稱為青春卻又帶有些許遺憾的時光。對英珠來說，青春猶如烏托邦。或許正如同不存在於何處的烏托邦，青春不也是任何人都無法帶走的時光？猶如澳洲奇蹟般清朗的天空，猶如某個年輕洋溢的偶像團體的一抹微笑，猶如那個偶像團體只能有一次的休假，或許任何人都沒能真正擁有的那種青春時光。英珠對於明明就不曾好好享受過青春，卻懷念起青春的自己感到好笑。

英珠將已經看過兩次的非洲篇又看了一次，她再次為美不勝收的風光感到吃驚，看到青春的孩子置身在那片廣袤優美的風光中，對彼此露出笑容、互相依靠的模樣，內心也暖了起來。假如英珠也能去那個地方，她也想跟他們一樣爬上沙丘，靠坐在頂端看看。

如果能坐在那裡看著旭日初升或夕陽西下，會是什麼樣的心情呢？是會看得入迷，還是會感到孤單？說不定會情不自禁地流下淚水呢。

把非洲篇四集全部看完後，朝窗外一看，朦朧的夜色已籠罩整個社區。英珠總是很懷念這個時刻，甚至無法與懷念青春的次數相比較。夜色漸暗的傍晚時刻，無論是漫步其中或是靜靜欣賞都很棒。儘管它會如青春般轉眼間就消逝，但它仍不忘每日來訪，因此無須為了它的消逝而黯然神傷。為了好好地享受轉瞬即逝的此刻，英珠移動到窗邊坐下。她立起雙膝，將手臂倚靠在上頭，凝視起窗外的景色。冬夜拉開了序幕。

現在已經很習慣不說上一句話就度過一整天了。剛開始一個人住時，只要到了夜晚，英珠還會刻意發出「啊」的聲音。也有好幾次，她覺得自己方才做出的舉動很搞笑而忍俊不禁。

想成是讓喉嚨休息一天，不說話也就變得稀鬆平常。因為沒有開口說話，內心的聲音似乎聽得更清楚了。事實上，只是沒有說話而已，英珠覺得自己一整天都在思考。若是想將思考後的感觸表達出來，她就以寫文章代替說話。在某個星期日，她甚至寫下了三篇文章，但這是專屬於英珠的文字，不曾在任何地方公開。

全然的漆黑也來到了客廳。英珠從椅子上起身，依序打開三盞燈後，再次回到座位坐下。坐下後沒多久，她再度起身，將茶几搬到自己面前，並從書櫃上抽出兩本書。英珠最近到了晚上就會輪流閱讀短篇小說集《大白天的戀愛》*與《祥子的微笑》†。今天，她打算先閱讀《大白天的戀愛》。

第六篇小說的篇名為〈等待狗的日子〉，故事是從媽媽在散步時弄丟了小狗，於是人在國外的女兒歸國一起尋找小狗說起。經過接連不斷的家暴、強暴、懷疑、告白，小說在「展望」劃下了句點。直到讀完最後一頁，英珠立即翻回前一頁，並在今天第一次出聲念出幾個句子：

「一切展望均始於微不足道的事物，但最終它卻能改變一切。好比說，你每天早晨喝的一杯蘋果汁之類的。」

英珠很喜歡這種小說。就像某人經歷著痛苦不堪的時光，憑藉著遠處隱隱約約能看見的燈光走出去，可是卻鍛鍊出生存意志的小說；不是訴說天真或草率的希望，而是訴說我們人生僅存的最後條件下的希望，那樣的小說。

把同一句話用嘴巴朗讀一次，再用眼睛讀過幾次後，英珠走向了廚房。她打開廚房的燈，從冰箱取出兩顆雞蛋，打在澆上一圈橄欖油的平底鍋上，接著她在湯碗裡盛了一半左右的米飯，在上面放上兩顆雞蛋，再放入半匙的醬油。這是英珠喜歡的醬油雞蛋拌

---

* 金錦姬著，繁體中文版由臺灣商務出版。

† 崔恩榮著，繁體中文版由臺灣商務出版。

飯。在製作醬油雞蛋拌飯時，她必定會打兩顆雞蛋，因為如果希望蛋汁能均勻滲入每一粒米飯，就需要用上兩顆雞蛋。

關掉廚房燈後，英珠一邊用湯匙拌飯，一邊朝窗戶的方向走去，接著以與五分鐘前相同的姿勢坐著。原本一邊望著窗外一邊吃飯的英珠放下碗，拿起了放在桌面上的《祥子的微笑》。她慢慢地咀嚼米飯，同時確認目錄。《祥子的微笑》同樣也該來閱讀第六篇故事了，故事的篇名為〈米迦勒〉，這篇小說的主角似乎也是一對母女。英珠開始讀小說的第一頁時，怎樣也無法猜想到，自己會在讀到小說的結尾時痛哭失聲。

即便在星期日的夜晚，她也一如往常在閱讀時睡著了。每當度過心滿意足的星期日，英珠就會希望一週能再多一天休假，但等到星期一早晨到來，想到不必急著展開一天，她又能高高興興地去上班了。英珠心想，往後也只要像這樣，不，只要能比現在稍微從容一點就好。只要能比現在稍微從容一點，英珠就能繼續過這種生活。

18｜臉怎麼了？

閔俊一邊挑選瑕疵豆，一邊有一搭沒一搭地和烘豆師們聊天。有位烘豆師要他坐下來舒服地工作，他雖然嘴上回說「好」，卻還是以站立弓腰的姿勢進行挑豆作業。「老闆今天來得很晚呢。」閔俊朝著空氣說了一句，一位烘豆師則回他：「這種情況每幾個月就會發生一次。」閔俊問：「會不會是發生什麼事了？」而這次是由另一位烘豆師說：「誰知道呢？老闆只說會晚到而已。」說話的同時，他還拿了把椅子放到閔俊身旁。

「啊，謝謝。」

「發生什麼事的，應該是閔俊你吧？」拿來椅子的烘豆師問。

「為什麼？」

烘豆師指著鏡子說：「你是不是最近沒照鏡子？」

閔俊噗哧笑了一下，烘豆師也跟著笑了。

閔俊坐在椅子上，再次開始尋找變形或顏色混濁的生豆。這些全是要丟進垃圾桶的生豆。毫無用處的生豆，就應該果敢地丟掉。哪怕只是摻入一顆無用的生豆，就會造成美中不足、讓人扼腕的咖啡風味。可以說一顆咖啡豆就足以影響咖啡的整體風味。閔俊心想，就像挑選要丟棄的生豆，有些念頭也應該要屏棄，因為一個念頭可能就會導致精神潰散。他用兩根手指夾起彷彿將身體皺成一團的變形咖啡豆，靜靜地凝視它。可以的話，真希望能用力氣把皺巴巴的咖啡豆撫平。他試著使力，但生豆沒有半點動靜，他再次施了力，直到嘗試到第三次時，知美走了進來。

「哦！您終於來了，還以為您不來了呢。」

閔俊看著朝自己走來的知美，嚇了一大跳。但他為了避免自己嚇到的模樣被發現，反而感覺臉部的表情變僵了。知美好像哭過，當她以浮腫的雙眼露出笑咪咪的樣子時，看起來浮腫得更厲害了。

「老闆您不是說已經事先混好豆子了嗎？」

閔俊假裝自己什麼都沒看到。

知美背對著閔俊，到處走來走去確認進行的狀況。她細心地逐一檢查訂購的數量，摸了摸烘好的生豆，也聞了聞香氣。知美一走向正在確認磨粉狀況的烘豆師，他便點點頭說：「是這個。」

「要花多久時間？」

「十分鐘就行了。」

知美用右手做出話筒的形狀後放到耳邊，傳達「都弄好之後就聯繫我」的意思，這時烘豆師聳了聳肩，用手指著門的方向，表示自己會親自送過去。知美打出OK的手勢，之後便揮手要閔俊跟過來。走在前頭的知美一走出烘豆室，就向後轉，一邊觀察閔俊的臉一邊說：

「可是你的臉怎麼那樣？」

「啊。」閔俊莫名伸手摸了摸臉頰。

「你的眼睛都凹陷下去了，那可是輸給人生的眼睛。你發生什麼事了嗎？」知美一開口問，這次換閔俊擔憂地看著知美。

「這才是我想問的。老闆您知道自己的眼睛腫得很誇張嗎？」

聽到閔俊這麼問，知美才驚呼「啊，對耶！」接著用手掌使勁地按壓雙眼。

「我在來的路上不斷用手按壓，可是進來時卻笨到忘記要確認了，很明顯嗎？」

閔俊點點頭。

「他們也看出來了嗎？」

閔俊又點了點頭。

「唉，現在我真的不知道怎麼辦了。總之，走吧。」

Goat Bean 擁有好幾台不亞於一般咖啡廳的咖啡機，這些都是為了檢查咖啡豆的風味。當顧客想在店裡確認咖啡豆時，就可以當場泡出咖啡。偶爾也會碰到像英珠一樣不懂得泡咖啡，也不懂得品嘗咖啡風味的新手咖啡廳老闆，這時知美就會從頭開始按部就班地說明，藉此建立起雙方的關係。一旦建立起關係，就不會輕易說斷就斷，所以Goat Bean有不少長年支持的老顧客。

隔著吧檯形式的桌面，閔俊坐在外側，知美則是站在內側。看著彼此的臉大笑之後，兩人覺得心情暢快許多。知美問閔俊：

「你不想工作了？」

閔俊露出淺淺的微笑。

「沒有，只是有點徬徨。」

「徬徨？」

「可是我老闆說，人只要付出努力，就會感到徬徨。」

「這又是哪裡聽來的名言佳句？」

「好像說是歌德的《浮士德》裡面的話。」

「哎喲，拜託她別再賣弄了。要不是看她討喜，我早就揍她一拳了。」

兩人一起笑了。

「所以你徬徨是因為付出了努力？」

「我本來想含糊帶過的，您怎能這樣問呢？」

聽到這句話，知美點了點頭。

「是啊，有時就想含糊帶過啊。」

「現在老闆您的心情也是這樣嗎？」

「什麼？」

「哭的原因，您是不是想含糊帶過？」

知美正要回答的時候，烘豆師將磨好的咖啡粉裝進密封容器並拿了過來。一罐是兩公斤，另一罐是兩百五十克。知美用手指著兩百五十克的容器。

「剩下這個是什麼？給閔俊的？」

烘豆師朝著知美打出「OK」的手勢後，向閔俊眨了一下眼，然後轉身走了。知美說：「他的嘴巴裡是跑進了什麼？為什麼不說話？」

「您也這樣啊。」

見閔俊模仿知美用手做出話筒貌，知美邊說邊從椅子上起身：「我要怎樣還不行哦？是因為我沒用講的，用手比來比去指使他，所以他才這樣吧？」

知美從碗櫥拿出濾紙、濾杯、咖啡壺和沖泡壺，把飲用水裝入原本放在桌面的咖啡壺中，等待水煮沸。水煮開之後，她打開咖啡壺的蓋子，再多等了一會。趁等待的空檔，她將濾紙插入濾杯之間，然後邊把濾杯放到咖啡壺上邊說：「今天就來試手沖咖啡。」

知美將咖啡壺的水移到沖泡壺。

「記得之前學過的？」

「記得。」

「有在家裡試過？」

「經常。」

「是哦？那好，今天就跟上次一樣，我是憑感覺泡的，但你應該知道，如果要講究精確度，本來是要使用電子秤那些。有問題就發問。」

知美將熱水倒入尚未放入咖啡粉的濾紙，讓整張濾紙浸溼，緊接著將磨細的咖啡粉放入濾紙。知美提起沖泡壺，讓咖啡粉均勻浸溼，同時自言自語：

「用手沖確實能讓咖啡散發出更深層的風味。真奇怪，機器應該更精準才對啊。」

閔俊注視著知美從濾紙的中央開始緩緩畫圓，接著慢慢地朝外側注水的模樣。注完一次水，靜待幾秒鐘，知美對閔俊說「你看，這個泡沫」，然後再次從中央開始往外側注水。閔俊聽見了咖啡水滴滴落在咖啡壺內的聲音。

「我每次都會苦惱到底要在什麼時候停止注水。」

「當滴落的速度變慢時就可以不用注水了，但如果喜歡苦味就可以多注入一些。」

「對，確實是這樣，可是有時我會想，自己真的準確知道最佳風味是什麼味道嗎？」

「我也一樣，就只能相信感覺了吧。除了常泡常喝就沒別的方法了，還有經常試喝別人泡的咖啡。」

「好的。」

「我相信閔俊你的感覺，你的感覺很準。」

「我偶爾會想，真的可以相信您說的話嗎？」

知美笑著從櫥櫃取出咖啡杯。

「人生還有什麼呢？相信你想相信的人就夠啦。」

知美先將倒入咖啡的杯子遞給閔俊，接著也替自己的杯子倒入咖啡，說：「喝了這咖啡之後，你就會非常相信我了吧。」

兩人品味著咖啡香，之後喝下了第一口。微微閉上眼睛的兩人，在睜開眼睛時四目相交。閔俊將咖啡杯放在桌面上說：「真的好好喝。」知美露出這還用說的表情回答：「那當然。」兩人啜飲咖啡，一來一往地說著填補時間的話語，以及就算無法長久記住也無妨的話語。短暫的沉默流淌而過，知美這才看著咖啡杯說：

「我也非常想要含糊帶過。」

閔俊望著知美，等待她開口說出下一句話。

「真希望如果含糊帶過，它就可以變得什麼都不是了，可是我卻做不到，跟那個人有關的所有情況，都會帶來極端的感受。」

「您發生什麼事了嗎？」

「每次還不都一樣？但這一次，連我都覺得自己的反應有如火山爆發。我可是差點就出手打人了呢。」

知美本想勉強擠出笑容，但還是放棄了。

「我在想，家人是什麼呢？真不曉得家人究竟為何物，非得讓我經歷情緒不受控的情況。閔俊，你會結婚嗎？」

雖然過了三十歲，但閔俊從來都沒認真考慮要結婚，腦中只曾經閃過「我也結得了婚嗎？」的念頭而已。

「不知道。」

「想清楚再結。」

「是啊，要想清楚。」

「我不該結的，我不該和那個人變成家人的。當男女朋友很好，當認識的人也不錯，可是不適合當一同生活的人。但結婚前我又怎麼會知道呢？」

「是啊。」

「這咖啡冷掉之後，味道還是不錯吧？」

「真的耶。」

閔俊稍作沉默，接著說：「我父母關係和睦，一次也沒吵過架，雖然我不知道是不是只在我眼前這樣而已。」

「哇，好了不起。」

「小時候不知道這很了不起，長大才慢慢明白。我們家三人就像進行三人組比賽一樣，關係非常緊密。」

「真是和睦的家庭呢。」

「是啊，可是……」

「可是？」

閔俊用手指敲了敲咖啡杯把手，然後看著知美。

「最近我產生了這不全然是好事的念頭。我正試著這樣想，家庭關係過於緊密也不好，保持某種程度的距離比較好。雖然還不知道這種想法對或不對，但我想先試著抱持這種想法活下去。」

「要抱持這種想法活下去？」

「我老闆這樣說，要是產生什麼樣的想法，就先抱持那個想法活一回，等時間久了，就能知道想法對不對。她要我別事先決定想法的對錯。我覺得她說得沒錯，所以試著將想法化為行動。嗯，也不是說要做什麼了不起的事，只是想試著保持一點距離，短時間不去想父母的事。」

正如英珠所說，此時閔俊決定朝好的方向去想。

知美和閔俊喝完了最後剩下的咖啡。閔俊想了一下，為什麼冷掉的咖啡能這麼好喝呢？他得到的答案是，不用說，肯定是因為咖啡豆的品質優良、萃取手法出色。知美起身將兩人的咖啡杯清到了桌面旁。

「你去忙吧。」

閔俊將放在桌面的咖啡豆放入背包，從座位上起身。他以眼神向知美打聲招呼後，轉身走了幾步，又再次朝知美的方向轉過身。正在清桌面的知美帶著「怎麼了？」的意味揚起眉毛，閔俊說：

「不知道說這種話是否恰當，但我希望老闆您也可以認真思考一次。」

「思考什麼？」

「關於家人的事。過去是家人，不代表以後也必須是家人啊。假如您與家人在一起時感到不幸，這樣好像不太對。」

知美一言不發地看著閔俊，她很喜歡此時閔俊說的話。知美猶豫再三仍無法對自己說的話，閔俊卻替她說出來了。知美看著閔俊露出微笑，接著用手比了個「OK」。閔俊走出了Goat Bean，雖然內心覺得自己是否管太多，但他並不後悔，因為這句話他老早就想說了。

19 我們看待工作的態度

讀書會的人接二連三地進入書店，包含英珠在內，有七個人圍成一圈坐著。從主導人宇植開始，右手邊的人依序簡短地「隨便說點什麼」。有人說自己剪短了頭髮啦，開始減重啦，和朋友吵架後心情不太好啦，又或者年紀大了，很容易多愁善感等，然後就會有另一個人迎合說話者的心情，像是說髮型很適合他，現在看起來就很好了，何必減重，感覺是那個朋友做錯了，年輕人也很容易多愁善感，所以別太過在意之類的。

今天閔俊也不打算太早回家，所以確認沒有客人之後，便拉了把椅子，悄悄地坐在人們圍坐的圓圈外頭。也沒人開口說什麼，大家卻紛紛往旁邊挪了一點空間給閔俊。見閔俊搖手推辭，大家更熱烈地朝著他搖手，閔俊只好露出一副「真拿大家沒辦法」的樣子，將椅子往前拉，成為這個圓的一部分。今天讀書會要討論的書是《不工作的權利》（*The Refusal of Work*）＊。

＊英國社會學家大衛・弗萊恩（David Frayne）的著作。

「現在討論正式開始。如果有話想說，只要舉手發言就行了。大家都知道可以看氣氛稍微插個話吧？但即便再怎麼想發言，還請別打斷他人說話。」

宇植語畢，現場頓時鴉雀無聲，大家都在等待有人開口。討論並不強求每個人都要說話，想說的時候再說，如果只想當個聽眾，也可以聽別人說話就好。安靜了一會兒，一位二十五歲左右，說自己和朋友吵架，因此心情不太好的女生舉手發言。

「不是說未來的工作職缺會比現在更少嗎？因為都被人工智慧、自動化和平台企業包辦了。所以我非常擔心不知道要做兼職工作到什麼時候，也因此之前期盼政府無論如何都能找到辦法，替我們創造許多工作職缺。說到方法，都得靠自己想嘛，但是在第二十五頁有這麼一句話。」

聽到這位女生說的話後，大家都把書翻開，閔俊也從展示櫃上找到書拿回座位坐下。女生朗讀第二十五頁的句子之後，說了自己的想法。

「工作本身有偉大到社會必須持續創造工作職缺嗎？在生產力極度蓬勃的社會中，大家依然認為需要一輩子工作的理由是什麼？」

「上次不是有人說書本必須如同一把斧頭嗎？我讀到這句話後，感覺腦袋真的就像被斧頭狠狠敲了一下。是啊，工作是有多偉大，需要這樣盲目追求？我有了這樣的想法：

我們應該擔心的不是無法工作，而是只要擔心無法維生就好了，不是嗎？也就是說，政府的終極目標不是創造工作職缺，而是摸索讓國民維生的方法。」

現場再度鴉雀無聲。閔俊也很快地就習慣了這種靜悄悄的氛圍。安靜了半晌，說自己正在減重的四十歲出頭男性說：

「人必須工作才能維生，在既定社會中向來依循這種做法，因此我沒辦法這麼快就將兩者區分開來耶。不工作卻能夠維生？因為讀了書，所以知道理論上可行，但好像無法打從心底信服？所以這本書對我來說有點過於理想化。儘管如此，這本書幫助我理解自己對工作的觀點。我理解了自己何以把工作視為倫理上的正面價值，為什麼會認為不工作就是好吃懶做、無用之人，還有為什麼這麼拚命想擁有更好的工作。可是，大家不覺得很虛幻嗎？到頭來這本書說的，是我們對工作的觀點或想法，都只是過去某個人任意形塑出來的不是嗎？但我們卻把它奉為真理。」

「我也覺得很虛幻。」剪短頭髮的三十歲中段班女人說。

「這等於是在說，是清教徒的道德律導致大家把工作置於倫理上的優勢地位，把工作的人視為有價值，不工作的人視為毫無價值，不是嗎？隨著時間的流轉，藉由專心致志地工作獲得救贖的清教徒價值觀，甚至傳到了居住於二十一世紀的韓國、像我這樣的無神論者身上。這位無神論者正頑強地抵抗著，避免工作從自己的手中溜走，而她從小就咬牙發誓：『我要成為帥氣的職業女性，假如丈夫不讓我工作，我就要跟他離婚！』」

身為無神論者的女人休息了一拍後接著說：

「可是問題就在於，這位無神論者最近為了替自己注入工作的熱情，對腦袋一再灌輸所有關於工作的正面形容詞，不斷告訴自己工作是好的，工作要認真做才行，能夠工作是多麼值得慶幸的事，無法工作的人生令人避之唯恐不及。」

「那並不是壞事吧？」宇植看著身為無神論者的女人。

「但這本書卻連這不是壞事也不讓人說啊，不是嗎？」

「為什麼那是壞事呢？我不記得有在哪裡讀過呢。」為上了年紀感到哀傷的五十歲後段班女人問。

大家都開始一起找內容出現在哪一頁。閔俊聽著大家的分享，想起了大學上通識課時學過韋伯的新教倫理。新教倫理不僅隨著時間的流轉傳到了無神論者女人身上，也傳到了閔俊身上。閔俊也做好了要如同新教徒般勤勉工作的心理準備，就算自己不曾像他們一樣，認為工作是一種宿命，但如同四十幾歲的男人所言，他向來也認為人一旦出生了就理當要工作。

「在這裡，第七十三頁，我來念一下。」無神論者女人說。

「『在勞動過程中並未排斥人性，反而出現了牽引人性與具有壓榨特徵的疏離。此處的問題不在於勞動者在勞動時缺乏表現自己，或將自己與勞動視為一體的機會，而在於反過來被要求將自己與工作徹底結合，並具有責任意識。』」

「第七十八頁也有相同的內容。」直到去年仍穿著校服光顧書店的大學生讀了第七十八頁的句子。

「換句話說，工作使勞動者變形為『公司人』。赫菲斯托斯設計出『小組』或『家人』等組織內部用語，以鼓勵勞動者產生奉獻的心態與個人道義，鞭策勞動者將工作與自己視為一體。『小組』或『家人』等理想將職場重新定義為承擔倫理義務的場所，而非承擔經濟義務的場所，並將勞動者與組織目標強力綁在一起。」

讀到這裡，大學生看著無神論者女人說：

「姐姐之前應該就是公司人。姐姐的身分認同、價值與公司畫上等號，而您不也把自己當成主角般認真工作嗎？這裡就有說，公司為了將員工打造成公司人，因此會使用『小組』或『家人』等用語。我大姐夫不久前升上組長，那時我還不停祝賀他呢，但現在覺得『小組』這個字眼好可怕，覺得我姐夫是不是也被要求當個公司人。」

「可是，我認為不能無條件把認真工作或熱愛工作的人稱為公司人。這本書也沒有全以負面觀點看待工作嘛。工作的喜悅、工作所帶來的成長，我認為也都是使我們的人生幸福的條件之一。」

閔俊看了一眼初次開口的英珠。

「只不過這個社會的問題在於對工作過度執著，而工作也從我們身上奪走太多東西了。就像埋首工作久了，會時不時冒出自己消磨殆盡的感覺。長時間工作後回到家裡都已經沒力氣了，所以無法享受任何生活嗜好。我認為許多人會對第一百二十五頁的這段話深有共鳴。」

「將相當比例的時間拿來工作或恢復工作時所耗費的力氣，為了工作所花費的支出，為了尋找、準備並延續一份工作，而將時間消耗在無數活動的我們，越來越難以說出，其中有多少時間是真正用在自己身上。」

「到頭來，因為有太多事得做，因為工作成了人生的全部，導致工作成了問題。」

閔俊想起和英珠初次見面的那天，英珠強調一天的工時是八小時，但她會有這種想法，應該不是因為這本書，而是本來就抱持這種想法——不能讓工作把人消耗殆盡的想法，以及只沉浸於工作的人生不可能幸福的想法。

「我也這麼認為。」宇植說。

「我覺得自己的工作很有趣。認真工作後回到家，一邊喝杯啤酒一邊打電動的心情很好，還有進書店去翻個幾頁書也很棒。可是正如英珠姐說的，要是工作時間過長，無論那份工作再怎麼有趣，最終都會產生倦怠感。家、公司、家、公司，光是一個星期這樣生活，我就覺得自己快死了。」

「要是家裡有小孩，就連那種日常生活都會四分五裂。」坐在閔俊旁邊的男人說。

「抱歉，大家都在談工作，我卻說起育兒話題，因為工作導致我都見不到孩子。我太太最近非常憧憬北歐，忘了是瑞典還是丹麥，好像有些爸爸被稱為拿鐵爸爸吧，他們會早早就下班帶小孩，手上還拿著拿鐵喝。可是不管是我或我太太，下班都超過九點了。丈母娘剛好來我們家，可是我們下班之後，老人家就直接就寢了。參加這個讀書會，一個月就這麼一次，對我來說是唯一的嗜好了。最近我經常產生人生好難的念頭。」

「不過，如果少做點工作不就解決了嗎？」

二十幾歲的女生以提問轉換氣氛，在座的人都說了句話，時而露出笑容，時而露出嚴肅的表情。

「少做點工作當然好啦，問題在於薪水也要一樣才行啊。」

「我認為大企業給得起，問題是出在中小企業。」

「聘請工讀生的自營業者也是問題。」

「問題一堆啊。」

「總之，不能因為少做點工作就減薪。」

「當然不行啦，現在每樣東西都在漲，只有薪水怎樣都不漲，要是縮水那還得了？」

「上面那些傢伙的薪水一路飆升，只有我們的薪水少得可憐，真是太令人鬱悶了。事實上讓公司運轉的，不就是我們這些小螺絲釘嗎？」

「我們應該起義嗎？」

感覺話題往其他方向偏離了，宇植舉起手彙整內容。

「無論怎麼說，到目前為止，工作分配所得確實幾乎是唯一主要機制，因此必須工作才能維生。」

四十幾歲的男人本來打算說最近靠房地產吃飯的人最吃香，但擔心話題又會歪掉，所以就打住了。他的發言再次回到了書的內容上。

「所以說這本書問世的原因是這個：這是個必須工作才能維生的社會結構，但無法工作的人逐漸增加的現象卻在全球擴散。工作的人感到疏離、消耗殆盡，也因此無法活得像個人；而不工作的人賺不了錢，所以也無法活得像個人。也就是說，應該減少整體的工時，讓原本無法工作的人也有工作可做嘛，因為就理論上來看是可行的。」

「實際上也是可行的，只是問題在於有人並不打算犧牲。」無神論者女人手指著上方說。

「問題還真多耶。」大家不禁咯咯笑出聲。

討論時間超過一小時後，大家可能覺得累了，開始閒聊起來。可能讀書會本來就是走這種路線，所以宇植沒有出言制止，而是也跳入了閒聊的行列。五十幾歲的女人說自己年輕時認為服從與犧牲是天經地義的，但最近年輕人好像不是這樣，所以看起來很棒。接著，幾個年輕人說前提也要有希望才能談服從和犧牲，但最近毫無希望可言，所以根本感覺不到有服從和犧牲的必要，讓五十幾歲的女人聽了很震驚，看著這群年輕人問是否真的有這麼慘，結果大家都點了點頭。五十幾歲的女人說，沒有希望這句話真是太哀傷了。

閔俊將眾人的說話聲當成背景音，開始讀起引言的內容，上頭大略說明了平均每人所得對個人幸福總量造成的微小影響；只注重生產與消費、令人難以滿足的人生；推翻關於工作的概念，開始追求人生滿意度而非成功的「慢活人生」等內容。慢活人生，指的是為了減少工作時間，放棄高所得工作或乾脆不從事工作。就在閔俊好奇這樣的生活型態是否也能維生時，正巧有位男人站了出來，介紹自己就是個慢活實踐者。

「因為我自己正在實踐慢活，所以對這本書有很強烈的共鳴。」男人清了清嗓子，接著說了下去。

「我辭掉了任職三年的公司，靠著協助好友的工作賺取零星收入已經有一年左右了。先前工作的那三年我真的很憂鬱，即便做著自己夢寐以求的工作，內心卻越來越鬱悶，加班也不見盡頭，我覺得自己再這樣下去會瘋掉，所以心一橫就辭掉了工作。辭掉工作之後，我靠著每天做五小時兼職工作過了四個月左右，但好像只有第一週是開心的。

甚至當死黨問我『最近在幹什麼？』的時候，我也結結巴巴的，連個像樣的回答都說不出來。這本書的好處，在於它並不只是探討慢活所蘊含的意義或優點，它也說出了過慢活人生的人所經歷的難處。有一種『啊，原來不是只有我像個傻瓜啊』，所以豁然開朗的感覺？這也讓我再次想起我的座右銘。」

「您有座右銘？」無神論者女人似乎很感興趣。

「我的座右銘就是『凡事有利就有弊』。無論是什麼事，有優點就一定有缺點，所以我要自己別患得患失。」

「那麼把座右銘說是『別患得患失』也可以呢。」女人開玩笑地說了一句。

「哦！也對耶。」

男人做出彷彿恍然大悟的手勢，配合女人的玩笑話一搭一唱。

「我的意思是呢，即便是慢活人生也有其利弊。當然能保有許多自己的時間很棒，但是賺不到錢會覺得礙手礙腳的，要去趟旅行也不容易，也無法獲得社會上的認可。」

「這樣想也沒錯……不過通常會想實踐慢活人生的人，似乎不像一般人那麼依賴旅行或極力想獲得社會認可耶？書上也出現了類似的內容。」

坐在閔俊旁邊的男人表示意見，大家都贊同地點點頭。

「不過，慢活不盡然只是選擇。」英珠舉起手。

「不是也有很多人辭職是逼不得已嗎？有可能是因為身體生病，又或者經歷情緒障礙。羅患憂鬱症或焦慮症的上班族也不少。生理上也好，心理上也好，因為生病而減少工作或無法工作的人，社會卻對他們說：『你們不能如此懦弱。』書上也提到，就連父母也會不斷逼迫子女，問說什麼時候要開始工作。」

「似乎是因為我們看待工作的態度太過盲目了。」

坐在閔俊旁邊的男人在英珠之後接話。

「真不曉得為什麼我們從小就一再被要求要忍耐。以前我們學校就有同學在上學途中被機車撞了，全身到處都磨破流血，他卻沒有回家，而是跑來學校，還說自己要拿全勤獎。我在想，這種就算疼痛也要百般忍耐的想法，是否就是導致我們進入職場後依然動彈不得的原因。就算生病也要硬著頭皮去上班，真的已經病到不能去上班了，可是就連我也莫名覺得自己在裝病。其實，生病了就應該休息，這麼理所當然的道理，為什麼做起來這麼難？不到打點滴或負傷，就不肯罷休的口號也很糟糕。」

「沒錯，這些話導致我們壓榨自己。」夢想成為拿鐵爸爸的男人附和。

閔俊跟著大家告知的頁數閱讀，跟上討論的進度。此時閔俊閱讀的那一頁，有個叫做露西的人物說自己非常喜歡不工作的生活，卻因為覺得令父母失望而煎熬。露西連連嘆氣，最後吐露了「我應該替自己找個職業，不讓所有人失望才對」的想法，但她依然不認為自己就會因此跑去工作。

書上也描寫了原本擔任專利代理人，後來跑到酒吧做兼職工作的莎曼珊的故事。閔俊緩緩地將莎曼珊說的話念了兩次，而最後一個句子尤其意味深遠。

「這是我第一次從事憑自身意志選擇的工作，因此有種成長的感覺。」

成長的感覺。閔俊心想，工作中最重要的，莫過於這種感覺了吧。

討論在和樂融融的氣氛下結束，宇植最後說，希望在有薪勞動中找到幸福的人能快樂地勞動，沒能在有薪勞動中找到幸福的人，這也會成為出發前去尋找其他幸福的機會，而大家均以鼓掌熱烈同意宇植的話。不知不覺中，時間已逐漸逼近十點半，在大家合力之下，不到十分鐘就整理完畢。包含閔俊在內，十個人一起走出了書店。至少在今天，這十個人會沉浸在相似的餘韻之中進入夢鄉。

英珠和閔俊在岔路口分道揚鑣，閔俊先是看著英珠朝大馬路的方向走去，接著自己也拐進了巷弄。往後有一段時間，閔俊將會從書本中尋找答案，等讀完《不工作的權利》之後，他會接著讀這本書提及的埃里希・佛洛姆（Erich Fromm）的《占有還是存有》（*To Have or to Be?*）。迷上了埃里希・佛洛姆的閔俊，會將他的著作按照時期全部讀過一遍。儘管閔俊的內心依然糾結、搖擺不定，但他知道了自己目前在想什麼。他在思考的，是此時應該過什麼樣的人生，這是他從過去至今不曾認真思考的問題。

20 所謂書店占有一席之地

靜書一如往常在織圍巾，民哲則將手托在下巴，彷彿坐在海邊出神望著大海似地，在一旁欣賞。在民哲的旁邊，英珠將兩人的對話聲當成背景音樂般有一搭沒一搭地聽著，同時檢查打在筆電上的內容。

「阿姨，您覺得織東西很好玩嗎？」

「好玩啊，不過好玩歸好玩，我是因為成就感才織的。」

「成就感？」

「我很喜歡完成之後的成就感。如果單純只是為了好玩，那我應該去打電動，想當年我對電動也挺有兩把刷子的。你很會打電動嗎？」

「嗯，大概中等。」

看民哲回答的口氣不冷不熱，靜書突然將目光移向正前方，彷彿在演話劇般以誇張的語氣說：

「你有所不知吧，少了成就感的人生有多煎熬啊！就算成天瘋狂工作也一無所剩，不，剩下的只有疲勞的人生！」

見靜書沒頭沒腦地做出尷尬的舉動，民哲配合地笑了一下，靜書也跟著笑了，接著又恢復平時的語氣。

「我很討厭明明一天過得超級忙碌，成天馬不停蹄的，卻好像在虛度光陰的感覺。你以後可別有這種心情，要去感受成就感。」

「……好。」

聽著靜書和民哲的對話，英珠將花了好幾天整理的內容收尾。最近英珠在埋首研究「所謂書店占有一席之地的意義」，她就像缺乏寫作靈感時一樣，在網路字典上搜尋「一席之地」的意思，並以這樣的角度來理解它——在某個空間扎根，生活安定下來。生活安定下來，如果希望休南洞書店的生活能安定下來，是啊，得賺錢才行，但英珠並不想二話不說地就用「必須賺錢」取代「必須占有一席之地」。別去想「要賺錢」，不如這麼想如何？休南洞書店想要安定下來，最重要的是上門的人必須增加才行。

英珠想了一下會來逛書店的社區居民。儘管也有固定上門的人，但也有不少人剛開始來得很勤，後來就很少光顧了。英珠這段時間聽過無數客人傾訴持續閱讀有多困難，但在開了書店之後，她才明白要讓原本不閱讀的人變成閱讀的人有多困難。因此，對人們說：「書是一種好東西，非讀不可。」並強迫他們閱讀是行不通的。相較之下，英珠更希望能以「名為書店的空間」走進人群，所以她決定向人們開放更多空間。

做出決定後，英珠最先做的就是將原本用來當倉庫、緊貼著咖啡區的零星空間全部清空，一有空就和閔俊合力將該扔的東西扔掉，還要使用的物品就分散放到書店內的各個角落。從現在開始，她決定將這塊清空的空間稱為「讀書俱樂部之房」，並打算積極地招募讀書俱樂部的成員。她心想，各個讀書俱樂部可以命名為「第一讀書俱樂部」、「第二讀書俱樂部」、「第三讀書俱樂部」，又或者每個俱樂部自行命名應該也很有趣。

英珠計畫從明天開始要善用部落格、社群網站、立牌等來招募俱樂部成員，而且也事先詢問幾名熱血的書店顧客是否有意願成為俱樂部主導人，目前確定有三名主導人了，包括宇植、民哲媽媽，以及讀書量驚人、就連英珠也難以匹敵的常客尚秀。

英珠將最後一篇招募讀書俱樂部成員的文章修飾完畢後，抬起頭看了一下靜書和民哲。從頭到尾都低著頭的英珠突然盯著他們看，兩人於是也糊里糊塗地看著英珠。英珠對兩人說：「可以借我點時間嗎？」

英珠要兩人站在讀書俱樂部之房的正中央，並簡略地說明該如何布置這個空間。

「我會在這個房間進行讀書會，也打算在週末時舉辦講座。在兩位站立的地方會擺一張大桌，椅子需要大概十張左右……還有牆壁上會安裝一台冷暖風扇……現在我在苦惱的是牆面要漆成什麼顏色，想聽聽兩位的意見。」

靜書和民哲按照英珠的指示環顧房間。這是個溫馨小巧的空間，如果按照英珠所說，放入一張大桌和椅子之後，就算想再放什麼，好像也放不下了，不過並不會給人侷促感。

這是個小巧但不會令人透不過氣的空間，恰好適合將注意力放在彼此身上。

「雖然沒有窗戶，但有通往後院的門，因此不會太有滯悶感……牆面上掛兩三個漂亮相框就行了……我希望大家會欣然舉起手說要參加讀書會，即使他們是為了進入這個空間，但又擔心會有這麼順利嗎……」英珠環視整個房間喃喃自語。

「我覺得會耶，」靜書敲了敲牆面說，「我第一次來這家書店時就有想突然舉手的感覺耶。」

英珠看著靜書。

「我心想著哪裡最好，把家附近的每個地方都跑遍了。我去過連鎖品牌咖啡廳，也去過小型咖啡廳，但這裡待起來最自在，讓我忍不住想整天泡在這裡呢。我喜歡這裡的音樂，不會太吵，燈光也很令人滿意，而且感覺都沒人管我，所以覺得很棒。因為感覺很舒適，所以就越來越常往這裡跑。織清潔布織到一半，抬起頭看看周圍，總覺得心情很放鬆？這裡讓我體會到，有書的空間能帶來類似安心感的東西。」

英珠一邊注視民哲走到後院的背影，一邊問靜書：

「安心感？」

「對，我產生一股安心感。這種感覺也令我嘖嘖稱奇，嗯……就像在這裡，只要我遵守該有的禮儀，就不會有人對我無禮的那種安心感。當時我所需要的就是這種感覺，所以希望可以常來，就算不看書，我也喜歡來這裡，後來就變成了書店宅女。」

英珠想起先前靜書詢問要每幾個小時點一杯咖啡，才不會對書店造成困擾的樣子。原來當時靜書是很努力地想要遵守禮儀啊。她是認為，不會造成彼此的不便，同時各自又能自由行動的最佳距離，是源自於禮儀嗎？就在英珠以目光跟隨靜書的身影，正打算說什麼的瞬間，民哲不知何時走了進來，對英珠說：

「書店阿姨，這裡好像直接保留白色就好了。」

「我的看法也相同，感覺只要把幾處髒掉的地方重漆就好了耶。」靜書同意民哲的話。

「只有這樣……能營造良好的空間感嗎？」

「不過，還請您多留意燈光，就像書店內部一樣。」靜書很俐落地解決了英珠的煩惱。

回到座位後，英珠在筆電上打上「牆面白色」。讀書俱樂部只要按照計畫進行即可，還有從下個月開始，也已企劃好隔週四播放電影與深夜書房。雖然經常舉辦夜間活動可能會造成負擔，但她打算先嘗試之後再進一步評估。適當守護工作與生活、金錢與生活的界線還是好難，英珠心想。

英珠看著過去兩年認識的社區書房接二連三地關門大吉。有的書店配合書店主人的速度緩緩前行，有的書店則是以超過書店主人能力的速度前進，最後關上了門。因為賺不了錢而關門的書店，又或者營收能勉強湊合，但想到往後無法像現在一樣超速奔馳，因此選擇關門的書店，其中還有家名氣十分響亮卻結束營業的書店，可知就算超速奔馳，也不見得能維持生活。

英珠心想，經營社區書店就和「明知前路不通，卻仍執意前行」沒兩樣，應該如何經營這種事業，任何人都無法信誓旦旦地給予建言。所以社區書店的老闆都說自己過的是「活在今日的人生」，對於預測未來語帶保留。往後社區書店會面臨什麼樣的光景，無人知曉，這是英珠初次見到閔俊那天，之所以說出兩年期限的原因。無論是當時或現在，英珠都難以掌握休南洞書店會變成什麼樣子。

即便如此，社區書店卻仍如雨後春筍般出現。英珠的腦中閃過一種想法，或許社區書店這種事業，能以逝去的夢想或未來的夢想等概念來建立一席之地。就像有人在人生的某個時間點彷彿做夢般開了社區書店，接著經營一年或兩年之後，又如同從美夢中醒來般收掉了書店。緊接著又會有人如做夢般開啟書店，而就在書店持續增加的同時，曾經以書店為夢想的人也跟著增加了。就算很難找到經營十年、二十年的社區書店，但就算過了十年、二十年，社區書店也依然會存在。

英珠心想，或許在我國的文化中，「書店要占有一席之地」本身就近乎天方夜譚，因此，此時英珠腦袋中存有的各種點子，到頭來也會宣告失敗。但那並不是失敗。英珠反駁了自己剛才的念頭。無論是什麼都存有例外，嘗試本身就能賦予意義（賦予意義向來都很重要！），只要過程是愉快的（就算會有些辛苦！），就無須計較結果。最重要的是，英珠很喜歡這段想辦法讓書店占有一席之地的時光。這樣不就夠了嗎？

英珠再次將思緒拉回眼前的工作。現在要思考的，是邀請每週六進行講座的講師。講座就先分成兩個時段舉辦，由於對寫作感興趣的人突然暴增，因此英珠決定兩堂都訂為寫作課程。英珠打算今天要寄電子郵件給李雅凜作家與玄勝宇作家，詢問他們能否擔任講師，郵件內容已經先寫好了。

「這樣就行了。」

聽到英珠自言自語，民哲便迫不及待地望著英珠。英珠邊闔上筆電邊說：「抱歉啦，我在裝忙。」

民哲搖了搖頭表示不介意，英珠露出微笑問：「民哲，現在放假了，你都在做些什麼？」

「都一樣啊，補課、回家、再去補課、回家、吃飯、上廁所、睡覺。」

「沒有什麼好玩的？」

英珠問民哲，心想這或許是個老套到不行的問題。難道我的高中時期就有什麼好玩的嗎？只記得高中三年好像都在消化不良中度過啊。

「沒有。」

「嗯，這樣啊。」

「可是……一定要有好玩的嗎？沒有也能照常生活啊。」

「這個嘛，硬是要找出樂趣，確實是有點刻意。」英珠說。

「可是媽媽也這樣……真不懂媽媽為什麼會對我過無聊的生活感到不滿。我甚至覺得，乾脆媽媽逼我讀書還更好。人生本來就都是這樣啊，就是生活而已嘛，既然都出生了。」

英珠沒有立刻回答，而是先環顧整個書店，看有沒有客人需要自己的協助，確認沒有之後，她才看著民哲的臉，看著這孩子早已洞察人生不過爾爾的小臉。

「確實是這樣，不過有時候光是有好玩的事，就能讓人感到呼吸舒暢。」

聽到英珠的話，靜書點頭同意，民哲則是露出有些納悶的表情。

「呼吸舒暢？」

「因為只要呼吸舒暢，就會覺得人生比較能撐下去呀。」

英珠注視著民哲並陷入了沉思。英珠在民哲這個年紀時，大概不曾露出這種表情吧。當年的英珠天真單純，就像民哲一樣每天只在家與學校兩地跑，但總是飽受課業折磨，不，是飽受競爭的折磨，總是憂心未來。因為不想受課業折磨，所以更加發憤圖強念書；因為不想受競爭的折磨，所以執意考第一名；因為不想憂心未來，所以全心全意地為了未來而活。或許是因為這樣，英珠很羨慕也很喜歡此時坐在這裡的民哲。儘管民哲無法理解，英珠卻認為民哲現在過得再好不過了。

「無力感、無聊感、空虛感、虛無，都是一旦陷入就難以擺脫的心理狀態，心情就像是跌入一口枯井蜷縮在裡頭。在那裡面，你會覺得這世界上最無意義的存在就是自己，只有自己痛苦不堪。」

靜書的目光依然停留在手上的編織物，鼻腔中吐出了長長的氣息，英珠注視靜書的手幾秒鐘，接著說了下去。

「所以我才會閱讀。只要聽到書這個字，就覺得很無聊吧？」

英珠露出溫柔的表情說，民哲趕緊回答說「不會」。

「閱讀久了就會知道，作者們清一色都是曾經跌入枯井的人。有人是剛剛才逃離枯井，也有人是過去逃脫出來的。但他們好像都在說同一件事，就是往後還會再次跌入枯井。」

「為什麼要去聽曾經跌入枯井，還有往後會跌入枯井的人的故事呢？」民哲問，似乎無法理解原因。

「嗯……很簡單啊，因為光是體認到辛苦的不只有自己，就能帶來鼓舞的力量。我以為辛苦的只有自己，但後來才發現原來那些人也都很辛苦。儘管我的痛苦依然在眼前，但總覺得痛苦的重量似乎減輕了一些。若是去想，真有人打從出生到死亡，都不曾跌入枯井的嗎？也能肯定地說沒有。」

英珠的臉上掛著淺淺的笑容，繼續說了下去，眼前的民哲則是帶著些許嚴肅的表情聆聽。

「那麼，自己就會想，不如現在就了結如此無力的狀態吧，然後一口氣撐起蜷縮的身體，結果卻發現，原來枯井沒想像中那麼深！發現原來自己什麼都不知道，卻這樣陰沉地活在枯井之中，於是忍不住失笑出聲。可是就在那一刻，突然有股蕩漾的微風從右手邊大約三十五度角的方向吹了過來。我也驀然產生了『幸好我活著』的念頭，因為這股風吹得心情實在好極了。」

「對不起，我聽不太懂是什麼意思。」

見民哲皺起眉頭並眨了眨眼，英珠立刻向他道歉。

「嗯，抱歉，我太沉浸於自己的思緒了。」

「可是，阿姨。」

「嗯。」

「您剛才說的話跟呼吸舒暢有關嗎？」

「嗯，有啊。」

「哪個部分？」

「風。」

「風？」

英珠點點頭，臉上的表情也跟著舒展開來。

「因為我偶爾會這樣想，啊，多麼慶幸啊，我喜歡風這件事多值得慶幸啊？只要夜晚的風吹拂而來，就會產生呼吸徹底暢通的心情，是多麼令人慶幸的事啊。聽說地獄沒有風，那這裡應該就不是地獄了，這又有多令人慶幸啊。只要一天內能確保有這麼一段時光，感覺就能活下去了。儘管我們人類的構造相當複雜，但某方面來說卻又單純得很。只要有這種時光就夠了。呼吸舒暢的時光，哪怕一天只有十分鐘或一小時，也能讓人感覺到『啊，人活著就是為了感受這種心情啊』。」

「沒錯、沒錯。」

聽到靜書低語喃喃而轉過頭的民哲，再次一臉嚴肅地看著英珠。

「哦……所以我媽媽是認為，我也需要有這種時光吧？」

「不確定，你媽媽怎麼想，我就不清楚囉。」

「那阿姨呢？」

「我嗎？」

「對。」

「我認為……」

英珠看著民哲露出燦爛的微笑。

「我認為試著從枯井站起來也不錯。就是去試一次，之後會發生什麼樣的事誰也不知道。就是因為沒人知道，所以才要試一回，畢竟會心癢癢的嘛，想知道站起來之後會發生什麼事。」

21 雖然想要果斷拒絕

最近下班回到家時總是在六點左右，洗個澡，準備晚餐，吃完飯後再耍廢一下，直到洗好碗就差不多八點了。以這個時間點為基準，勝宇搖身變成了另一個人，再也不需要當個扮演體面上班族的演員。他脫下名為責任的職務，抹去機械式的行動與想法，也不必再讓自己保持遲鈍無感，現在是徹徹底底當自己的時間。從此刻開始，才是真正的時間。

過去幾年下班回家後，直到晚上就寢為止，勝宇都很盡情地揮灑自己一旦迷上就會鑽研到厭煩為止的天生性格。勝宇迷上的對象是韓語，而在此之前，他花了十多年的光陰徹底沉迷在程式語言中，但如今勝宇不再是工程師了，而只是規律地上下班的上班族罷了。

沉迷於韓語的時光累歸累，卻讓人享受其中。因為有令自己專注的事物，能夠盡情學習，所以很棒。在公司消耗殆盡的能量，在家裡充電，至於學習的結果，則是記錄在部落格上。等到實力提升到某種程度，勝宇就會像是解實戰題庫般開始尋找他人句子中出現的錯誤。部落格的關注者一天比一天多，勝宇身上名為部落客的自我意識也開始萌芽，白天當上班族，晚上搖身變成部落客的生活已超過了五年。

勝宇感到很神奇，這些部落格的關注者是發自內心地支持就連長相都不知道的勝宇。他們在部落格上留言，主動替勝宇宣傳書，將勝宇的專欄轉載到各個平台，是花時間替素昧平生的他人服務的人。大家似乎對於勝宇主動鑽研語句，且不求代價地分享成果的行為給予高度評價，甚至有人說從勝宇看待人生的態度獲得了勇氣。對幾乎隻字未提私生活的勝宇來說，這樣的反應讓他大感意外。文字本身能反映出作者的生活嗎？所以英珠才會提出那樣的問題嗎？

「您和自己的文字相似嗎？」

如今勝宇已經任由英珠的臉在腦海中來去了。參加說書回來之後，從英珠的身上獲得的印象卻沒有隨著時間消逝，這讓勝宇多次感到困惑。就連勝宇本人也不知道是英珠身上的哪個部分在腦中盤旋不去。是不時看著勝宇閃爍的眼神，在文字中感受到的沉靜，或者有別於文字中透露的悲傷情調，實際上很爽朗的態度（勝宇在與英珠見面之前，在休南洞書店的部落格讀了英珠的文章），即便說著知性的話題卻無違和感的語氣、幽默風趣，又或者，是這些全部綜合起來的形象。

只要任由念頭來去自如，那麼總有一天就不會再想起吧，畢竟往後兩人不會再見到面。可是，不久前英珠卻傳來了郵件。勝宇本來是打算要寫信婉拒，但他到現在卻遲遲沒有送出答覆。站在寄件者的立場上，大概無法想像為什麼都過了一週了，卻還是沒有收到任何回覆信件吧。不能再讓英珠等下去了，今天非得送出答覆不可。勝宇在寄出答覆之前，再次讀了英珠寄來的郵件。

您好，玄勝宇作家：

我是休南洞書店的李英珠。應該沒有這麼快就忘了我吧？☺有很多讀者跑來詢問作家您的著作，再次感謝您寫了這麼一本好書。

之所以會寄信給您，是想請問您是否能擔任講座的講師。我們書店開始舉辦寫作課程了，預定每週六上課，為期八週，是一次兩小時的講座。

倘若作家您有意願，我目前打算將課程名稱定為「修改句子的方法」。因為方向是教導大家如何修改已經寫好的句子，而不是寫作方法。講座就以作家您的書做為教材就行了，不知您意下如何呢？正好《寫好文章的方法》分成了十六章，每週以兩章內容授課，您似乎就不需要大費周章備課了。作家，您覺得怎麼樣呢？週六會有時間嗎？

打電話聯繫您才符合禮儀，但擔心您會感到不便，因此以郵件提出邀請。收到回覆信件後，我會再致電給您。

那麼，就等作家您回覆了！

李英珠

文字清楚明瞭，沒有一句讓人難以理解，但勝宇卻忍不住一讀再讀。每次閱讀郵件時，腦中都會跑過自己認為最適合的回覆內容：抱歉，我的能力似乎不足以擔任講師，看來得婉拒您這麼棒的邀請了呢，辛苦您了。可是問題就在於兩隻手怎樣都無法移到鍵盤上。勝宇帶著投入預想會很棘手的專案的心情，硬是提起了手臂，將指尖安放在鍵盤上。現在，只要以「抱歉」為開頭寫幾個句子，就能了結這件事了。

勝宇想要拒絕，不，是得拒絕不可。出書之後勝宇每週都要參加作家對談。根據編輯的說法，初次出書的作者頻繁收到座談邀請的情況很罕見，「因此還請您爽快地說好！」儘管編輯語帶暗示，勝宇卻無法喜歡上這件事。每次參加說書就等於有一整天的時間飛走，為了回想自己是否在座談上胡言亂語，於是又讓之後的時間白白飛逝，接著又要浪費時間擔憂幾天後的說書，編輯頻繁的聯繫，甚至還有報社訪談。一言以蔽之，出書之後，勝宇的時間都被奪走了，他忙著把時間到處撒，卻無法好好把時間花在自己想用的地方上。勝宇盼望能早日恢復出書前的日常生活，想回到如同小學算術公式般單純的生活秩序中。

因此他不能答應講座邀請。說什麼講座啊，還是固定的講座，還是每週，還是足足要進行八週。想來想去，拒絕這門講座才是對的。就在勝宇打定主意，在左手的無名指上頭使力時，他卻突然好奇起來。過去幾週擾亂勝宇的困惑感已經消退，只剩下了純粹的好奇心。究竟是英珠的什麼特質讓勝宇心生動搖？已經好久沒有像這樣，想起一個人卻感到胸口發悶了。這是勝宇遺忘多時的情感，甚至他還曾經想過，也許再也不會有這種情感。

那麼，就跟隨這股情感怎麼樣？因為自己不想落荒而逃，因為出於好奇，因為……我是按捺不住好奇心的人。當好奇心獲得解答之後呢？到時再想下一步就行了。

把整件事都想清楚之後，勝宇按照心之所向，用鍵盤敲打出幾句話。

李英珠小姐您好：

謝謝您的邀請，我願意接下週六講座的工作，只不過晚上的時間似乎比較方便。麻煩您了。

玄勝宇

他沒有再次瀏覽，而是直接按下了傳送鍵。

22 被接納的感覺

靜書糊里糊塗地跟著知美進了英珠的家。她原本打算將編織活收尾，沒想到時間拖晚了，最後已經接近書店打烊時間。靜書心想，既然如此，就和英珠一起離開，後來又在書店前遇見了知美。知美毫無顧忌地挽著靜書的手臂，一路來到英珠的家，並說清潔布現在還用得好好的，一定要好好答謝靜書。

靜書一眼就喜歡上英珠的家，雖然客廳就只擺了一張書桌，看起來空蕩蕩的，但這種單純卻帶來了更多安適感。英珠身上散發的氛圍，似乎就是來自這個空間。這位書店老闆姐姐雖然看起來有點孤單，但另一方面卻散發出無人能及的穩定感。英珠沒有打開日光燈，而是逐一打開了燈飾，結果知美痛苦地搖頭直喊「好暗、好暗」。

「這個家真的很討人喜歡耶。」從洗手間洗完手出來的靜書說。

「妳就別說些客套話了，我還覺得怎麼會有這種家咧。」知美在洗手間邊洗手邊說。

「我沒有在說謊耶，感覺一邊冥想一邊編織真的很棒，就在那邊，那面牆前面。」

兩人的視線也跟著靜書的指尖移到牆面上。書桌另一頭的牆壁，兩人總會躺在那裡玩耍。

「OK，從現在開始那面牆就是靜書的了。」

靜書以坐禪的姿勢坐在英珠拿過來的軟墊上，但她並沒有集中在呼吸上，而是觀察兩人的一舉一動。這兩人就像每天放學後會碰面玩耍的好友般非常合拍。英珠從碗櫥中拿出杯子和盤子，知美則從冰箱取出既能當飯吃，又適合當下酒菜的食物。三罐三百五十毫升的罐裝啤酒、種類多元的起司、種類多元的乾燥水果片、煙燻鮭魚配蘿蔔嬰苗芽菜，以及與前面兩者搭在一起感覺會很美味的醬料，全都放在客廳地板上。雖然覺得可能是因為沒有額外的桌子，但靜書的利眼隨即就找到了大搖大擺立在流理台旁邊的迷你桌。這兩位姐姐大概覺得這樣玩很有趣吧。

「來，乾一杯啤酒！」

一口、兩口啤酒夾帶好心情流入了體內，英珠吃了片起司，知美吃了淋上醬料的鮭魚，靜書將柑橘果乾放入了剛才含著啤酒的口腔內。真美味。這是靜書辭掉工作後第一次喝酒。

靜書悄悄地放鬆坐禪的姿勢，伸直雙腿，將背部倚靠在牆面上，一邊小口啜飲啤酒，一邊聽兩位姐姐說話。兩位姐姐就像等腰三角形的兩邊似地躺直身體，很認真地在說什麼，不過依靜書的推測，她們應該常常就這樣聊到睡著。原本兩人躺得好好的，但又會突然爬起來坐著，喝了啤酒又吃了下酒菜，接著多半又會再次躺下，但偶爾也會繼續坐著，然後像是想起什麼似地拿起啤酒跟靜書碰杯。今天靜書也放開胸懷暢飲美味啤酒，沒有半點猶豫。

兩人也沒有解釋細節，可是聊天聊到一半又會朝靜書發出徵求同意的眼神，甚至徵求她的意見，但不管靜書說了什麼，她們都會滿意地點點頭。靜書覺得眼前這個情況很好玩，所以過了十點半之後就不再看手錶了。

「閔俊他是這樣說的，」知美以低沉的嗓音說，「所以，我打算暫時不動聲色。」

「要怎麼做？」

「我好像需要時間思考。在思考的期間，我不會罵那個人，也不會嘮叨他，所以，不要因為我不罵那個人就感到可惜。」

「哪會可惜啊。」

「還有妳也別擔心。」

「擔心什麼？」

「因為我過得很好。」

「我才不擔心姐姐。」

看著對話到一半停下來，盯著天花板躺著的兩人，靜書從座位上起身。她站到客廳的落地窗前，發現整個社區盡收眼簾，而那幅畫面真是美極了。佇立在前面這條路上的街燈，使整個氛圍更添韻味，而在後頭，眾多小巧玲瓏的房屋內也流瀉出光芒。看著眼前彷彿觸手可及的鄰戶關上燈，靜書的心情莫名變得低落，而英珠不知在何時來到了她的身旁。英珠望著窗外，像往常一樣以親切的口吻問：「很美吧？」靜書低聲回答：「是呀，好美。」

接著她突然有種奇怪的感覺——那是自己被接納的感覺，是初次來到休南洞書店的那天產生的感覺。為什麼又會有這種感覺呢？在這個家中，自己彷彿也被接納了的感覺，還有自己很珍惜這種感覺，都令靜書感到詫異與哀傷。但她認為，這種哀傷是正面的，因為她透過這種情感，如今明確地知道了問題出在哪裡。

「不過，妳是從什麼時候開始冥想的？很久了嗎？」

望著窗外沉浸在思緒的兩人朝著聲音來源處轉過頭。知美就像在重新擺盤般將食物整理好放入空盤。見靜書沒有任何回答，拿著盤子站起來的知美看了她一眼。

「我很好奇大家開始冥想的原因。」

「哦……」

「不錯的話，我也想跟進。」

23 需要能讓怒氣沉睡的能力

要談開始冥想的契機，就必須從為什麼辭掉工作說起。

「因為我實在太火大，所以辭職不幹了。」

靜書倚靠在牆上，吞嚥了一口唾液，開始說起自己的故事。大學畢業進入職場，到今年春天是第八年，而靜書決定要離開公司，原因是對於自己每天都會莫名發怒的情況感到太生氣了。上班的途中、飯吃到一半、電視看到一半，靜書的怒火都會瞬間點燃，看到什麼就想把它們全部砸毀，雖然心想著自己為什麼會這樣，去了一趟醫院，但醫生就只會叫她別有壓力。

靜書以約聘員工開始工作，也以約聘員工結束工作。剛開始她對於組長說只要認真工作兩年，就能轉正職的說法深信不疑，也把自己當成正職員工般勤奮工作，像他們一樣為公司擔憂，像他們一樣加班，像他們一樣在家時也工作。看到靜書認真工作的模樣，周圍的正職員工也毫不吝惜地勉勵她：「如果是妳，一定能轉正職。」但希望卻落空了。組長對靜書感到抱歉，並說她下次一定能轉正職。

「當時組長說得很含糊，扯些什麼『勞動靈活化』之類的，當時我也沒把它放在心上。可是兩年後，我又沒能成功轉成正職，當時就想起了這個詞。我在網路上搜尋後發現新聞還不少，也就是說，勞動靈活化這種玩意，就是企業能隨時輕易地裁員嘛。與其他公司競爭，必須縮減或砍掉某些職位時，只有裁掉員工，企業才能存活下來。剛開始我也覺得這在所難免，因為從小我爸就經常說，企業要先存活，國民才能存活，企業發展得好，我們也才能謀生。可是，照這樣說來，到頭來企業必須存活下來，那我不就只能一直當約聘員工了嗎？如果被裁員，我也完全不能吭聲，只能乖乖被公司趕出來了嘛。當時我就有了這樣的想法，這到底是什麼？人生到底是什麼？」

靜書就此打住，瞄了一眼專注聽她說故事的兩個姐姐。雖然覺得自己好像講了太多話，但可能是受到酒精的影響，讓她想繼續說下去。幸好姐姐們的眼神中沒有透露出任何無聊乏味的跡象，靜書拿起放在自己面前的罐裝啤酒，將手臂往前打直，目光輪流看著兩位姐姐，接著她們也很有默契地跟著拿起罐裝啤酒，在空中與靜書碰杯。靜書灌下一大口啤酒，開始說起故事。

「我覺得好煩躁，卻搞不清楚什麼才是對的，所以當時我就先放著不管。可是姐姐，大約在兩年前，我有個當護理師的朋友卻跑去澳洲打工度假。護理師不是具有專業性的職業嗎？可是我朋友卻說討厭工作，然後跑到澳洲去了。我問她為什麼，她才說自己其實是約聘員工。工作就已經累死人了，還要承受身為約聘員工的失落，所以她完全感受不到半點工作樂趣。她說不記得自己幾年來有沒有安心睡覺過，還說就算要吃苦，也要在能看見希望的地方吃苦。當時那位朋友跟我說什麼？醫院真的有超多約聘員工，包括打掃的阿姨、維護設施的大叔、擔任保全的青年，就連醫生也是約聘職。

「當時聽完朋友說的話後我就徹底明白了，勞動靈活化那種玩意都是謊言。雖然大家都說，是因為這些職業往後說不定會消失，為了方便裁員，才讓這些人成為約聘員工，但這根本說不過去啊。那以後負責打掃的人、維護設施的人、擔任保全的人、護理師、醫生全都會消失嗎？擔心這些人從事的工作會消失，所以才讓他們當約聘員工？姐姐，我擔任企劃到現在已經八年了，可是這八年來我都是約聘員工。妳認為靠企劃維生的公司讓負責企劃的人當約聘員工，是因為勞動靈活化嗎？他們還不都是為了把別人使喚來使喚去而已嘛。」

兩個姐姐點了點頭。

「總之，我跳槽去別家公司了，反正我也不想繼續待在不會讓我轉正職的公司。雖然換了公司之後，我還是約聘員工就是了。話說得好聽是無期限約聘員工，但約聘員工就是約聘員工啊，說什麼無期限約聘員工，還不就是玩文字遊戲。換了家公司之後，還是持續受到隱隱約約的誘惑，那些人會丟出誘餌說，只要我認真工作就能轉正職，要我夜間加班、休假日到公司加班、把自己的工作丟給我做。不過我還是為了討生活，所以就假裝相信他們，夜間加班、休假日也到公司上班、把工作帶回家做，但不知道從什麼時候開始，我變得非常痛恨這樣做。明明就不喜歡卻得硬逼自己做，所以每天都有股怒氣上來。」

但就算是正職員工，也得做自己不想做的工作。因為即便他們的脖子上掛著員工證，而靜書掛的是出入證，反正每天早上要上班、看主管眼色直到下班都是一樣的。不過正職和約聘確實不同，靜書從以前就經常聽上班族把自己比喻成機器的零件，尤其是齒輪，是無論何時都可以汰換的哀傷工具，被囚禁於日復一日的生活中。可是約聘員工卻連齒輪都當不成，而是協助齒輪順利轉動的潤滑油，是工具的工具，公司把約聘員工當成不溶於水的油。

「特別是發生那個事件之後，我對一切都非常排斥，不管是工作還是人。妳們知道發生什麼事嗎？有一天部長找我過去聊聊，說要進行一項新的專案，問我能不能負責，要我放手盡情發揮實力，還說這次有很多我能一展長才的地方。我雖然並沒有抱持『如果做好這次，說不定……』的期待，但還是很高興能隨心所欲地發揮實力，所以我付出了百分之百的努力。在那兩個月內，我徹底沉浸在好久沒有感受到的工作樂趣之中，可是過了兩個月，我把成果拿到部長面前，結果妳們知道那人做了什麼事嗎？他把我的名字從專案去掉，把某個白痴代理的名字放了進去。大家都在傳說那個代理能力很差，知道那時部長對我說了什麼嗎？他勉為其難地說了聲對不起，接著要我諒解一下，還說『反正妳也無法升遷嘛，就當自己做了件善事吧』。」

靜書認為這個社會對人很無禮，而人們也同樣以無禮相待，遍地都是表面上裝得客客氣氣，內心卻想利用對方撈得好處的人，如果無利益可言，那就對彼此漠不關心。在漠不關心的背面充滿了恐懼，害怕著我總有一天、稍有差池的話總有那麼一天，要是我變得跟那人一樣該怎麼辦。對他們來說，「那人」指的就是像靜書這樣的人。

不得不對人恨之入骨這點最令靜書感到痛苦。只要聽到部長故作親切的聲音，就會覺得血液往腦門直衝；只要看到那個無能代理的臉，就會不由得感到輕蔑；看到他們有說有笑地經過走廊時，就會發現自己在想著：「說起來沒有一項比我強的傢伙們替自己占了個好位子，現在卻生怕自己會被趕下來，所以在做垂死掙扎呢。」靜書為自己如此竭盡所能地貶損他人、如此憎惡他人感到哀傷，所以更加怒火中燒。她無法專注於工作上，工作再也沒有任何樂趣，一切都令人感到厭惡。

「再這樣下去，我的個性會變得很扭曲，每天都氣呼呼的，身體也搞壞了。明明就累得半死，卻怎麼樣都睡不著，只好徹夜睜眼到天明，然後直接去上班的日子也不少。所以我辭職了，反正這樣的工作還是能再找到。辭掉工作之後，好友們都要我去旅行放鬆一下，我卻不想這麼做。如果過幾天就會沒事、去世界旅行就能平息怒氣，那一開始也就不會生氣了。反正遲早還得再回去工作嘛，那到時又會重蹈覆轍，可是又不能每次都只巴望著夏季休假、冬季休假的來臨。我想追求的是日常的和平，想要獲得能讓怒氣沉睡的能力，所以我在想要怎麼做才能平息怒氣呢？後來就決定嘗試冥想。」

接下來的故事英珠也有一定了解。點了一杯咖啡後坐著不動的靜書，實際上是在冥想，某天開始織起清潔布，是因為冥想太難而另外找的折衷方案，而完成清潔布之後又開始織其他東西，是因為從手工製作中意外找到了樂趣，還有趁著織清潔布和其他作品的空檔，靜書會輕輕閉上眼睛的行為，也依舊是在進行冥想。

「冥想不代表雜念就會消失，因為雜念怎樣都不消失，所以我也不斷發脾氣。就算闔上眼睛想集中在呼吸上，也會不斷想起那渾球部長的臉和那渾球代理，不，是那現在已成為科長的渾球慢得像烏龜的步伐，搞到我都快瘋了。我覺得自己不能再這樣下去，所以才試著動手製作什麼，我忘了在哪裡聽過，光是讓手指動一動就能消除雜念。但我試了才明白，雜念並不是因為手指在動而不見，而是因為動手去做的時候能集中在某個對象上，所以雜念才會不見。花幾小時集中在編織上，回到現實之後，會有兩件好事，一個是有成品，還有心情會變得很清爽，因為至少在編織時不會氣呼呼的。」

兩位姐姐豎起耳朵傾聽靜書說到最後。靜書說完之後，姐姐們盯著天花板躺下，接著要靜書也趕快躺下。靜書也伸展自己的身體，沿著牆面躺了下來，心情既像編織時一樣清爽，但又跟冥想時一樣意識朦朧。睏意悄悄地襲來，靜書緩慢地眨了幾下眼睛，最後拉下了眼皮。她的腦袋迷迷糊糊地想著，如果就這樣躺到睡著，應該可以帶著好心情醒過來。

24 寫作課程開始

勝宇披上了厚外套，背上背包，走向休南洞書店。雖然可以搭車前往，但他想要把從地鐵站到書店的路走上一遍。上次他就感覺到了，休南洞書店確實不是那種偶然經過時會走入的書店，而是假如不是社區居民，就得下定決心特地前去造訪的地方。英珠是帶著什麼想法，又是基於什麼樣的理由將書店開在這樣的地點呢？

社區的氛圍沉靜恬適，不過十分鐘前還得經過繁雜街區，此時卻彷彿走在曲終人散的舞台上。感覺在這個社區來往的人們手上提的不是購物袋，而是菜籃，還有他們走在巷子時遇見的人，也多半不是陌生的臉孔，而是已經以眼神打過幾次招呼的人。或許休南洞書店的優勢，即是坐落於讓人有此聯想的社區。分明存在於眼前，卻彷彿屬於舊時光的社區氛圍，或許正是吸引人們走入休南洞書店的原因。

走了大約二十五分鐘，抵達了休南洞書店，勝宇在走進書店之前，讀了一下豎立在門前的立牌。

休南洞書店終於開了寫作課程！每週六由《每日閱讀》的作家李雅凜與《寫好文章的方法》的作家玄勝宇授課。☺

至今勝宇對於自己出書，以及被稱為作家仍然感到很彆扭，讀了寫在立牌上的文字之後，感覺整張臉都滾燙了起來。直到幾年前都還想像不到的遭遇發生在自己身上，令勝宇感到神奇不已。任何人都無法預測未來，這句話確實沒錯。

打開門走進書店，和初次來訪時一樣，細膩的吉他旋律最先刺激了勝宇的感官，接著既優雅又柔和的燈光盈滿他的視覺。勝宇就像初次來到此地的人，緩緩環顧整間書店，他以不疾不徐的姿態，暗自細數靜靜地站著找書、閱讀、撫觸書本的人。直到數完最後一個人之後，他才慢慢地轉頭望向某處。在他的目光尾端，是客人正在結帳的身影。直到客人結完帳為止，勝宇都站在遠處等候，不過在等待的這段時間，細膩的吉他旋律、優雅柔和的燈光都從勝宇的感官世界漸次消失。客人離去後的位置上，另一頭站的是英珠。

她穿了一件厚度恰好的淡綠色圓領T恤，外頭搭了一件長度及骨盆的開襟衫，下半身穿著九分牛仔褲，腳上踩的是看上去就覺得很舒適的灰色運動鞋。客人離去後，勝宇的身影映入了英珠的眼簾，英珠便朝他露出了笑容。勝宇以故作鎮定的表情走向英珠，腦袋卻很忙碌地揀選打招呼的用詞。這世界上真的存在著最適當的招呼語嗎？隨著這個疑問浮現，頭腦運轉的速度也急遽趨緩，但在勝宇的大腦中發生的種種並未顯露於外。

英珠邊走出櫃檯邊搭話：「作家！您提早到了呢，路上沒有塞車吧？」

勝宇毫不費力就挑選出符合提問的回答：

「沒有，我是搭地鐵來的，所以沒有碰上塞車。」

「您上次不是搭車來的嗎？」

面對簡單的問題，勝宇也採取簡答方式：「是啊，上次是。」

勝宇迎上英珠的目光，暗自心想或許就是這個眼神的緣故，害他現在莫名緊張得要命。不，說不定自己現在會如此緊張，有很高的機率是因為今天的課程。念理工出身的勝宇幾乎沒有站在人前說話的機會，雖然偶爾會去參加技術研討會，但講者說得單調乏味，在台下的聽者也意興闌珊。只要講得準確明瞭就夠了，至於如何把話說得有效率或有趣，並非必要選項。可是，今天的課程也只要這樣就夠了嗎？勝宇完全無法想像今天自己會展現出什麼樣的面貌。

我根本是自願成了傻瓜嘛。

選擇自暴自棄之後，反而好像化解了緊張感。不管原因在於英珠或課程，反正接下來幾小時，顯然都會碰上好幾次手忙腳亂的情況。自己說出的話和行為舉止肯定會很不自然，就算暫且不說要激發出什麼百分之百的潛力，就連只是按照平時發揮的樣子也有困難。那麼，乾脆拋下想驚豔全場的野心似乎比較好，只要不去在意他人眼中的我是什麼樣子，不就能避免碰上最糟的一天了嗎？

英珠領著勝宇來到一間小巧溫馨的教室，雖然會有微弱的音樂聲溜進來，但似乎比整間靜悄悄的要好。英珠開啟桌面上的筆電，用遙控器啟動了投影機，在通往外頭的門那一側，用來投影的銀幕也降了下來，正當英珠使用筆電搜尋勝宇寄來的資料時，勝宇來到擺直的桌子前，在比較長的那一側坐了下來。英珠彎下腰，以站姿在筆電鍵盤上打字，同時告訴勝宇可以替他將資料列印出來，只要按照他偏好的方式進行即可，還有飲料則是隨時都能點。

設置完畢後，英珠一臉開朗地坐在勝宇對面的椅子上。

「作家，您會緊張嗎？」

是我的緊張太過明顯了嗎？

「嗯，有點。」

「下午授課的作家是這樣說的，」英珠邊說邊觀察勝宇的表情，「她說上課的氣氛要比想像中更好。因為來上課的學員都抱持開放的心態，所以無論作家說什麼，他們都給了正面回應。」

這些話肯定是為了替勝宇化解緊張才說的。

「啊，好的。」

「接受報名時，我們進行了問卷調查。今天來的八位學員中，有五位買了作家您的書，兩位是部落格的追蹤者，還有三位說讀過作家您的專欄。每次進行作家對談時我都會有這種感覺，如果事先認識作家的人到場，氣氛都會很棒，想必今天也會是這樣。」

儘管說了這番話後，勝宇的緊張感也不會因此消失，但勝宇仍靜靜地聽英珠說話。或許是這個原因吧，是參加說書之前讀到的英珠的文字，以及英珠實際給人的形象之間產生了差異。勝宇認為英珠猶如江水，平靜無波卻有其深度，他甚至天馬行空地想像過，會寫出這種文字的人，身上會不會帶著如江水般深不可測的氛圍，可是實際見到的英珠不像江水，反而像是樹葉，平時散發出健康的翠綠光澤，但等到風兒吹來，便將全身託付給風兒並輕輕地飄揚。緩緩飄落之後，她便帶著一雙閃爍光芒的眼睛，輕聲細語地說起話來，同時保有進退得宜的禮儀與恰到好處的關心。會不會就是這種差異，刺激了勝宇的好奇心？

資料都準備就緒之後，勝宇抬起頭和英珠面對面。上次就有感覺到，英珠在與他人對視時似乎並不覺得困難。要是對此時的對視感到尷尬，勝宇似乎就需要說點什麼話，所以他開始試著發動引擎讓腦袋運轉，但後來乾脆熄火了。勝宇覺得自己很好笑，幹麼這麼緊張啊？有需要這樣繃緊神經嗎？對方明明就完全不當一回事地坐著，彷彿心情很雀躍似地眼神閃閃發亮呢。

像這樣和英珠進行一場柔性的眼神較勁之後，緊張感似乎也舒緩了不少。勝宇逐漸對於與她面對面坐著的這一刻感到自然，因此覺得過去幾週的困惑、面對電子郵件時的猶豫不決，還有好奇為什麼腦海中老是浮現英珠身影所產生的心浮氣躁，似乎都顯得很無謂。在不知不覺中，勝宇的心情按著平時的步調沉澱了下來，他結束這場眼神較勁，開口說：

「其實這個課程讓我猶豫了很久。」

英珠彷彿老早就知道似地，拉長兩側嘴角露出微笑。

「我想也是，因為遲遲沒有收到您的聯繫，所以我還有點擔心自己提出的請求是否太過無禮。我呢，只是在產生要開課程的念頭時，第一時間就想到您，所以大概是開心過頭了。」

「為什麼第一時間就想到我呢？」勝宇放鬆地將身體倚靠在椅背上問。

「我沒跟您說嗎？我是作家您的粉絲，我真的很喜歡您的文章，所以一直在等待您的書何時出版，結果我第一個成功邀請您來參加說書了呢！」英珠彷彿在滔滔不絕地分享自己的英勇事蹟，以略為興奮的口吻說：

「我心想，要是這麼會寫文章的人來替我們上課就好了，所以當您聯繫我說願意上課時，我真的很高興。啊，我也覺得開書店真是個明智的決定。招待喜歡的作家來到我的空間，這種喜悅大到難以言喻，我從小就對作家們……」

英珠似乎覺得自己太過興奮，於是停了下來，難為情地笑了。

「我只顧著自己說話吧？」

「沒這回事，」勝宇搖了搖頭，「只是我現在還有點不熟悉，不知道如何面對自稱我粉絲的人。」

啊，英珠稍稍張開了嘴巴，接著像是自我反省似地回答：「那我會克制一點的。」

勝宇莞爾一笑說：「我滿喜歡從地鐵站走到書店的沿路景色。」

「還滿遠的耶，您用走的嗎？」

「對，其實第一次來這裡時我就有點訝異。為什麼會在這麼隱密的地方開書店呢？大家為什麼會來這家書店呢？但我似乎在來的路上明白了原因。」

「您找到的原因是什麼？」

勝宇短暫注視著她，然後回答：「我覺得會有一種彷彿在旅行，走在陌生街道上的心情。在每條巷弄歪著腦袋朝目的地走去的心情，因為陌生、因為不太清楚，所以產生悸動的心情。我在想，說不定大家就是為了感受這種心情，所以才到陌生的地方旅行，而休南洞書店對人們來說，會不會就是這樣的地方？」

「哦，」聽到勝宇的話後，英珠語帶感激地說，「我總是對不嫌麻煩地跑來的讀者心存感謝，要是大家真的在來的路上有這樣的心情，那就再好不過了。」

「我個人的感覺是這樣。」

聽勝宇這麼說，笑咪咪的英珠露出了頑皮的表情，將上半身湊近。

「不過，作家，我可以問個問題嗎？」

「什麼？」

「您猶豫到最後為什麼答應了呢？」

該怎麼回答好呢？勝宇至今也還沒能將適當的語言放入自己的心中，但就算是這樣他也不想說謊。他想了一下，回答：

「因為很好奇。」

「好奇什麼？」

「休南洞書店。」

「書店怎麼了？」

「只是覺得這裡好像有什麼。是吸引人的某樣東西嗎？我很好奇那是什麼。」

英珠稍微想了一下勝宇的回答是什麼意思，然後像是想到什麼似地，隨即就接受了答案。她想，勝宇說的是否就是靜書口中的那種感覺。使靜書成為常客的休南洞書店氛圍，不是連勝宇也受到吸引了嗎？那麼，休南洞書店算是勝券在握嗎？只要按這種方式繼續經營下去就行了嗎？聽到勝宇的話後，英珠的心情也跟著好了起來，她一邊看著時間一邊起身。

「我想把剛才那番話牢記在心中，因為那是我一直以來都想追求的，我希望能藉由這個空間走向人群。託作家您的福，我獲得了莫大的力量。」

直到英珠說貨運司機應該來了，關上門出去之後，勝宇這才細細地環顧這個自己置身的小巧溫馨的空間。儘管找到了能巧妙地隱藏真相、也不能完全算是謊言的回答，但如今看來，自己的那番說詞似乎成了百分之百的真相。這個空間分明有什麼吸引他的東西。勝宇感到很滿意，他心想，無論剩餘的時間以何種形式度過，今天都不會是最糟的一天了。

25 替您加油

英珠開始寫起專欄一事，勝宇並沒有居中扮演推波助瀾的角色，只不過負責的記者確實是透過勝宇才知道英珠這號人物的存在。記者至今就只見過勝宇一次，每次記者說要碰個面，勝宇就會拐彎抹角地拒絕對方。反正記者也不是真的想見勝宇，只不過因為是負責的記者，才基於偶爾要寒暄問候的責任感，形式上提出見面的邀請罷了。雙方明明就沒那個心，卻很沒必要地見面裝熟聊天，這種情況本身令勝宇感到排斥。

負責的記者老早就摸透勝宇的這種性格，這也是她喜歡勝宇的理由。只要自己不主動聯繫，對方也絕對不會聯繫自己，這讓記者感覺少了件工作，而每兩週就會準時送達的專欄文章，也不太需要動手調整。勝宇寫的也不是會引來脣槍舌戰或讓人留下一連串惡意言論的專欄，所以也不需要花腦筋確認事實真偽，勝宇又是很懂得句型結構的專欄作家，所以也不需要另外修改句子。勝宇的專欄就像乘風前進的帆船，一路順遂。

儘管如此，也不能對勝宇漠不關心，所以記者偶爾仍會在搜尋欄位打上勝宇的名字，也因此在某個書店部落格接觸到勝宇授課的消息，而且不僅已經開課了，似乎還進入第二次招募學員的階段。依記者所認識的勝宇，他可不是會答應要開課的人，反而應該會嫌麻煩而拒絕才是，可是為什麼呢？休南洞書店？這家書店很有名嗎？記者被激起了好奇心，於是先追蹤書店的部落格，一有空就會進去看看，接著在那上面邂逅了英珠的文字。這下正好，記者正在尋找撰寫書籍主題的專欄作家，最近也經常接觸到各方獨立書店店主的文章，不如就這麼順水推舟。雖然英珠的文字個人色彩強烈，但只要這部分調整一下，應該就能順利地發掘新的專欄作家。

就這樣，記者在星期天的上午和英珠見了面。儘管英珠剛開始也很猶豫，但在幾通電話之下改變了心意，只是她的心中還是惶惶不安，為了給英珠打打氣，也順便打個照面，最後兩人就面對面坐著了。而教人意外的是，就連勝宇也來了。

幾天前，記者在與勝宇通電話時提到英珠可能會接下專欄，並表示其實是託勝宇的福才會認識英珠，大致說了近況，勝宇卻沒有感到太過吃驚，就連聽到記者說要在週日和英珠見面，剛開始也只回答：「哦，好的。」就在兩人聊了各種話題，正要結束通話的那一刻，勝宇才以淡定的語氣詢問自己週日能不能一起去，還說當天也聊一下續約的事。聽到勝宇的話，記者立刻就解開了為什麼他會答應授課的疑問。

「還以為您不打算續約呢，突然改變心意的理由是什麼呢？」

把該說的話都說完之後，原本打算起身的記者卻停下動作，如此詢問勝宇，同時內心想著，之前自己一直想要讓木訥的勝宇吃上一次苦頭，此時正是千載難逢的機會。記者露出意味深遠的微笑注視勝宇，而英珠也察覺到記者的眼神中別有用意，於是也同樣轉過頭盯著勝宇的側臉。勝宇知道記者已經看出來了，但表面上仍不動聲色，他只用一如往常的表情和語調說：

「因為感覺以後可以寫得比較開心一點。」

記者呵呵笑了兩聲，從座位上起身。看到勝宇在英珠面前適當地隱藏心意，並對自己說出「我知道記者您知情的事」這種機智的回答，記者也不想再亂開玩笑。她說有孩子的媽在週末時更忙，感謝兩人在週日上午撥出時間之後便離開了咖啡廳。

並肩坐著的兩人突然無話可說，勝宇打破短暫的沉默說：

「我們要不要去吃飯？」

兩人的面前放了一桌的辣燉明太魚。英珠說自己只要是魚類就都喜歡，帶勝宇到咖啡廳附近專賣明太魚料理的餐廳。勝宇並不討厭明太魚，但也沒有特別喜歡，頂多就是隨著他人的喜好偶爾吃一下，提醒自己世界上還有明太魚這種魚類存在而已。

看到送上桌的幾樣配菜，看起來不像其他魚類一樣，只要挑掉魚骨後吃下就好，再看看英珠吃東西的架式，確實似乎就是這樣。英珠先用左手拿了片海苔，在上面放了一口米飯，接著夾起適當大小的魚肉，蘸上滿滿的醬料並放在米飯上，而豆芽也以同樣的方式放上。英珠捲起海苔，直接送進了嘴裡，美味地大口咀嚼塞滿嘴巴的米飯，看起來心情非常好。看到英珠的模樣，勝宇露出無聲的笑容，也用筷子夾起米飯邊吃邊問：

「這是很常見的吃法嗎？我是說把明太魚放在海苔上面的吃法。」
英珠把嘴巴內剩餘的食物都吞下之後說：「不清楚耶，我也是第一次這樣吃。」
勝宇這次夾起豆芽說：「可是您吃得非常自然，我還以為您常常這樣吃。」
見勝宇只是拿著兩根筷子不斷碰撞，靜靜觀望這鍋美味的辣燉明太魚，英珠便拿了片海苔往勝宇的手上送去。
「當然自然啦，吃這個又沒什麼難的。」
英珠似乎覺得這對話很有趣，一邊哈哈大笑，一邊又拿起了一片海苔。
「您也試著包起來吃吃看，很好吃哦。」
勝宇也按照英珠的做法，在英珠給的海苔上頭放上米飯、明太魚和豆芽，接著將海苔捲好之後放入嘴巴。越嚼就越能感受到醬料帶鹹的滋味，確實非常美味。英珠也將米飯、明太魚與豆芽放上海苔，接著看勝宇將口中的米飯都吃完，直到他停下咀嚼的動作，於是問他：「怎麼樣？」
「很好吃耶。」
勝宇倒了杯水，遞給英珠。
「不過有點辣呢。」
英珠將手上的海苔放入嘴巴說：「我也覺得。」
用完午餐走出來，時間甚至還沒到中午，從這裡步行到地鐵六號線上水站要五分鐘。

兩人在誰也沒開口的狀態下就往地鐵站的方向走去，見英珠走路時使勁縮起身子，勝宇說：「看來您很怕冷。」

「沒有到很怕冷，但其實我也搞不太清楚。有時我很能耐寒，但有時一碰到冷就無力招架，所以我想是心情的問題吧。」

「那現在怎麼樣呢？」

「現在？」

「是呀，吃了豐盛美味的辣燉明太魚後回家的此時，心情如何？要比想像中更冷，還是比較不冷？」

「嗯……您有看到那邊那個人嗎？」

英珠指著走在前頭的一名男人。這位看上去三十出頭的男人似乎冷得受不了，將雙臂插在腋下並踩著小碎步前進。

「您看那個圍巾厚度，不覺得就連圍巾都要把整張臉給吃了嗎？我所感受到的寒意，大概比那個男人少一些。這應該算是只要喝杯熱茶就能輕鬆戰勝的寒意？這個回答可以嗎？」

勝宇停下腳步說：「那要去喝杯熱茶嗎？」

勝宇搜尋到的傳統茶館位於步行十分鐘的距離。兩人邊走邊聊說不知道上一次去傳統茶館是什麼時候，不知不覺地抵達了茶館。英珠從菜單上選了木瓜茶，而勝宇也點了相同飲品。兩人喝了一口木瓜茶，才發現這是自己早已喝過的味道，而且還是遺忘多時的滋味。

「我以前曾經去出差。」勝宇又喝了口木瓜茶之後說。

「去哪裡呢？」

「去美國，亞特蘭大。」

「我之前超級好奇作家您是從事什麼工作，可是我不敢問。」

「為什麼？」

「因為不想讓神祕主義出現瑕疵？」

聽到英珠開玩笑，勝宇也忍俊不禁，他也曾經聽部落格的追蹤者形容他彷彿蒙上了一層面紗。

「最近好像光是不談論自己的事就會變成神祕主義者。即便我是個平凡的上班族，每天都只在上班下班中度過而已。這是個太過喜歡刷存在感的世界，特別是這年頭。」

英珠點頭同意勝宇的說法。

「話說回來真的是這樣耶，我只是覺得……如果問了您不想說的問題，您好像就不會回答。因為我自己也會這樣，要是有誰問了我不想說的事情，表情就會變得很臭。」

「我不會擺出臭臉的。」

勝宇用比平時放鬆的表情看著英珠。

「我以前是工程師。」

「啊，理工男！現在呢？」

「我換了部門，現在是做品管的。」

「為什麼換部門呢？」

「因為厭倦了？」

「厭倦了？」

「是啊，厭倦了，可是我原本打算說的……不是這個。」

「啊，好的。」

「我在美國待了超過兩個月。因為工作很多，所以兩個月內也沒休息幾天，但有一天我去進行現場測試時，偶然走進了一家韓國餐廳。那家餐廳提供的不是水，而是茉莉花茶。畢竟在韓國也偶爾會喝到這種茶，所以我也沒想太多，但出差回來之後卻老是想起那個滋味，從那時開始我就在家裡喝起了茉莉花茶。」

「有重現當時在美國喝到的滋味嗎？」

「沒有。」

「嗯……」

「雖然沒有重現那個滋味，但茉莉花茶卻喚起了當時的記憶。」

「什麼記憶？」

勝宇以指尖拂過暖呼呼的茶杯，並看著瞪大眼睛看著自己的英珠。

「當時真的過得很痛苦，幾乎每天都在想著要拋下一切回家，可是在那間偶然走入的餐廳卻彷彿得到了莫名的撫慰。我不曉得是因為餐廳的氣氛使然，又或者是因為老闆很親切友善，但那個地方的某樣東西鼓舞了我。多虧了它，我才能順利完成工作。」

「真是令人感激的地方呢。」

「是啊，確實是，但我說這件事的原因是……」

「……」

「這間茶館大概也會長久留在我的腦海中。我有種感覺，在未來的無數瞬間，我將會記得今天。」

「您最近過得很辛苦嗎？」

聽到英珠的話後，勝宇哈哈大笑，英珠則是一臉神奇地看著勝宇笑出聲的模樣。雖然知道任何人都會這樣開懷大笑，但她總覺得很神奇。應該說這是從勝宇平時的樣貌中讓人難以想像的一面？又或者開懷大笑的模樣要比想像中更適合勝宇？今天勝宇的表情格外放鬆，也讓他看起來有些許不同。

「我也想起了一件事。」英珠看著依然露出微笑的勝宇說。

「是什麼？」

「是以前我在公司上班的時候。」

「您在公司上班很長一段時間嗎？」

「超過十年囉。」

「什麼時候辭職的？」

「大概有三年了。」

「一辭掉工作就開了書店嗎？」

「對，一辭掉工作就開了。」

「那是辭掉工作之前就計畫好的囉？」

「那倒不是。」

「不然呢？」

「作家。」

「怎麼了？」

「我要擺出臭臉了。」

英珠打斷勝宇的提問並露出微笑，而勝宇也就此打住，說了句「我明白了」。

「有一天，我在深夜十一點左右下班。」

「當時經常加班嗎？」

「很常，超級常。」

「要是超級常加班，當然就會想辭職囉。」

「沒錯……可是那天下班之後，我卻突然非常想喝啤酒。」

「啤酒……」

「可是我想喝的不只是啤酒，而是可以站著喝的那種啤酒屋的啤酒。」

「站著喝？」

「對，因為坐著的話不是就不會那麼累了嗎？我不喜歡這樣。我想在超級累的狀態下喝啤酒，那會是什麼樣的滋味呢……」

勝宇一臉興致盎然地聽英珠說話。

「什麼樣的滋味？」

「彷彿飛上天的滋味。」

「那您應該去找能站著喝酒的啤酒屋了吧？」

「當然囉，人超多的，好不容易才有個位置。我就站在那裡喝了杯啤酒，真的好幸福。」

「幸福就在不遠處呢。」

「我想說的就是這個。」

「幸福嗎？」

「是的，我想說的就是幸福就在不遠處。幸福並不存在於遙遠的過去或未來，而是就在我的眼前，就像那天的那杯啤酒，就像今天的這杯木瓜茶。」

英珠笑咪咪地看著勝宇。

「那麼只要喝杯啤酒，您就能獲得幸福了呢。」

聽到勝宇的話後，英珠呵呵笑著說：「正解！」

「如果還想更幸福一點，只要在累得像條狗的狀態下站著喝就行了。」

「這個也是正解！」

英珠這次又笑得更開心了。

「我……」原本大笑的英珠突然收起笑容，接著說，「只要想著幸福就在不遠處，人生好像也就容易一些了。」

看著英珠瞬間氣氛轉變的臉，勝宇很想發問，究竟是人生的哪一點這麼辛苦。就勝宇所知，會說出該怎麼做，人生就會變得比較容易的人，要比其他人過得更辛苦。因為人太過痛苦，所以才會為了減輕痛苦而不斷想出方法，想出在人生中撐下去的方法，把人生走下去的方法。

對話時，他覺得這部分最為困難。究竟應該問到哪一步，又應該在哪裡停下來呢？要如何拿捏好奇心變質為無禮的瞬間？勝宇的經驗告訴他一點，不太確定時，最好就先停下來。如果不確定能不能提問，那就不要問；不確定該說什麼才好時，就好好扮演聆聽者的角色。只要遵守這兩項，就能避免當個無禮之人。

「作家您何時會感到幸福呢？」

見勝宇只是一言不發地聽自己說話，英珠便開口問。

「幸福啊……勝宇倒是沒有認真想過關於幸福的事。儘管大家經常會說人類必然會追求幸福，但勝宇卻覺得追求與不追求都無所謂。相較於怎麼做才能幸福，他過去更專注於怎麼做才能過得充實。善用時間的人生，對勝宇來說，幸福的人生或許正是如此。

「我不太確定幸福是什麼，要回答這個問題不容易呢。剛才您不是說在喝啤酒的時候感到幸福嗎？我似乎很能體會那是什麼樣的心情。倘若您說那是幸福，那肯定就錯不了，但是會把什麼視為幸福，似乎是因人而定。肯定也會有適合我的幸福吧？但真的好難啊，對我來說幸福是什麼呢？幸福又為何物呢？」

「關於幸福為何物，不是眾說紛紜嗎？像亞里……啊，沒什麼。」

英珠說到這，內心忍不住怪起自己「我怎麼又來了」。自從開始經營書店，引用書本內容，或者在對話時說出「某某人曾經說過什麼話」的情況變得越來越頻繁。這都是因為客人請英珠推薦「希望能在這種或那種情況下適合讀的書」時，必須快速地想起適合對方的書，長期下來所養成的習慣。寫關於書的文章久了，這種習慣就更加根深蒂固了。當腦中浮現某種想法，英珠就會自動浮現支持該想法或相關的書籍，久而久之，言談之中就會摻雜引用的內容、作家名字或理論，這也等於昭告自己是無聊大王。不，老實說英珠一點都不覺得無聊，只不過偶爾對方會顯得不自在。

「哪方面沒什麼？」

「沒事。」

「是什麼？」

「沒事。」

「亞里……您是打算說亞里斯多德嗎？」

英珠假裝不知道，將茶杯握在手中。

「《尼各馬可倫理學》（*The Nicomachean Ethics*）？雖然我沒讀過，但我知道這本書，也知道亞里斯多德在這本書談論幸福。亞里斯多德是怎麼談幸福的？」

見勝宇早就看穿自己想裝傻，英珠有些難為情，連續喝了兩口變得微溫的木瓜茶。不管是話說到一半，或是像此時一樣難為情的樣子，看起來應該都很像傻瓜。英珠姑且先偷偷瞄了一下勝宇，發現他正一派平靜地等待她接下來的話。看他的神情，彷彿就算她說出多無聊的話，他也會紋風不動地聽到最後，所以她決定把原本要說的話說完。

「那個叫做亞里……的人，將**幸福**與**幸福感**區分開來。他所說的幸福指的是一生的成就。假如有人立志當一名畫家，那就應該耗盡一生致力成為偉大的畫家。成為偉大的畫家之後，那個人就等於活出了幸福的人生。以前我很喜歡這種想法。因為心情這種東西就是會變來變去，即便是身處相同情況，今天可能覺得幸福，但明天也可能變得不幸嘛。打個比方好了，就算今天喝了木瓜茶之後覺得幸福，但明天可能無論喝再多木瓜茶，卻一點都不幸福嘛。這樣的幸福一點都不吸引人，所以我認為，如果一生的成就足以左右我們的幸福，那就值得去試一次。至少在當時，我對努力很有自信。」

「這是別人聽見之後會欣羨的一句話呢。」

「哪句話？」

「我對努力很有自信，這句。」

「為什麼？」

「不是有很多人說，努力是一種才能嗎？」

「哦……」

「可是您為什麼改變了想法？是因為討厭起那個叫做亞里的人說的幸福嗎？」

「因為我並不幸福。」英珠的臉頰微微發熱，接著說了下去：

「耗費一生打造的成就，的確很棒，但我後來卻是以其他角度來理解那位亞里說的話。他所說的幸福，就等於是為了最後一刻而抵押漫長的人生。為了在最後一刻能幸福一次，因此一輩子只能在努力中過著不幸的人生。這麼一想之後，就覺得幸福這種東西太嚇人了。為了單一成就而將整個人生磨碎，實在是太虛無了，所以如今我改變了想法，我要在人生中追求幸福感，而不是追求幸福。」

「所以您現在幸福了嗎？」

英珠輕輕點頭。

「要比以前幸福。」

「那麼您改變想法真是明智的決定呢。」

英珠愣愣地看著勝宇，眼神透露出就連自己也還不知道改變想法究竟是對或錯。

「我會替您加油。」

英珠稍微瞪大了眼睛。

「替我嗎？」

勝宇以溫柔的眼神看著英珠說：「是的，我會替您的幸福感加油，希望您能常常感受到幸福感。」

英珠眨了眨眼睛，然後喝了口木瓜茶。感覺已經好久沒收到別人替自己加油了，所以全身頓時有了力量，也因為很喜歡這種產生力量的感覺，英珠放下杯子並看著勝宇笑了。

「謝謝作家您替我加油。」

不知不覺已經快五點了。確認時間之後，兩人都驚呼時間怎麼過得這麼快。走出傳統茶館後，兩人也很自然地往地鐵站的方向走去。在地鐵站的入口前，兩人面對面站著，勝宇從大衣的口袋掏出木瓜果醬，遞給說今天聊得很開心的英珠。木瓜果醬應該是趁英珠去上洗手間的時候事先買好的，接過木瓜果醬的英珠笑得很開心，直喊：「這也太貼心了！」

「希望您每次喝的時候，都能感受到幸福。」

「但願真的如此。」

勝宇微微低頭致意，接著逐漸走遠了。一陣冷風突然吹來，英珠不由得蜷縮起身子，並望著勝宇離去的背影。接著，她朝階梯的方向轉過身，將手裡拿著的木瓜果醬放入手提包，同時心想，遇到聊得來的人時，心情總是很好。

26 媽媽們的讀書俱樂部

民哲媽媽掌握民哲主要都是什麼時候來書店之後，便選在平日午後或週六來書店。自從擔任讀書俱樂部的主導人後，民哲媽媽有許多想向英珠請教的事，所以每兩天就會準時來書店報到。

今天民哲媽媽與先前只以眼神打過招呼的靜書坐在同一桌。她看到有對情侶因為沒有座位而遲疑的模樣，便詢問靜書能不能跟她併桌。靜書將所有心思都放在織麻花圍巾上，聽到民哲媽媽的提議後，這才彷彿大夢初醒般地東張西望，接著便自行移動到旁邊的座位，以此表示接受民哲媽媽的提議。兩人並肩在座位上各做各的，有空時就閒聊個兩句。

「民哲說看織毛線的阿姨織東西時，一小時一下子就過了，我現在明白是為什麼了呢。」民哲媽媽伸手撫摸紅色麻花圍巾說。

「我也很喜歡織毛線時一轉眼就過好幾個小時的感覺。」

民哲媽媽笑著說真有趣，於是靜書抬起了頭。

「不過，您現在在做什麼呢？」

靜書停下輕巧熟練的動作，瞄了一眼放在民哲媽媽面前的筆電。

「啊，這個……」民哲媽媽露出了害羞的表情，「我是讀書俱樂部的主導人，要當好主導人，就必須先整理好自己的思緒，所以我試著寫成文章，但怎麼寫就是不順。不過我還是得做，要不然就會詞窮。」

剛開始民哲媽媽也沒多想就答應了英珠的請求，反正只是召集社區的媽媽們一起看書聊書而已，又沒什麼難的。她召集了五名為了打發時間與排遣無聊而報名文化中心活動的媽媽，邀她們加入讀書俱樂部之後，大搖大擺地當起了「第一讀書俱樂部」的主導人，而讀書俱樂部的名稱就定為「媽媽們的讀書俱樂部」。第一本決定讀的是朴婉緒*的《向晚的邂逅》，是英珠決定的書目。

但從第一次聚會的第一秒開始，民哲媽媽就慌了手腳，碰到該開口的時候，腦中卻突然一片空白。她的心臟狂跳不已，雙手也不住顫抖起來，在急忙之下，民哲媽媽只好先要求會員們做自我介紹，然後逕自來到了外頭。她向閔俊要了杯冰水，將冰水一口氣乾掉之後，便緊抓著英珠說這下慘了，急得直跺腳。她說自己怎樣都開不了口，好像有

＊韓國文壇巨匠，以長篇小說《裸木》在不惑之年正式踏入文壇，自此筆耕不輟。曾獲韓國文學家獎、李箱文學獎、萬海文學獎等獎項，作品反映了韓戰、女性平等、中產階級的虛假意識等議題，著有《親切的福姬》、《蹣跚的午後》、《佇立的女人》等多部作品。

人用烤肉串將她的嘴巴給串起來，說這話時幾乎都快哭出來了。英珠則是緊緊地握住民哲媽媽的手，告訴她凡事起頭難，只要按部就班慢慢來就行了，其他人也都會諒解的。

民哲媽媽深深地吸了一口氣，接著打開了門。她再次坐在媽媽們面前，將便條紙快速掃視一遍。她仔細地閱讀進行的順序，好讓心情穩定下來，並告訴自己，正如英珠所說，這是自己第一次當主導人，本來就不可能十全十美，大家也都會諒解她，硬是把即將奪眶而出的淚水給忍了下來。結束自我介紹後的會員們全都盯著民哲媽媽，這幾張熟悉的臉孔今天看起來格外陌生。民哲媽媽在桌底下緊握雙手，很費力地開了口。

「呃……各位會員，那麼啊……現在要開始真正的自我介紹了。」

剛剛就已經自我介紹過了，現在還要做什麼自我介紹？民哲媽媽在疑惑眨眼的會員們面前再次做了一次深呼吸，然後一字一句地說：

「大家好，我叫做全熙珠，和我認識許久的人，聽到我的名字也覺得很生疏吧？在這次的讀書聚會中，我希望大家都能以名字稱呼彼此，我自己也希望大家叫我熙珠，而不是民哲媽媽。我們不要以妻子、媽媽的角色，以自己的名字再次自我介紹怎麼樣？珉貞、夏妍、順美、英順、知英，妳們最近都在想些什麼呢？」

第一天，還發生了令人措手不及的插曲。剛開始連連搖手說很害羞的會員們，後來卻爭先恐後地要發言。見面時總是聊老公、聊小孩的事，現在媽媽們有了兩小時的時間能說自己的事，大家的興致似乎都很高昂。幾位媽媽又哭又笑地輕拍隔壁的人，又是抱住對方、又是遞衛生紙的，既給予彼此共鳴，也會斥責對方的不是。每位媽媽訴說自己人生的樣子雖然笨拙，卻又顯得無比坦率。當下的氣氛說有多熱烈就有多熱烈，使得熙珠晚上心情亢奮得睡不著覺。就在破曉之際，熙珠心想，明天該去買台筆電了，還有下次聚會要做好充分的準備。

「媽媽們的讀書俱樂部」即將舉辦第四次聚會，這次同樣是閱讀朴婉緒的作品。因為所有會員都是朴婉緒作家的忠實粉絲，既然已經讀了一本，不如把讀完朴婉緒的所有作品設為目標也不錯。這次的書目是熙珠親自挑選的，她在網路書店上閱讀書介後，和會員們分享了內容，結果大家都很喜歡。書名為《佇立的女人》*，熙珠已經將這本書讀過一次，目前正在讀第二次，如果閱讀過程中浮現什麼想法，她就會整理在筆電上。熙珠用筆電寫文章寫到一半，突然轉過頭對靜書說：

「最近民哲沒有提到感覺媽媽冷落了他嗎？就連我都覺得我太冷落他了，因為有自己要做的事，所以就不太去想兒子的事了。當然也沒有漠不關心啦，不能那樣嘛，不過在養不聽話的小孩時，讀書俱樂部真的在各方面都給了我幫助，拉住我原本放在兒子身

* 描寫一名出生於平凡中產階級的女性妍智，在完成大學教育後任職於雜誌社，她希望能當一個有主體性的女性，無論是工作或婚姻，都能和男性平起平坐。婚後，在外頭工作的妍智，與負責家務事的哲民因「女性本分」起了衝突。這部長篇小說描寫出「平等的人生」並非僅仰賴個人選擇，而是「必須運用智慧長期努力，費盡千辛萬苦」才能獲得的。

上的注意力，這樣也就夠了，不然我本來都要被他搞瘋了。」

熙珠和靜書已經連著好幾小時並肩坐在一起寫文章、織毛線了。這時熙珠看見有位男人走進讀書俱樂部之房的身影。今天是不是也有舉辦讀書會呢？後來熙珠才想到今天有寫作課程。那麼剛才那男人肯定就是作家了。男人不一會兒走出來，向閔俊點了杯飲料，接著走向英珠和她搭話。

男人的身上散發出某種疲倦的氣質，儼然就是天生的作家，身形瘦得像根竹竿似的，果然也很符合作家的形象。作家應該會很難搞才是，但見他對英珠說的話頻頻輕輕點頭，看來他不是走這種路線。從遠處觀察他的嘴型，也能感覺得到他輕聲細語、說起話來頭頭是道。身上散發疲倦的氣息、瘦得像根竹竿、懂得在他人說話時做足反應，還是能言善道的作家啊……熙珠注視著作家與英珠對話的模樣，不自覺露出了微笑。

27—開書店能維生嗎？

專欄連載大約一個月，一家報社來了聯繫，說想要訪問英珠這位社區書店的店主。儘管英珠猶豫了一下，最後仍接受了邀請，她認為這應該能幫助書店占有一席之地。

訪談刊登在報紙上之後，前來書店的客人和過往有些不同了，也開始有人會像見到舊識般以眼神向英珠示意，或者主動搭話。客人數增加了，因此銷售額也提高了。英珠感到很吃驚，只是接受一次訪談，竟然就出現這樣的變化。還有，雖然不像訪談造成的即時效應，但也有客人是讀了專欄文章上門的。以前向英珠搭話的客人基本上都是聊社群網站的文章，但最近有更多人是聊起專欄文章，從表示自己讀了文章，到請英珠往後也繼續介紹好書的回饋都有。

社區居民裡也有讀了專欄之後初次光顧書店的客人，一名看上去三十出頭的客人，甚至向朋友們炫耀寫這個專欄的人經營的書店就在自己住的社區。先前邊說自己以後會常來、邊走出書店的她，後來也真的三天兩頭就光顧書店。她似乎對未來很感興趣，每次來的時候都是買走與人工智慧相關或預測未來的書。

最近也接到了不少邀稿。從手機的另一頭傳來的陌生嗓音，往往向英珠提出一些大哉問，像是社區書店的未來、閱讀人口減少的理由，還有書的本質對閱讀造成的影響等。英珠拒絕了那些自己連想都沒想過的主題邀稿，但如果是自己感興趣的主題，比方說書的本質對閱讀造成的影響之類的，就接下了邀請。儘管每次寫稿時都會覺得快把頭髮給抓光了，但英珠依然寫得很認真，因為她認為這是把書店的存在讓更多人知道的機會。書店就和書一樣，首先要讓大家知道它的存在，才有存活下來的機會。

透過社群網站，對書或書店感興趣的人知道了休南洞書店的存在，但如今英珠確切地感受到，書店正朝著更寬廣的世界延伸觸角。這對書店來說分明是件好事，英珠卻開始有吃不消的感覺。有許多人光顧書店，意味著英珠一天中必須花許多時間接待客人。以一天、一週、一個月為單位固定要處理的事務，再加上新的挑戰，英珠的工作節奏每天都會被打亂好幾次。直到開始覺得「啊，再這樣下去就會搞砸一切」，英珠才開始認真思考辦法。

可是就在這時，意想不到的人物卻向她提出了意外的邀請。尚秀察覺在書店的節奏中斷之處都有英珠的身影，於是這麼問她：

「老闆，書店什麼時段最忙碌？」

尚秀是比英珠更進階的重度書痴，同時也是讀書俱樂部的主導人，根據聽到的傳聞，一天讀兩本書對尚秀來說根本不費吹灰之力。

「什麼？」

「我是問老闆妳什麼時候最手忙腳亂？」

他的聲音就和往常一樣生硬，尖尖突出的短髮與他的嗓音很搭。

「我也不太……」

「妳試著想想看。」

英珠認真想了一下。

「嗯……打烊之前的三小時左右？」

「那三個小時我來幫忙。」

「什麼？」

「我是說妳聘我當兼職，妳怎麼連這麼簡單的問題都解不開咧？」

尚秀說只要提供他最低工資就行了，不過他也說，他只專門負責結帳，所以別要求他做其他工作。他的論點是，只要有人能夠確實顧好結帳的部分，就不會那麼費力了。尚秀說，假如沒人要結帳，他就會跑去看書，如果英珠不希望這樣，不然去徵求其他兼職人員也好。聽到尚秀的話，英珠要他給自己一小時的時間，一小時後，英珠走向在書店的角落看書的尚秀，對他說：

「一週六天，一天三小時，先工作三個月，怎麼樣呢？」

「Good。」

尚秀是個言出必行的人。當他坐在椅子上閱讀時，如果有客人走近，他就會很熟練地替客人結帳，接著又回頭看他的書。但在性格的驅使下，尚秀倒是慢慢地偏離了他給自己訂立的小小角色。尚秀是個很喜歡賣弄知識的人，要是有人請坐在結帳檯前面的尚秀推薦書，他就會表面上裝作不耐煩，同時卻又滔滔不絕地說起書本的相關知識，最後順利地將兩三本書送到客人的手上。經常光顧書店的客人們，便給了尚秀一個冗長的綽號，稱呼他為「說話沒好氣但懂很多的兼職大叔」。

休南洞書店打響名聲後，甚至有些人會聯繫或親自跑來，說自己也想開書店。眼見有不止一兩名未來的書店主人找上門來，英珠決定著手舉辦單次活動。因為相較於舉辦定期活動，這種單次活動比較沒壓力，而且這也會是在短時間內宣傳書店的好方法。

星期三晚上八點，英珠和平時有往來的兩位書店經營者迎接大家的到來，在場有十幾名未來的書店主人聆聽三人分享故事。大家最好奇的果然還是生計問題，也就是開書店能不能維持生計。把開書店當成夢想的人，似乎打從一開始就沒打算要藉此賺大錢，只要能靠自己喜歡的事賺點零星的收入就滿足了。A書店店主表示自己也是初次分享這樣的故事，面帶羞澀地開口說：

「想必大家最好奇的就是能不能維持生計吧。就我的情況，可以說是勉強餬口，扣掉店租和管理費，一個月剩下的錢比一百五十萬韓元多一些，假如再用這筆錢繳交房租和管理費……怎麼說都還是很吃力吧？所以我半年前搬回了爸媽家。我在二十歲搬出來住，直到三十七歲再次回到父母身邊……其他的我就不多說了。因此各位請好好想清楚，書店絕對不可能是浪漫的，但即便如此，如果還是一定要去做，我想告訴各位——『那就去做吧，你總要試過一次，往後才不會後悔啊。』」

B書店店主扮了張哭臉，說對A店主的故事心有戚戚焉，不過還是分享了比A店主正面一些的故事。

「首先我要說，我有比A賺得多，也有比A賺得少的時候。我經營書店的方式是，要是覺得上個月沒賺到錢，這個月我就會舉辦一堆活動吸引人潮，直到自己疲乏沒力了，就會暫時休息一下，接著再拚一波。我也跟其他人一樣，在經營書店的過程中經常煩惱自己能做到什麼時候。也就是說，各位是帶著各式各樣的煩惱開始經營書店吧？但這些煩惱在你經營書店時也會持續下去。我想說的就是這個，無論我們做任何事，終究都免不了會煩惱。就算你不開書店，而是去做別的事，你也會有煩惱；即便你在做那件事，而不是這件事，你也還是會煩惱。到頭來癥結點在這裡，我是為什麼樣的事煩惱呢？我到現在都還是帶著『繼續在經營書店中煩惱吧』的想法。」

這次輪到英珠了。

「首先我也要說，我依然還在苦惱中。最重要的是，我一定要說這句話。希望各位能事先籌備資金，就算六個月到一年左右賺不了錢，也能繼續維持書店的運作。我知道這很困難，這的確是一大筆錢，但我認為你需要有這樣的時間彈性，因為這是為了讓書店占有一席之地。當然我不是說只要過了一年，書店就能占有一席之地，因為我現在已經是第三年了，也依然在煩惱相同的問題。」

A店主點點頭說：「有五年資歷的我也一樣。我比較不是在想要如何占有一席之地，而是怎麼做才能撐得更久，不過，占有一席之地的書店也不是完全沒有嘛，對吧？」

B店主轉了轉眼珠，列舉了幾個占有一席之地的書店名字。這些都是透過各種活動，連著幾年維持高收益或必訪的地區書店，參加者便把這些書店名字記錄在筆記本或手機上。幾位店主又輪流發言幾次之後，接著來到發問時間，活動直到超過夜間十點才結束。

現在不用媽媽囑咐，民哲一週也會來書店一兩次，有時還會說穿校服太顯眼，換上乾淨的衣服之後才過來。今天閔俊代替忙碌的英珠，成了民哲的聊天對象。雖然書店變忙了，但咖啡區的桌子數有限，所以閔俊並不覺得特別忙。整體來說工作確實是增加了，但一次湧入的客人數也沒有多到無法掌控。民哲在閔俊的附近晃來晃去，趁沒有客人點餐的空檔發問。

「最近書店阿姨很忙嗎？」

「嗯。」

「可是哥哥你為什麼不幫忙？」

「我要負責泡咖啡啊。」

「本來就簽約說只負責泡咖啡嗎？」

「嗯，怎麼？我看起來像壞人哦？」
「有點。可是如果合約是這樣寫，我也不能說什麼。」
聽到民哲這麼誠實的反應，閔俊噗哧笑了一下說：「老闆增加了許多工作，是為了擴大書店的規模，但她又覺得吃不消。」
「那為什麼還要做？」
「她說是在做實驗。」
「實驗什麼？」
「看能做到哪裡。」
「嗯……反正忙是件好事。」
閔俊邊泡咖啡邊瞥了民哲一眼。
「連自己都不相信的話，你倒是說得很溜嘛。你又不覺得忙是件好事。」
「大家不是都過得很忙碌嗎？所有人都是。」
「但你沒有啊。」
「我好像是例外。」
閔俊若有所思地緩緩點頭。
「是啊，當個例外好像也不壞。」
「是嗎……」

「來，別說了，喝喝看這個。」

閔俊提起咖啡壺，將咖啡倒入杯子。

「我不喜歡太苦的耶。」

「不會苦，你喝喝看。」

最近閔俊一有空就會手沖咖啡，而負責試喝咖啡風味的事，主要是由靜書或民哲負責。民哲從高一就開始喝咖啡，咖啡因完全不會對他造成任何身體反應。

「我大概具有咖啡因抗體吧。」

之前民哲這麼說之後，就成了閔俊的最佳顧客。為了討厭苦味的民哲，閔俊花了不少功夫去除苦味，這次看來是成功了。

「有甜甜的味道。」

「好喝嗎？」

「我不知道什麼叫好喝，不過有個地方很神奇。」

民哲賣了個關子，接著才說：「感覺咖啡在嘴巴內融化了。」

「那是什麼意思？」

「應該是因為很滑順。」

「很滑順，所以有融化的感覺？」

閔俊也從咖啡壺倒了咖啡，試喝了一口。

「總之，這個不錯耶。哥哥，你的實力好像慢慢變好了。」

「我本來就很有實力了。」閔俊又喝了一口，回嘴道。

「才沒有咧。」

「我本來就很有實力，只是沒有泡出符合你口味的咖啡而已，現在我已經掌握了你的味蕾。」

「我怎麼感覺不是很開心。」

民哲雖然不滿地嘟噥，仍喝了一口咖啡。閔俊看著比剛開始更願意開口的民哲，接著訂下了下次測試的日期。

「後天，相同時間，你可以嗎？」

「好的，可以。」

雖然表面上裝作不感興趣，但民哲才不會拒絕閔俊的請託。

「後天我會替你泡更好喝的咖啡。」

「那要喝了才知道。」

把最後一滴都喝得乾乾淨淨之後，民哲放下杯子說：「哥哥，那我去跟阿姨打聲招呼就先走了。」

閔俊一邊整理咖啡杯和咖啡壺，一邊望向英珠的方向。

「好啊，如果你有辦法找到空檔的話。」

民哲等待英珠通完電話，雖然英珠帶著一臉歉意用手勢打招呼，但民哲持續站著，打定主意要等到最後。通話結束後，英珠走向民哲並寒暄了幾句，而民哲也都乖乖地逐一回答。「我媽媽最近感覺就像在寫什麼論文的人。」聽到民哲這麼說，英珠忍不住一邊大笑，一邊送民哲到書店外。民哲恭敬地點頭致意之後，接著可能是覺得有點冷，所以縮著身子走遠了。看著民哲的背影，英珠不禁考慮是不是該舉辦以青少年為對象的活動，但後來還是覺得算了，現在要做的事就已經夠多了。

28—今天是有咖啡師的星期一

沒有咖啡師的星期一
今天休南洞書店不收咖啡訂單
咖啡以外的飲料都可以點
#咖啡師—一週工作五天 #咖啡師—兼顧生活品質 #我們全力支持—工作與生活的平衡

在閔俊沒有上班的星期一不販售咖啡。因為怕會有客人搞錯，所以英珠每個星期一都會在部落格和社群網站上傳相同的發文。現在客人都不是第一次光顧，所以沒有人在星期一點咖啡，就算偶爾碰上了點咖啡的客人，也只要稍作解釋，客人就會接受並全力支持咖啡師的「工作與生活平衡」。這是經營穩定下來的休南洞書店的星期一文化，可是這項文化卻由閔俊自行打破了，站在英珠的立場上，覺得這樣太不近人情了。

剛開始她心想，這應該只是偶爾一次而已。閔俊在星期一午後來到書店，詢問英珠自己能否待上幾個小時，他說希望有人可以試飲咖啡，但在家裡沒人可幫忙。英珠沒辦法趕走每半小時就跑來要自己試飲咖啡的閔俊，導致攝取滿滿咖啡因的那天夜不成眠。

一天沒辦法睡覺當然不是什麼大事，真正的問題在於之後閔俊依然在星期一跑來書店。也不知道是不是事先約好了，大家都輪流在星期一負責試飲。靜書配合閔俊抵達的時間過來，很認真地試喝了咖啡，如果靜書不在，就由熙珠負責，熙珠不在就換民哲，如果民哲也不在，就交由尚秀喝。

閔俊彷彿在檢視X光片的醫生般，很認真仔細地觀察大家喝咖啡的模樣。當他們臉上出現微妙的表情變化時，閔俊的臉上也跟著時而開心，時而遺憾。哎喲，看看那眼神！那個好奇得不得了的眼神！是要怎麼在露出那種眼神的人面前質問他為什麼星期一跑來啦！

英珠看著客人感到困惑的模樣不由得著急起來。熟知「沒有咖啡師的星期一」的客人們都知道閔俊是這裡的咖啡師，可是看到他在咖啡師出沒的區域忙著泡咖啡，甚至還確認了一下當天是星期幾。有人問說能不能點咖啡，也有人沒問就打算直接點餐，在社群網站上傳的文章成了無用之物的書店氣氛下，英珠感到很傷心，她決定好好想一下該拿這件事如何是好呢？

「老闆，您因為我的緣故很傷腦筋吧？我再試幾次就好，這樣就能稍微掌握到訣竅了。」

閔俊似乎察覺英珠內心的焦急，在上週這麼說。當下英珠的直覺告訴她，現在正是做決定的關鍵時刻。只要停止練習就行了。

「閔俊，不然這樣做怎麼樣？」

（今天是）「有」咖啡師的星期一
休南洞書店也開始販售手沖咖啡囉
從下午三點到七點，舉辦半價活動
咖啡以外的飲料也可以點
＃休南洞書店的咖啡師」正在進化中　＃誠意滿滿的手沖咖啡　＃快來喝咖啡吧
＃活動不是每週都有哦

應該就是從舉辦這個活動開始吧，休南洞書店的咖啡常客明顯增加了。

29 讓我來替您改稿吧

為了避免突然增加的工作出現失誤，英珠緊張兮兮地過了一整天，笑臉也不時露出明顯的疲態。「不過多虧了尚秀，感覺工作減少了許多。」儘管英珠這麼說，但要做的事依然堆積如山。靜書向正在寫這個月書籍介紹文案的英珠搭話：

「姐姐，妳提心吊膽的樣子也太明顯了吧。」

聽到靜書的話，英珠哈哈大笑說：「真的嗎？我還以為自己隱藏得很好耶。」見英珠還有心情開玩笑，靜書刻意板起臉說：「很忙嗎？那就減少工作吧，姐姐。」

英珠瞄了一眼靜書的臉。

「沒有忙到那種程度。」

英珠接收到靜書的心意，於是也正色回答：

「不過是緊張感提高了一點而已。假設不久前每天是以緊張感『六』的程度度過好了，以『六』來講，要維持半年、兩年應該都不成問題，可是最近的緊張感好像到了『八』。感覺這樣當然是沒辦法撐太久啦，人能在高強度的緊張感之中維持很久嗎？維持不了太久的。就算想要繼續維持，身心也會被搞垮，不是有很多人這樣嗎？不過！」

英珠試圖放掉力氣，做了個深呼吸，接著說：

「現在沒有辛苦到會馬上搞垮身體。經營書店就是這麼回事，完全無法預想到什麼時候客人會變多。就算覺得來客數變多了，可是在某一刻那些客人卻又都不來了，徹底的拜拜。所以啊，就算是這麼忙碌的時期，遲早也可能像夢境般頭也不回地離去。只不過最近眼前一堆事，所以才會這麼忙，要是再過些時日，書店又會被大家遺忘了，那我又會像以前一樣以緊張感『六』的狀態繼續生活吧。」

「這是在說什麼啊？」感到很傻眼的靜書說，「聽完之後，還是不知道是『六』比較好，還是『八』比較好嘛，不過真是幸好呢。」

「幸好什麼？」英珠問。

「因為自古以來，知道自己站在何處的人，都不需要擔心。我是說幸好，似乎可以不必太過擔心姐姐。」

英珠輕輕將手按在靜書的肩膀上，像是要靜書別太擔心似地，然後說：「倒是有件事覺得可惜，最近幾乎都沒辦法看書，完全抽不出時間閱讀。說出來以後，確實是有問題呢，竟然連看書的時間都沒有。」

晚間九點，英珠關上書店大門回到店內，而勝宇就坐在英珠身旁修改她的稿子。如今英珠已經對勝宇認真的側臉感到很熟悉了，剛開始看到他的側臉，都還會感到怯生生的呢。

把第一篇文章寄給報社之前，英珠幾乎陷入了恐慌狀態。文章雖然已經在幾天前就都寫好了，但這篇文章是否適合刊登在報紙上，英珠卻完全沒有概念。這事可就怪了，明明當讀者時都能輕易判斷文章的好壞呀——當然其中充滿了英珠的個人喜好。可是，英珠卻無法判斷自己的文章，就像從來沒讀過文章的人似地，一點頭緒都沒有。這篇文章，真的能拿出去獻醜嗎？

連著好幾天把相同的文章讀了一遍又一遍，就在英珠確定這篇文章不能拿出去見人的瞬間，勝宇傳來了訊息：「文章寫得還順利嗎？」一句簡短的詢問，英珠卻百感交集地傳了一大串回覆。接著，勝宇又傳了簡短的訊息說要幫英珠檢查文章，而英珠二話不說就接受了他的提議。

隔天勝宇來了，英珠緊張兮兮地將稿子遞給他。寫文章難歸難，要拿給別人看更是困難。每次在部落格上傳文章時，心臟都會撲通撲通跳個不停了，現在竟然要刊登在報紙上。更何況眼前這個人又是何許人物？不正是曾經為了句型文法而與出版社經營者筆戰的文字專家嗎？勝宇會怎麼看待英珠的文章呢？看著坐在自己身旁，以不冷不熱的態度閱讀稿子的勝宇，從他的側臉完全找不到任何文章是好是壞的線索。過了片刻，讀完最後一個句子的勝宇放下了稿子，接著從背包中取出原子筆並對英珠說：

「我用原子筆幫您檢查要修正的部分，也替您寫上理由。」

從勝宇的表情，依然沒有顯現關於文章的任何線索，英珠不自覺地用喪氣的口吻問：「稿子還……可以嗎？」

「嗯，可以，可以知道您想說的是什麼。」

這真的是覺得文章可以的人說的話嗎？

「寫得……不好吧？」

英珠感覺自己好焦慮不安。

「寫得很好，可以感受到您的心意。書店人如何度過一天的情景歷歷在目，也很能體會您心急地等待客人上門的心情。」

英珠仔細端詳勝宇的表情，觀察他是在說客套話，又或者是發自肺腑，但他的表情就如往常一樣難以讀懂，從某方面看上去又非常泰然平靜。那種表情……應該是代表稿子至少沒有差到令人羞愧的程度吧？英珠決定往好的方向去解讀。

但這只是英珠的錯覺嗎？只見勝宇拿起原子筆，開始毫不留情地在句子上頭劃線。在英珠的眼中，勝宇確實下筆很狠，他在用原子筆直接劃掉的句子旁邊，用簡潔工整的字體寫下了句子哪裡有誤的簡略說明。勝宇已經在第一個段落停留十分鐘了，英珠覺得這十分鐘就跟一小時一樣漫長，頓時腦中千頭萬緒。儘管她想著要灑脫地接受自己的文章就是這麼亂七八糟，但又覺得勝宇也沒必要劃線劃得這麼用力嘛，心中不免感到失落。但從勝宇改到第四段開始，英珠腦中的想法只剩下一個——這算什麼呀，有必要改得這麼認真嗎？

勝宇已經有快一小時沒有說話，全副心思都集中在英珠的文章上。現在英珠已經完全不感到傷心了，她理解了當勝宇說要替自己看稿子，就代表他會像這樣盡全力仔細修改。英珠心想，勝宇至今取得的成就，想必就是源自這種認真的態度，也明白了勝宇臉上藏不住的倦容也是這麼來的。基於禮貌，英珠移到勝宇的旁邊加班，直到發現勝宇已經在校對最後一段了，於是從冰箱拿了兩瓶罐裝啤酒過來，打開拉環，將一罐遞給了勝宇。埋首於稿子的勝宇嚇了一跳，看了一眼啤酒罐。接過啤酒後，勝宇說：

「讓您久候了，快好了。」

檢查完畢之後，勝宇率先開口說，要英珠別為了自己的稿子被劃線而傷心，並說只要不是純熟的專業作家，都會被劃成這個樣子。他還補充說，即便是可以忽略的部分，他也都特地檢查過了。接著，勝宇說：「文章整體上合乎邏輯，所以不需要修改內容。」讓英珠的心情放鬆不少，但緊接著他又說：「中間有一點點邏輯跑掉，只要修改那個部分就行了。」讓英珠聽得似懂非懂。不過，聽完勝宇的解釋後，英珠明白了只要改好一個句子，就能把偏離的邏輯拉回來。兩人花了一小時修潤稿子，現在只剩最後一個句子了。勝宇說：

「『被等待的客人』這句話不太順。」

「為什麼？」英珠問，「啊……被動……」英珠像是想起什麼似地含糊其辭。

「沒錯，就是那個，」勝宇簡略地解釋被動的用法，「被動是接受的一方嘛，就像『吃』的被動用法是『被吃』，可是這裡的『被等待』有點拐彎抹角，因此應該要改成『等待客人』。」

「啊，對，可是……」

「是。」勝宇帶著「請說」的含意看著英珠。

「可是如果這樣改，好像無法完整表達出我等待客人的那種心情。」

「為什麼呢？」

「不自覺地等待起客人的心情，這種焦急的心情，無法從『等待客人』這幾個字感受到嘛。」

「嗯……」

聽完英珠的話後，勝宇再次快速瀏覽稿子，接著抬起頭看著她。

「請您再從頭讀一次。這篇文章不是很清楚地描寫出您的那種心情了嗎？您是擔心沒有傳達出自己的心情，所以才想透過這句話再次強調嗎？其實大可不用，這樣就足夠了，還有這句話淡淡的，所以更好。」

英珠再次從頭讀起文章，冷靜地檢視自己的心情是否完整反映在字裡行間。英珠閱讀文章的時候，勝宇拿著原子筆把玩，在一旁安靜等待。最後英珠點點頭說：「我了解您的意思了。」

「好的。」

「作家，真的很感謝您，早知道會這麼花時間，我就不敢拜託您了。」

「別這麼說，我也覺得很有趣。」

「作家您什麼時候方便呢？我請您吃飯，真的太感謝您了。」

「不用請我吃飯啦。」勝宇將原子筆放在桌面上說。

「不過，請讓我再改稿幾次。」

英珠稍微瞪大了眼睛，彷彿在詢問：「這件事的受惠者不是作家您，而是我，不是嗎？」

「只要再多寫幾次，您就有能力自行改稿了，如此一來，您也不必像這樣不安了，一邊擔心自己寫的稿子好不好。」

「那麼，既然作家您很忙碌，下次我就先自己試試看吧，如果我真的很不安……」

英珠想來想去，還是覺得會占用勝宇太多時間，因此委婉地表示拒絕，但勝宇輕輕地打斷了她。

「我不忙，所以您不用有壓力，往後您寫好稿子，不要一個人暗自糾結，請直接寄給我吧。」

見英珠第一時間沒有回答，勝宇再次說：「知道了嗎？」

「好的，我知道了，那就先謝謝您了。」

英珠立刻就把當天和勝宇一起修改的稿子寄到了記者的電子信箱，同時心想著如果再改也不會更好，還是趕緊脫手吧。勝宇說自己是開車來的，不能喝啤酒，所以兩人便聊到英珠喝完啤酒為止。兩人聊了關於等待的各種話題，後來決定各自說出一項令自己等得最心急的東西。英珠懷著近幾年的迫切心情回答說是「客人」，勝宇則是花了點時間沉浸在思緒中，後來卻說「我想不出來」，導致英珠直喊他是叛徒。直到把整間書店都巡視一圈、熄燈、鎖上大門並來到外面為止，兩人的對話都沒有中斷。

今天兩人也一起走出了書店。他們互相道別後，各自往相反的方向走了幾步，但勝宇卻突然停了下來。英珠察覺到了，於是轉過頭，而勝宇也轉頭望著她。面對一臉訝異的英珠，勝宇開口問她，是否還記得兩人上次聊過關於等待的事。見英珠輕輕地點頭，勝宇說自己很好奇一件事，詢問睜大眼睛的英珠：

「當時您不是回答說是客人嗎？我很好奇，除了客人，此時此刻您是否還在等待什麼？」

英珠想不出來，所以就回答說沒有，這時勝宇說：

「那天我也跟您說想不出來吧，但其實當時我好像隱隱約約知道自己在等待什麼，只是總覺得不能太急著發覺自己的心意，因為我希望能夠慢慢了解，而不是一下就揭開謎底。」

英珠帶著不太懂的表情看著勝宇，勝宇看著這樣的英珠，沉著冷靜地說了下去。

「此時此刻我等得最心急的，」兩人面對面站著，中間隔了大約三公尺的距離，「是某人的心。」

英珠愣愣地看著勝宇，想理解勝宇的言下之意。

勝宇露出了溫柔的微笑說：「那天您不是說我是叛徒嗎？我是想擺脫叛徒的汙名才跟您說的。那麼，請慢走。」

英珠先是望著勝宇的背影，然後自己也朝家的方向走去。某人的心，勝宇說是某人的心，但他為什麼要說出這種話呢？英珠的腦海中忽然浮現了勝宇將木瓜果醬遞給自己時的模樣，也想起他說會為她的幸福加油。自己為什麼會想起那天的事呢？英珠暫時停下腳步，轉頭看了一眼勝宇，接著又以陷入沉思的表情再度邁開步伐。她戴上原本拿在手上的毛帽，將帽子緊緊往下壓。

30 坦率且真摯

下班後的勝宇抵達書店時，英珠正好在和民哲談話，等到英珠離開座位之後，兩人便糊里糊塗地坐在了同一桌。英珠向民哲介紹勝宇是「作家」，而在勝宇面前，則介紹民哲是「形同姪子的鄰居」。勝宇不以為意地與民哲坐在同一桌，並開始檢查起英珠的稿子，但眼前的這個人無所事事地坐著，怎麼說還是有些讓人在意，再說了，這個叫做民哲的孩子好像一直盯著自己看。

「你本來就坐在這，什麼事也不做嗎？」

勝宇莫可奈何地抬起頭，向呆呆地坐在對面的民哲搭話。

「對。」

「可以看個 YouTube 啊。」

「那個回家看就行了。」

聽到民哲的話後，勝宇帶著「那我現在不管你囉」的意味點了一下頭，再次開始閱讀稿子，但這次換民哲向勝宇搭話了。

「作家，您覺得寫作好玩嗎？」

其實民哲正在心中拿捏向勝宇搭話的時機，因為最近寫作文讓他過得很痛苦。幾週前媽媽熙珠又向民哲提出了條件，告訴他如果不想上補習班，就要每兩週寫一篇作文。熙珠威脅民哲，萬一他沒有寫作文，就必須在補習班讀書到半夜十二點，而民哲也不甘示弱地做出反抗，說如果媽媽要他去補習班，他就不去書店。熙珠倒是連眨眼都不眨就說好，因為民哲喜歡去書店的事，她早就看出來了。補習班可沒學校好玩，所以民哲只好無奈地說自己會乖乖寫作文，接著熙珠又斬釘截鐵地提出另一個條件，告訴他不能只是寫寫而已，更重要的是「規規矩矩地寫好作文」。

「不好玩。」勝宇頭也沒抬地回答。

「可是好神奇哦，我覺得寫作文超難的，但作家您是把寫作當成職業耶。」

勝宇依舊沒有抬頭，用筆在句子上頭邊劃線邊說：「我從來都沒有把寫作當成職業啊。」

「那您做什麼工作呢？」

「就在公司上班。」

儘管勝宇的態度淡漠，民哲也不以為意，依然繼續向他搭話。話說到一半，他突然問勝宇現在有沒有時間。勝宇抬起頭問說這是什麼意思，民哲才說他有問題想問，但如果勝宇很忙，那他就不問了。民哲感覺到自己比平時表現得更加大膽，也比平常多話，但這或許是因為勝宇是作家的緣故。如果是作家，應該可以解開他無法獨自解開的世上最大難題吧？

民哲說完之後，勝宇思考了一下，接著將手中握的筆放在桌面上。看到勝宇將身子靠在椅背上，民哲開心地露出笑容，隨即提出了問題。

「那您上班時是做什麼工作呢？」

「就很普通的工作。」

民哲發出「嗯」的沉思聲並稍作停頓，接著帶著比剛才更認真的表情問：

「那您覺得在公司上班、做很普通的工作，跟寫作比起來，您比較喜歡哪一個，哪一個做得比較好？」

這次換勝宇發出了「嗯」的沉思聲。這孩子究竟是想知道什麼，才會露出那種眼神呢？再這樣下去，會不會沒完沒了啊？勝宇注視著民哲聰明伶俐的眼神問他：

「我可以問你為什麼要問這個問題嗎？」

民哲說，自己最近非常苦惱的問題跟這有關，他想知道自己應該做喜歡的事，還是做擅長的事，這是媽媽給他的作文主題，而且自己也真的想知道。

不久前，民哲唯一喜歡的國文老師說了這樣的話：「人要做自己喜歡的事才會幸福，所以你們也一定要找到自己做什麼時會覺得開心、興奮。比起受到社會認可的工作，你們更應該做自己喜歡的事。找到那件事之後，你們就不會因為別人說的話而輕易動搖，大家都要鼓起勇氣，好嗎？」

民哲說，很多同學聽到老師的話後大受感動，還有個同學興奮地大聲嚷嚷說，國文老師的這番話是危險發言，因為這等於是在認同孩子們也有自己的想法。這位同學提高音量說：「你們想想看嘛，還有哪個老師會講這樣的話？最近哪有會和爸爸媽媽唱反調的老師？所以那些話是很危險的，還有自古以來，危險的發言都有必要牢記在心！」

雖然同學們好像都很感激老師這麼說，但民哲卻說，因為老師的話，自己第一次感到不安。是這樣嗎？真的應該做自己喜歡的事嗎？但我沒有什麼喜歡的事啊。我從來沒有覺得做什麼會讓我超級開心或興奮，每件事都差不多，有時做久了會覺得有趣，也會覺得厭煩。我沒有不做就會死，也沒有寧願死也不想做的事，可是我也沒有什麼擅長的，都差不多在中間。沒有喜歡的事，也沒有擅長的事，這讓民哲感到很茫然，不知道自己該怎麼做。

勝宇懂民哲說的是什麼，好奇的又是什麼，因為民哲的煩惱，並不只是他那個年紀才有的煩惱。即便過了三十歲、過了四十歲，也有許多人有相同的煩惱。或許，勝宇也在五年前有過類似的煩惱。即便嘴唇都裂開了，總是呈現浮腫狀態，但之所以能長期從事那份工作，想必都是因為留戀吧。都做了自己喜歡的事了，如今真的要放棄嗎？即便從事自己喜歡的工作，勝宇也並不幸福，但如果就此放棄，他又感到惶惶不安，生怕自己會終生抱憾。

「我就覺得很悶啊，其他老師不是都只會鞭策我們好好表現嗎？當我們按照分數排好隊，他們就會羞辱我們說：『你看看，你的位置就只到這。』要我們做得更好，好還要更好。可是，不管做得再好，他們還是會想辦法要我們排隊。這太可笑了，所以我覺得只要忽視那些老師的話就行了，可是，我卻沒辦法忽視國文老師說的話，不知道能否不把它當一回事。」

可能是真的很苦悶吧，民哲稍微皺起了眉頭，說話的同時也慢慢地朝著桌面垂下頭。

「因為我沒有擅長什麼，也沒有喜歡什麼。我是真的沒有喜歡的事情。以前真的一件也沒有，只有最近來這邊跟阿姨們聊天、跟哥哥聊天、試喝咖啡，還有看別人織毛線，至少不會覺得無聊而已。」

「我覺得你不是悶，而是有點心急。」

「什麼？」民哲抬起頭回答。

「你是覺得自己必須盡快找到擅長或喜歡的事情，所以內心很著急。」

「是這樣嗎？嗯……好像是耶。」

民哲把目光從勝宇身上移開，自言自語地說，接著再次看著勝宇。

「我覺得不管是什麼，我都得快點找到才行。」

「有什麼好急的？不需要著急。如果你覺得來這裡玩不會感到無聊，那就先常常來玩，維持目前這個狀態也不錯啊。」

民哲悶悶不樂地再次盯著桌面。

「你覺得找到自己喜歡什麼，就能變得幸福嗎？」

民哲輕輕搖了搖頭。「這我也不知道，可是老師都這樣說了，所以我也覺得應該會吧。」

「做自己喜歡的事就會幸福……的確是有可能。一定會有那樣的人，可是有些人卻是因為做自己擅長的事而變得幸福。」

民哲微微蹙起眉頭。

「是說因人而異嗎？」

「不是做自己喜歡的事，就都會感到幸福。如果是在良好的環境做喜歡的事，可能就不一定，或許可以說環境因素更重要吧。因為假如沒有一個環境能讓人開心地做喜歡的事，喜歡的事也可能會變成想放棄的事。因此，『先去找你喜歡的事情吧，那你就一定會變得幸福』，這種話可能並不適用於每個人，甚至可能是太過天真爛漫了。」

從國中就夢想成為工程師的勝宇實現了夢想。他進入製造手機的公司，從事軟體開發的工作。因為可以整天做喜歡的事情，所以剛開始真的很高興，甚至也不討厭加班。但等到工作過了三年，勝宇逐漸產生倦怠感。勝宇喜歡自己的工作、很擅長自己的工作，這些傳聞本身形成了枷鎖，導致工作分配不平均。能者多勞的結構、每隔一天就加班、每隔一個月就出差的生活，勝宇一忍再忍，最後斷然放棄了一切。當他確定必須把喜歡的工作與不尊重該工作的環境分開來看的那天，他申請調去別的部門，在一夕之間告別了寫程式的日子，也不再加班，而他不曾對那天的選擇感到後悔。

「那擅長的事不也一樣嗎？假如沒有環境能讓人開心地做擅長的事……」

「是一樣啊。」

聽到眉頭彷彿要打結的民哲說的話後，勝宇點了一下頭。

「但就算是這樣，也不能一味地怪罪環境，而什麼都不做。」

「那要怎麼做呢？」

「未來的事誰知道呢？想知道我做得開不開心，就只能先試試看囉。」

勝宇做了自己喜歡的工作五年，也做了不喜歡的工作五年，哪種人生比較好呢？很難說，硬要說的話是後者，但並不是因為人生比較輕鬆自在。自己不喜歡的工作做久了，勝宇開始感到空虛，而為了戰勝這種空虛感，他開始埋首研究韓語，久而久之就走到了這一步。人生是複雜且全面的某樣東西，無法單憑工作就下評斷。即便做著喜歡的工作也可能會不幸，就算做著不喜歡的工作，也可能因為另一件事而避免不幸。人生是很微妙且盤根錯節的，即便工作在人生中舉足輕重，它卻無法決定人生的幸或不幸。

「那意思是說，不要煩惱，隨便去做什麼都好呢。」

民哲依舊沒有化解內心的苦悶，脫口而出。

「這樣也沒什麼不好啊。」勝宇回答。

「隨便去做點什麼，但也可能意外從那件事之中發現樂趣。誰知道你會不會只是偶然去試一次，卻突然產生想做一輩子的念頭。直到你去嘗試之前，什麼都無法預測。因此與其事先苦惱該做什麼事，不如先這樣想吧。不論什麼事，一旦開始了，就真心誠意地去做，一點一滴地累積微小的經驗，這樣更重要。」

看著民哲愣愣地跟著覆誦同樣的話，勝宇貌似陷入沉思般「嗯」了一聲。他的腦袋迅速地轉動著，心想這件事對超過三十歲的大人來說都不容易了，是不是對高中生要求太高。勝宇決定先向民哲提出他此時能做的事。

「我們先試著做出結論吧。所以說，你先……不，你叫做民哲吧？民哲你現在要做的事是寫作文對吧？所以你不要想別的，先試著認真寫好那篇作文。」

民哲忍不住發出嘆息聲。

「說不定你寫久了，就會想一直寫下去。」

「感覺好像不會耶。」

「很難說哦，你先別下結論。」

民哲不開心地噘嘴看著勝宇。

「聽完您說的話之後，腦袋好像更亂了。我沒辦法決定是該做擅長的事，還是喜歡的事。作文主題就是這個，但我不知道該怎麼完成它。」

「不知道的話就說不知道。」

「可以不下明確的結論嗎？」

「硬是想要擠出答案，就會無法看清楚自己的內心，也可能會曲解或欺騙自己。所以，就誠實地寫吧。你現在很煩惱吧？那你寫『我現在很煩惱』就行了。你發牢騷似地寫說『真不曉得到底什麼才是正解』也是一個方法。再說了，民哲你現在並不是為了作文，而是為了人生才很認真地提出這個問題嘛，所以就更不應該急著找到答案。」

民哲以手指頭搔了搔腦袋說：「好的，我好像懂您的意思……」

「不是只有豁然開朗才是好事，有時就是得承受思緒雜亂、心情鬱悶的狀態，不斷地思考。」

「按照這個狀態繼續思考……」

「沒錯。」

「可是，作家，那要怎麼做才能寫好文章呢？媽媽要我規規矩矩地寫完拿給她看。」

勝宇拿起擱置在桌面上的原子筆並說：「我剛才不是要你誠實地去寫、認真地去寫嗎？要誠實，而且要認真，這樣寫出來的就會是好文章。」

31 泡咖啡時，就只想著咖啡

閔俊上完瑜珈課，回家沖澡之後，每天都會去 Goat Bean。最近他在 Goat Bean 學習如何烘豆，因為他想，如果能進一步了解咖啡的製作過程，應該有助於提升咖啡風味。知美和烘豆師的晨間咖啡也交由閔俊負責，他依照每個人的喜好，泡出了風味各不相同的咖啡。就某方面來看，這裡比書店更適合練習泡咖啡，因為隨時都能取得想要的咖啡豆，萬一沒有那款咖啡豆，也只要在旁邊慫恿知美，她就會立刻去找來。

閔俊每天都會跑來這裡泡咖啡，最大的原因正是因為 Goat Bean 的員工對咖啡的風味極為真摯。就算原本在互開玩笑好了，只要碰到閔俊遞出咖啡杯時，他們就會瞬間換上另一張臉，態度變得很認真。包括嗅聞香氣、品嘗風味、感受咖啡入喉的過程，他們都會逐一給予詳細的反應，同時他們也透過閔俊泡的咖啡，對於自己烘出來的豆子散發何種風味、應該要散發何種風味找到了感覺。當閔俊泡出來的咖啡風味有微妙的差別時，他們也會不忘反應其中的差異。知美拍了拍閔俊的肩膀說，假如不是出於偶然，而是能透過練習打造出微妙的差異，就表示已經成了很有實力的咖啡師。

如今閔俊已決定不再動搖。他學到了一課，如果不想動搖，就只要緊緊抓住屹立不搖的某樣東西就行了，所以他緊緊抓住咖啡不放。他將內心清空，專注在咖啡上面；他敞開自己的心，專注在咖啡上面。抓住屹立不搖的某樣東西，直到他再也不能為止。這種不管對誰說都會覺得丟人的平凡想法，卻帶給閔俊極大的力量。

閔俊在泡咖啡時並不會設定目標，而是名符其實地竭盡自己所能。即便只是竭盡自己所能，實力也會提升。咖啡的風味變好喝了，這樣不就夠了嗎？他心想，按照這種速度、按照這種心境成長就夠了。成為世界上最頂尖的咖啡師之後又能做什麼？把整個人生磨碎後，獲得第一的美名又能怎樣？雖然想到這裡時，閔俊忍不住覺得自己此刻是否成了存有酸葡萄心理的狐狸，但最後做出了否定的結論。只要降低目標就行了，不，乾脆不要有任何目標，只不過自己必須為今日的事全力以赴。最棒的咖啡風味，閔俊決定只想著全力以赴。

閔俊不再去想像遙遠的未來，對他來說，從現在到未來的距離，不過是在濾杯上澆上幾次水的時間。閔俊能掌握的未來就只有這樣，約莫是注入熱水之後，斟酌這杯咖啡會是什麼樣的風味而已。接著，長度相似的未來又會一再延展。

全力以赴，卻只苦盼這麼一丁點未來，有時閔俊仍不免感到愁苦，但碰到這種時候，他就會打直腰桿站著，試著將未來的路再延展一些。一小時的未來、兩小時的未來，再不然就是一天的未來。如今閔俊決定只在能掌控的時間內考慮過去、現在與未來，而在這以外的想像都是沒必要的。因為預知一年後我會過著什麼樣的人生，這已經是人類能力以外的事。

先前他曾向靜書吐露過自己的想法，靜書隨即就理解了閔俊的意思，而且還能舉一反三。

「所以就是說，泡咖啡時就只想著咖啡嘛。」

「應該……是吧……」

「這就是修行的基本心態，全然活在此刻，現在閔俊你在做的就是這個。」

「修行嗎？」

「不是很多人都會說活在當下嗎？可是話說得簡單，到底活在當下是什麼意思？活在當下，說的就是全心全意地專注在我此刻從事的行為上頭。呼吸時就只專注在吸氣與吐氣上，走路時就只專注在走路上，跑步時也只專注於跑步。忘記過去與未來，一次就只專注做一件事。」

「哦……」

「選擇活在此刻，這是一種成熟的人生態度。」

「是這樣嗎……」

「當然囉。」

靜書瞅了一眼彷彿陷入沉思的閔俊，接著沒頭沒腦地用話劇般的語調說：

「Seize the day.」

閔俊見狀，忍不住噗哧一笑，也接下靜書的哏。

「Carpe diem.」

「我們的基廷導師*曾經說過，要找到屬於你的步調，找到屬於你的步幅、速度、方向，依照你心之所向！」

那天靜書給了閔俊安慰。從某方面來看，或許閔俊是因為無法描繪出遙遠的未來，所以才會試圖描繪眼前的未來。換句話說，或許是因為走投無路，所以才選擇這種人生態度，不過靜書卻說，這種人生態度的源頭與宗教不謀而合。也許正如靜書說的，是閔俊成熟了一些，那麼，這表示閔俊至今經歷的種種並非都毫無用處嗎？如果是這樣就太好了，因為過去付出的所有努力並非枉然。

那天靜書還說了這樣的話：「所以你泡出來的咖啡才會變好喝吧。」靜書先是大力讚嘆不久前重刷的《春風化雨》（*Dead Poets Society*），接著卻來個大轉彎，很高興地稱讚閔俊泡的咖啡變好喝了。她先喝了一口剛泡好的咖啡，在放下杯子時還這樣說：

「要是打掃時就只專注在打掃，家裡會變得有多整潔乾淨啊？想必每個角落都會一塵不染吧。咖啡不也是這樣嗎？因為泡咖啡時就只專注於咖啡，所以咖啡的風味自然就

＊此指美國電影《春風化雨》的主角，教授文學的約翰．基廷導師，他教導學生們要「活在當下」。

會變好啦。你說，一杯咖啡就等於從現在到未來的人生，這句話一直在我的腦中盤旋不去。我很喜歡這種想法，還有，你泡的咖啡真的很好喝。」

聽到靜書的話後，閔俊獲得了力量，也有了自信。閔俊領悟到，自己之所以比以前堅定，固然是因為他緊緊抓住了咖啡，但同時也是因為靜書、英珠、知美和其他人都說閔俊的咖啡好喝的緣故。也就是說，剛才泡出來的這杯咖啡的風味，是由閔俊和大家合作的成果，是閔俊和 Goat Bean 的每個人、書店的每個人合力打造出來的咖啡風味。閔俊心想，以善意泡出來的咖啡風味肯定是好喝的。

書店決定從今天開始正式販賣手沖咖啡，並根據地區先提供三種風味的咖啡。如果順利，每個月更換一次咖啡風味也不錯，但正如最近英珠經常掛在嘴上的，首要之務是先占有一席之地。閔俊希望能傳出「休南洞書店販賣好喝咖啡」的傳聞，而慕名而來的客人也都點頭認同咖啡確實名不虛傳。他希望咖啡的風味能增添書店的氛圍，而咖啡的香氣也能在人們的心中留下溫暖餘香。

這還是閔俊第一次在泡咖啡時產生某種期待，他覺得自己變得不太一樣了。

32 來找英珠的男人是誰？

四人都坐在同一張桌子，勝宇和民哲面對面坐著，隨後靜書加入，最後閔俊也端著咖啡坐在靜書的對面。勝宇在改稿，靜書在用鉤針編織，閔俊請靜書幫忙評論咖啡的風味，民哲則是一邊觀賞靜書編織，一邊輪流向三人搭話。

靜書問勝宇，他幫英珠姐改稿之後會收到什麼謝禮，民哲則是非常好奇地問閔俊，英珠阿姨正在另一頭努力工作，他悠閒地坐在這裡沒關係嗎？勝宇要民哲把之前寫的作文再讓他看一次，而閔俊則問靜書，剛才喝的咖啡之中什麼味道最明顯，還有她喜不喜歡那種味道。就在四人聊天的同時，尚秀則悠哉地坐在結帳櫃檯，趁著招呼客人的空檔看書，而英珠在清點賣出了幾本書，同時盤算著要把今天訂購的書擺在哪裡。

就在此時，閔俊從靜書口中聽到了令他滿意的評價。他將兩個手掌輕輕按壓在桌面正打算起身，但書店大門打開，一名男人走了進來。男人一進書店就小心翼翼地彷彿在找什麼，接著男人的目光停留在英珠身上。男人似乎一眼就認出了英珠，但他卻只是一動也不動地站在門前望著她。從男人的眼角中閃過的親暱感與柔和的嘴巴線條，說明了兩人過去關係如何。是朋友嗎？閔俊一邊想一邊看著英珠，而英珠這時才察覺男人的存在。正在整理展示櫃的英珠放下了手上拿著的書，看到英珠的表情後，閔俊重新坐回座位上。有別於男人，英珠整張臉都僵住了。

看到原本打算起身的閔俊再次坐回座位並注視著某處，靜書和民哲也好奇地轉過身看向英珠，最後勝宇也以握著原子筆的姿勢望著英珠與男人。英珠帶著非哭非笑的表情和男人談話，接著她慢悠悠地轉過身走向四人，竭力隱藏的疲倦一覽無遺，甚至臉上完全失去了血色。英珠雖然露出了微笑，但在與閔俊搭話時卻失去了笑容。儘管如此，英珠仍以冷靜的口吻對閔俊說：

「閔俊，我出去一下。」

「好的。」

英珠在聽到閔俊的回答後轉過身，這時勝宇從座位上起身，喊了一聲，英珠也因此停下腳步。

「英珠小姐。」

英珠朝勝宇轉過身。

「您還好嗎？」

見勝宇一臉擔憂，英珠知道自己沒藏住情緒，露出淡淡的笑容說：「嗯，我還好。」

英珠外出後，四人繼續做各自的事。反正沒人知道那男人是誰，英珠又何以如此憔悴，因此他們並沒有聊關於英珠的事。閔俊再次回到崗位上泡咖啡，勝宇一臉嚴肅地埋首文章中，靜書在以鉤針織出的環保袋上加上提把，民哲則是以右手托腮的姿勢盯著靜書的動作，彷彿看幾個小時都不會厭倦似的。

後來，只要聽到有人踏入書店的動靜，四人就會抬起頭確認是不是英珠回來了。英珠已經外出兩小時了，這時靜書可能是按捺不住了，便走向正在泡咖啡的閔俊要他打通電話，但閔俊搖搖頭說再多等一會兒。就在這時，書店結束營業二十分鐘前，英珠帶著與外出時差不多的表情踏入了書店，同時大家也發現了英珠的眼睛有些紅腫。英珠帶著硬擠出來的笑臉回到四人身旁並說：

「大家都在等我嗎？真的很謝謝你們。閔俊，店裡沒什麼事吧？靜書，妳的環保袋這麼快就完成囉？妳真的要送給我吧？民哲，你怎麼到現在還在這，趕快回家耍廢吧。作家，真的很抱歉，怎麼辦呢？我今天時間好像不方便，之後一定請您吃飯。這次一定不會食言。真的很抱歉，謝謝大家，趕快收一收回家吧！」

四人很擔心地看著英珠，在做出適當的反應後，各自悄悄地協助英珠善後，把凌亂的書籍整理好，鎖上窗戶，也把桌椅排列整齊。原先說要趕緊收拾好回家的英珠，卻呆呆地坐在椅子上，慢吞吞地整理桌面。她蓋上筆電，將文具放回原位，無謂地檢視備忘錄，而後因為回想起今天發生的事而不住哽咽，稍微閉了一下眼睛又張開，表情凝重，接著再次整理表情。看著英珠獨自一個人難受的模樣，閔俊來到她身旁坐著。

閔俊告訴英珠，今天她不在店裡時沒什麼事，雖然碰上一位奧客，但尚秀三兩下就輕鬆解決了。「幸好沒發生什麼事。」英珠點點頭說完之後，又以她特有的語調開玩笑說：「還以為沒有我會天下大亂呢，每天都只窩在書店裡，以後就不必放心不下了。」

但閔俊搖搖頭回嘴：「老闆不在，書店當然會大亂啦。出去玩是很好，但您可別有這種想法。」

聽到這番話後，英珠笑了一下。

英珠呆呆坐著的這段時間，靜書、民哲和尚秀已悄悄地離開書店，勝宇則坐在咖啡區，將已經改好的文章一讀再讀，偶爾才朝英珠的方向望去。等到書店工作都整理完畢，閔俊再次回到英珠身旁坐下，這時英珠便像是醞釀已久似地開口說：

「剛才我正在回想這間書店開幕的那一天。雖然我過去總是忙得焦頭爛額，但那天更是如此。書店連四分之一的書都沒有進來，而我一心只想著要開書店，卻連要取什麼名字都沒有決定好……直到開了書店之後，我才匆忙取名為休南洞書店。雖然剛開始我有點後悔，覺得把書店名字取得太過俗氣，但現在卻很喜歡，因為感覺這家書店似乎在休南洞已有很長的一段歲月。」

英珠停頓了一下，接著說：「開書店時，我只想著要邊閱讀邊休息。做著自己喜歡的事……一年也好，兩年也好，我希望能休息一段時日，就算沒賺到錢也無妨。」

「從您說要給我很高的工資時我就看出來了，可是曾經那樣說的您，最近卻過得很忙碌，一點也不像在休息。」閔俊一邊想像書店連四分之一的書都不到的樣子，一邊說。

「那是在什麼時候啊？我想不起來確切的時間，不過倒是記得你進來之後的某一天。從那天開始，我就有了想要繼續開書店的念頭，所以內心不免著急起來。我苦惱著該怎麼做才能讓書店繼續經營下去，開始過起夜不成眠的生活。」

「您找到讓書店繼續經營下去的方法了嗎？」

「沒有，目前還沒，但我有點害怕，因為變得忙碌起來，老是讓我想起從前的日子。我就是討厭過得太忙，才會拋下一切離開公司。我真的拋下了一切，我實在太痛恨那種生活，所以索性就都拋下了，隨著我的心拋下了一切。」

察覺英珠說到最後有些情緒起伏，閔俊因此側著頭觀察英珠的表情。這時勝宇將背包掛在右肩上走向兩人。勝宇一言不發地將紙張遞給英珠，並且決定什麼都不過問，因為要是問英珠好不好，感覺她會說自己沒事。英珠接過紙張，從座位上起身，她充滿歉意地說：

「作家，謝謝您，可是我今天……」

「剛才您不就說了嗎？請別放在心上。」

英珠接過的紙張上頭，全是密密麻麻的字。

「作家，真的很謝謝您。」

英珠道謝的神情顯得更加五味雜陳，她的眼角泛紅，眼神看上去很哀傷。勝宇總覺得對英珠的眼神感到很熟悉，但現在似乎知道了原因。勝宇在見到英珠之前，從她的文字中感覺到哀傷的情緒，而那種哀傷，有別於外表的開朗。勝宇感覺到英珠的哀傷與今天發生的事有關。剛才那男人會是誰呢？勝宇雖然很想知道今天發生的事對英珠來說具有何種意義，但他戰勝了自己的好奇心，只是默默地凝視英珠。之後，他什麼話也沒說，向兩人點頭致意後便轉過身去，就在這時，英珠叫住了勝宇。

「不過——」她的語氣帶有果斷的味道，勝宇又轉過身。

「您不好奇剛才那男人是誰嗎？」她帶著與果斷語氣不相襯的表情問。

「好奇。」勝宇壓抑心中的情感說。

「是我前夫的朋友。」

勝宇看著她，同時竭力避免眼中透露出些許驚慌。

「他來轉達前夫的問候，也順便問候我。」

「啊……好的。」

勝宇像是明白了英珠的意思，垂下目光。

勝宇再次致意後轉過身去，直到他打開門走出書店後，英珠便像是全身虛脫似地癱坐在椅子上，閔俊則是坐在英珠的身旁，一句話也沒說。

33｜揮別過去

回到家之後，英珠帶著在處理一件超級麻煩事的心情洗澡，換上另一套衣服後，便躺到了床上。雖然身心都累壞了，卻一點睡意也沒有。英珠的腦中依稀浮現昌仁的臉，而後又消失了。

她撐起身體，拿著放在一旁的書來到了客廳，坐在窗邊翻開昨天最後讀的頁數。英珠試著從第一個句子開始讀起，可是內容卻怎樣都進不了腦袋，所以她決定乾脆從書的第一頁開始讀起。好不容易才讀完一個又一個句子，最後英珠闔上書本，摟抱住自己的膝蓋。她將雙臂擱放在膝蓋上，接著把下巴靠了上去，將目光轉向窗外。一對看上去像是朋友的男女邊聊天邊走了過去，看到他們之後，英珠忍不住想起今天下午與泰宇之間的對話。就在英珠打算終止念頭，避免腦中再次浮現昌仁的臉孔時，她意識到自己不必刻意這樣做。如果想起，就任由它想起……因為今天英珠獲得了昌仁的許可。

泰宇是昌仁的朋友，但也是英珠的朋友。他是昌仁的大學同學，也是公司的同事，但和英珠是在公司認識的。嚴格來說，是泰宇替英珠和昌仁牽線的。因為當英珠和泰宇在休息室喝咖啡時，泰宇將走進休息室的昌仁介紹給了英珠認識。假如當天昌仁沒有目不轉睛地盯著英珠，那麼當兩人在新專案再次見面時，或許英珠就不會像他一樣積極靠近他。每當昌仁一步步走向她時，他總會說自己是第一次主動向女生攀談、約女生吃飯、和女生通電話，還有向女生提議交往。看著昌仁說這些話時手忙腳亂的樣子，英珠覺得他很可愛，於是和他開始交往，並在戀愛一年後結了婚。

她和他是調性類似的人。兩人用幾根手指頭就能數完的戀愛失敗經驗，也同樣描繪著相似的軌跡，而後以相似的理由劃上了句點。把工作視為第一順位的兩人，在聊起過去的交往對象因受不了而離開的往事時，還經常覺得好笑。對於不必因為忙碌而對另一人感到抱歉，兩人都覺得很高興，也不曾因為對方取消約會回到公司而發脾氣。他們認為沒辦法對另一人發脾氣，因為自己也曾經這樣。兩人談戀愛時非常自在，後來也很自然而然地結了婚，他們都認為，能理解自己的就只有對方。

英珠和昌仁無須計較誰快誰慢，一起在成功之路上奔馳，相較於家中的廚房，他們更常在公司餐廳碰到彼此。就算不知道最近對方在想什麼，也知道對方在帶領什麼專案時有多成功。就算兩人缺少對話，但信賴感卻一點都沒有少，身為一名勞動的人類，他們認為對方很傑出、很帥氣。身為伴侶的兩人，很喜歡也尊重彼此，這樣的兩人根本沒有離婚的理由，直到英珠變了個人。

英珠極度痛恨想起自己當時經歷的事。天底下多的是產生職業倦怠的上班族，即便是某一天起床時，真的很突然地開始痛恨去公司，想必這種經驗也不可能只有英珠遇過。有一天英珠在開會時，突然覺得心臟一陣發緊，話說到一半，腦袋變得一片空白，雙腿也沒了力氣。這個症狀後來也反覆發生了許多次，甚至有一天英珠覺得彷彿有人勒住了自己的脖子，慌張地衝出公司大樓。

英珠給自己下了診斷，說是因為專案累積了壓力，是自己太過疲勞所致，因此又抱病撐了好幾個月。可是就在某一天，她卻在走出家門後沒來由地落淚，沒辦法去上班。昌仁看到她的樣子後很訝異，要她身體不舒服就去醫院看病，接著就自個兒上班去了。那天，她很難得請了假去醫院，醫生問起英珠最後一次休假是在什麼時候。英珠回答想不起來，因為她不想說出自己連去度假時也都在工作。

醫生說會先開緩解緊張的藥物，要英珠先觀察症狀有沒有起色。醫生溫柔地凝視著英珠的眼睛，說她似乎長時間都活在緊張感之中，是因為她本人沒有察覺，所以身體才會發出訊號，也要她至少休息個幾天。聽完後，英珠在醫生面前哭了起來，肩膀不住地顫抖，可是卻不是因為醫生所說的話，而是因為那溫柔的眼神。這樣的溫柔，她究竟遺忘了多久？

站在昌仁的立場上，突然變了個人的英珠必然令他措手不及。看到曾經比誰都自信滿滿的英珠卻在一夕之間成了迷失方向的孩子，他一定飽受衝擊。她要求他在身旁陪伴自己，要他坐下來聽她說話，希望能向他吐露此時發生在自己身上的事，但昌仁很忙碌，他只是因為很忙，所以才會說另外再找時間。英珠固然諒解他，但同時也埋怨他。他雖珍惜她，卻不懂得表現溫柔，而這點她也一樣，畢竟兩人並不是為了對彼此溫柔才結這個婚。

因為他很忙，無奈的她只能一個人思考、一個人做決定。她慢慢地減少工作，盡可能休完年假，一有空就回顧從前。確實如醫生所說，她長時間都活在緊張感之中。是從什麼時候開始的呢？大概是從高一開始的吧。喜歡閱讀、和好友們玩在一起的英珠從高一開始變了。雖然父母在一夕之間經商失敗也是原因之一，但直到生意恢復正常為止，吸收了父母長達三年的不安，則是更大的原因。父母對失敗感到絕望，帶著蒼白的臉孔苦苦掙扎的不安，原封不動地依附在英珠身上，導致她成了時時被不安感包圍的孩子。要是出了什麼差錯，自己搞不好也會失敗，這種想法導致英珠經常伏首案前，在書桌前的她也依然惶惶不安。

英珠回想起高中時期。即便很想和好友們玩耍，但跑到朋友家去之後，她卻隨即感到不安，接著又回到了讀書室。大學時期也一樣，英珠很少和朋友們嘻嘻哈哈地喧嘩吵鬧。即便受到英珠爽朗的性格吸引，但知道她總是沒有時間之後，朋友們也漸漸地保持距離並疏遠了。

英珠總是很努力想要領先，不，在這種情況下，努力這兩個字並不適合。她就算不用努力也能認真讀書、認真工作，她確實就像是個不知休息為何物的人。

英珠獨自留在老公出門去上班的家中，思考往後要怎麼生活。她決定先辭掉工作。幾天後，她向他通報了自己的決定，他雖然貌似感到吃驚，但很快就接受了。只是這對她來說不夠，她希望他也能辭去工作，假如他繼續過著與現在相同的生活，她會覺得自己彷彿和過去同住在一個屋簷下，每次見到他，她的胸口就會彷彿被勒緊，眼淚會奪眶而出，也會感到心痛不已。她主張他應該為了自己而辭去工作，而他當然漠視了她的要求。兩人的意見僵持了好幾個月，直到有一天英珠告訴昌仁：「我們離婚吧。」

所有認識昌仁和英珠的人都訓斥了英珠一頓，大家都說，這世界上哪有會答應這種荒謬要求的老公，還叫英珠自己辭掉工作後，找個地方旅行再回來比較好。英珠能理解所有人都替昌仁說話，她自己也覺得自己在各方面都是加害者，無論是對自己，或是對昌仁。

媽媽尤其極力反對。媽媽每天看著女婿的眼色在家裡進出，在替女婿做早餐的同時坐立不安，還用這輩子沒說過的話責備英珠。媽媽要英珠清醒一點，狠狠地教訓她說，除了妳，哪裡還有為了男人認真工作而說要離婚的女人？媽媽最後留下這樣的話：「如果妳要這樣亂來，我以後不會再見妳，等妳改變主意再聯絡吧。」所以英珠之後再也沒有和媽媽聯絡。

辦理離婚手續的過程沒有太大困難，英珠代替忙碌的昌仁處理了一切，英珠要昌仁寫什麼，他就寫，要拍什麼，他就拍，要他來就來。直到前往法院的最後一天，昌仁都把此時發生在自己身上的事當成令人無言的玩火行為。他似乎從頭到尾都想採取旁觀者的立場，直到辦完離婚手續，昌仁才帶著毫無感情的眼神對英珠說：

「也就是說，妳是為了幸福才離開我的吧？這下正好，祝妳幸福，妳非得幸福不可，而沒有妳的我會過著不幸的生活。我怎麼都沒想過，有人會因為和我生活而變得不幸，怎麼就沒想過我會是不幸的元凶？妳忘了我吧，忘了和我一起度過的每一刻，不要想起我，也別記住我們一起走過的日子。我不會忘了妳的，我會一輩子埋怨妳，把妳想成是造成我不幸的女人。往後妳別出現在我面前，我們永遠都別再見面。」

昌仁說完這些話時忍不住痛哭失聲，彷彿這一刻他才理解自己身上發生了什麼事。

這是英珠和昌仁離婚之後，第一次回想起那天並安心地哭了。她的內心總懷有愧疚感，因此從沒好好哭過一場。她沒辦法放聲大哭，所以哭的時候也只能壓抑情緒。因為昌仁要她忘記，所以她認為自己應當遺忘。因為過於愧疚，所以無法正視愧疚；因為錯得太深，所以無法承認錯誤。但就在今天，昌仁派了泰宇過來，告訴她如今可以盡情地記住、盡情地哭泣了。

「我偶然地讀了妳寫的專欄。」泰宇說自己是在休南洞書店附近的咖啡廳看到的。

「我要昌仁看一下，他倒是沒說什麼就看了。自從你們離婚之後，只要提起妳的事，他就會突然發飆。他好像有空就會讀妳寫的專欄吧，說書店的社群網站和部落格的文章都讀過了，感覺妳現在的心情平靜一些了，所以他也放下了心。幾天前昌仁要我來見妳一面，替他傳達幾句話。他想說的是，他其實也做錯了不少事。後來想想，他才發現自己不曾問妳為什麼感到痛苦，還以為妳很快就會好轉。他說其實自己也曾感到不耐煩，因為妳沒去上班，把專案都丟下不管，所以其他人老是對他說些閒話。他以為自己只要不把在公司承受的壓力轉嫁給妳，就是在為妳著想，可是後來才知道並不是這樣。」

「轉換一下立場，想必我也會做出相同的事，」英珠邊撫玩杯子邊說，「是因為我太過陰晴不定了，萬一昌仁也像我那樣，我也一定會不耐煩。是我做錯了，昌仁沒做錯什麼。就這麼替我傳達吧。」

「也不確定妳會啊，說不定妳不會。」

聽到英珠的話後，泰宇露出微笑說。

「昌仁說很喜歡妳的文字。」

泰宇拿起眼前的杯子，喝了一口咖啡後又放下，接著凝視英珠的眼睛。

「不過，他說不知道為什麼，妳的文字中總透露出悲傷。看著妳做著自己喜歡的事應該很幸福才對，可是妳的文字看起來卻不幸福。他說，他不希望是因為自己，才讓過去那個精明幹練、自信滿滿的妳消失不見，所以他認為有必要讓妳知道，自己現在過得比想像中更好。雖然偶爾會埋怨妳，但並不因此覺得痛苦。其實，我也不知道是不是應該傳達這些話……」

泰宇稍作猶豫，喝了口咖啡，繼續說了下去：

「他說他和妳就像一對好搭檔，好搭檔只有在目標相同時才走得下去。他好像是說，是目標讓你們待在彼此身邊，當其中一人的目標改變了，這個組合就只能拆夥。拆夥，這是昌仁的形容。假如自己愛妳更多，他就會跟隨妳的決定了，但他很抱歉自己沒做到。不過，看妳這麼輕易地就離開他，看來妳似乎也沒有那麼愛他。兩人都把對方當成搭檔，所以才有可能拆夥。他說想傳達這些話。」

聽到泰宇的話，英珠沒有做出任何反應。

「他還要我傳達，妳離開之後和所有跟他有關的人斷了聯繫，但現在不需要這麼做了，他也要妳和現在坐在妳眼前的我保持聯繫。聽到這句話時，我真的開心死了，好歹我也是有想法的人，你們憑什麼要我見誰或不要見誰。」

看到英珠笑了一下，泰宇喚了她的名字。

「英珠。」

「嗯。」

「那時很抱歉。」

英珠以泛紅的眼眶看著泰宇。

「當時我好像太逼妳了。感覺妳好像太過輕易地就拋棄昌仁，所以我非常生氣。我只是單純地認為，只要是夫妻，無論發生什麼事都應該一起克服才對，但後來我才領悟到，我只顧著想昌仁，卻沒考慮到妳的心情。當時我好像沒有認真考慮到妳很痛苦的事實。對不起，雖然這句話為時已晚。」

英珠以手背擦拭流下的淚水，搖了搖頭。

「昌仁說想要在大約三年後跟妳見個面，因為他被外派到美國，三年後才會回來。他依然在公司混得很好，他說自己是工作狂體質。在妳離開之後，他也做了精密的健康檢查，但身體沒有任何異常，腦袋也很正常。啊，不過他說三年後見面這件事有個條件，如果彼此已經有交往對象或已婚狀態，那就不要見面，因為這樣有失禮儀。還有他說最重要的是這個，他要妳別暗自期待可以跟他重修舊好，因為他完全沒這個念頭。他說想到妳最後對他做出的那些行為，到現在都還覺得無言。」

英珠聽到泰宇的話後露出了微笑，因為想起了昌仁在女人面前算是冰山的類型。

英珠告訴泰宇的，多半是自己如何開了書店，還有怎麼經營的事情，她告訴泰宇，開書店是她從小就有的夢想。

「當時我就只想到要開書店。」

回到最喜歡閱讀、最開朗也充滿歡笑的國中時期，英珠就只想著要從那個地方重新開始。

剛和昌仁離婚，英珠便開始打聽開書店的地點。之所以會選擇在休南洞這個社區開書店，是因為將休南洞的「休」與「休息」聯想在一起，而英珠的心也自此與休南洞繫在一起。雖然從來沒有去過這個社區，卻感覺這裡充滿了彷彿相識已久的人。

原本打算慢慢打聽就好，但有了目標之後，英珠頓時成了說做就做的行動派。她到房屋仲介四處打聽，確認各種物件，不消幾天就遇見了目前休南洞書店所在的建物。聽說先前的屋主原本在這單層的住家開了一家咖啡廳，後來經營不善，這個空間已經被棄置好幾年。英珠一見到這棟建物就喜歡上了，儘管這棟荒廢的建物有許多需要打理的地方，但也因此建物的每個角落都能由英珠親手打造。英珠下定決心，要把這棟建物當成自己的人生一樣重建。

英珠隔天就買下了建物，也在附近找了一間視野好的住辦合一公寓。手頭能這麼寬裕，都是因為英珠從大學畢業就馬不停蹄工作換來的成果，也是將兩人過去一起住的公寓脫手的結果。室內裝潢從頭到尾整整花了兩個月，從選定廠商、討論設計到確認建材，都由英珠一手包辦。書店開張的第一天，英珠坐在書店椅子上望著窗外的那一刻，她才突然感受到自己做的這些事帶來的重量，忍不住潸然淚下。

英珠就這樣每天哭哭啼啼的，過起進書、迎接客人與泡咖啡的日子，直到有一天她回過神來，發現光顧休南洞書店的客人慢慢增加了，而自己也像國中時一樣成了每日閱讀的人。英珠彷彿被波浪沖走般漫無目的地漂流，但幸好，最後她抵達了自己鍾愛的地方。

做著書店的工作，力氣也逐漸恢復的同時，英珠對昌仁懷有的罪惡感卻與日俱增，包括單方面以自私的方式斷絕關係，沒有好好地說上一句「對不起」，沒有耐心等候昌仁，沒有再次去找他。儘管昌仁對英珠說這輩子再也不要見面，但英珠卻時時都在思考自己是不是該去向昌仁道歉。但她很害怕，假如昌仁想要的不是道歉而是其他，英珠該怎麼辦？

可是今天昌仁透過泰宇傳達的訊息正是這個。我已經向妳道歉了，所以妳也只要向我道歉就行了，還有，我們之間這樣就夠了。

此時英珠盡情回憶昌仁的種種。她回想起他們的過去，取出了壓抑多時的想法和情感。儘管過去的畫面與記憶猶如刀刃般不停地刺痛胸口，但她覺得自己現在能撐下去了。或許至今就是消耗了過多的能量在壓抑，所以這一切才會依然在她的體內停滯不前。往後她會揮別過去，即使要再哭泣一段時間，她也應該這麼做。

當她一次又一次揮別過去，直到就算想起了過去也不會再流淚時，英珠就能舉起手，開心地握住無比珍貴的現在。

34 若無其事

想當然爾，即便昨天發生了那樣的事，今天書店的氣氛也不會有什麼不同。就整體而言，書店就跟往常沒有兩樣，遇到尖峰時刻多少有些忙不過來，但如果是離峰時段，就能享受一段享用水果的愜意時光，而在這中間也有幾段小插曲。大約在中午左右，英珠獨自上班準備開店時，熙珠打開書店大門走了進來，但熙珠從來不曾在營業時間前跑來書店。

英珠吃驚地問熙珠有什麼事，熙珠沒有回答，只是用眼角偷瞄並觀察英珠的神色。書店開業初期，熙珠就見過無數次英珠哭哭啼啼的模樣。她大概是覺得一段時間風平浪靜，但現在不知道又發生了什麼事，所以才跑來一探究竟。英珠大方地接受熙珠鍥而不捨的目光，露出有朝氣的笑容，熙珠這才安心地提出了各種關於讀書會的意見，然後踏出了書店大門。走出書店的同時，她也要英珠若是發生什麼事就打電話給她。

下午靜書也來了書店一會兒，她說自己外出時買了兩片英珠喜歡的起司蛋糕。「為什麼買這個過來？」英珠問道，靜書才以她特有的清亮嗓音說：「讓您嘴饞的時候吃啦。」英珠道了聲謝後，靜書便笑咪咪地離開了書店。

今天默默地給予英珠最大幫助的人物，想必就是尚秀了。他完全沒有表現出來，而是用自己的方法從旁協助英珠。只要看到有客人靠近，貌似想問英珠什麼，尚秀就會窮追不捨地注視那位客人，直到對方也終於看著尚秀。當有了眼神交會的客人經過一陣猶豫後，糊里糊塗地走向尚秀並向他提問時，尚秀就會使出吟詩作對般的口才，徹底奪走客人的注意力，而向尚秀提問的客人，也必定會買一兩本書離去。

或許是尚秀的防禦策略起了作用，英珠倒是很從容不迫地完成了幾天後要在說書上提出的問題。在這次的說書上，也是第一次播放電影，從晚上七點半到九點，參加者會一起觀賞電影，而到十點之前，則會聊有關電影以及原著小說的故事。由於影評人會到場分享，因此英珠也會站在觀眾的立場上聽故事。

英珠和那天負責主持的影評人通過一次電話，兩人聊過之後，英珠覺得自己到時應該保持平常心就好。話筒另一頭的聲音讓人聽了很愉快，對方也很會說話，而且最重要的是，這位影評人似乎是談論自己喜歡的主題時，興致就會很高昂的類型。

儘管如此，為了以防萬一，英珠還是針對小說列出了幾道問題，之後觀賞電影時，也會抽空再列出比較電影和小說異同的問題。英珠坐在咖啡桌前，一邊喃喃念出問題一邊修飾句子，並用原子筆寫上修改內容，閔俊不知何時來到她身旁站著，垂下目光愣愣地看著題目，後來才大吃一驚問英珠：

「這是說書要問的問題嗎？」

「哦，啊，對啊。」

聽到閔俊突如其來的聲音，英珠抬起頭回答。

「小說的書名是《比海還深》*？」

「對呀，《比海還深》。」英珠似乎明白了閔俊何以這麼驚訝，笑著說。

「作者會親自來到現場？」閔俊不可置信地睜大眼睛問。

「這個就錯了，我們書店可沒那麼大咖。」

「不然呢？」閔俊邊問邊跟著英珠走向她的專用桌。

「影評人會來負責主持。」

「哦，也是啦，大人物怎麼可能大駕光臨呢？」

閔俊坐在英珠身旁，悄悄地觀察英珠的表情。

「你有看過是枝裕和導演的電影嗎？」

英珠沒察覺閔俊正在觀察自己的表情，一邊打開文書處理軟體一邊問。

雖然英珠的眼睛還是腫的，但相較於昨天算是恢復了血色，也可以看出浮腫正一點一滴在消退，因此閔俊帶著安心的表情輕鬆地回答：

「當然囉，他的電影我幾乎都看過了，我很喜歡。」

「只看書倒是沒辦法理解為什麼是名作耶。」英珠在需要修改的句子上移動滑鼠，一副不解的語氣。

「您一次也沒看過這位導演的電影嗎？」

英珠搖頭表示沒看過。

「那你應該也看過這部電影囉？」

「去年看過。」

「你覺得怎麼樣？」

「嗯，該怎麼說呢？是會讓人思考許多事情的電影，讓我思考是否成為自己想成為的大人，還有思考關於追尋夢想的人生。」

「想完之後的結果是什麼呢？」英珠一邊機械式地敲打修改內容一邊問。

「……假如我記得沒錯，男主角的媽媽不是這麼說嗎？所謂的幸福，是唯有放棄什麼才能手到擒來。男主角長期都寫不出小說吧？」

英珠輕輕點頭。

「即便是寫不出小說的那段時間，男主角不也在追尋小說這個夢想嗎？所以才會感到不幸福。他的媽媽會做出這種結論，或許也是理所當然的。就是因為那該死的夢想，

---

*由日本導演是枝裕和自編自導的劇情長片，片名取自華語歌手鄧麗君於一九八七年發表的日語單曲〈別離的預感〉中的一句歌詞。

才害得我的兒子變得不幸。在這一幕，我感受到的不是對男主角的憐憫，而是同意媽媽說的話。是啊，人也可能因為夢想而變得不幸啊。」

英珠停下了敲打鍵盤的動作。

「媽媽不是還說了這樣的話嗎？就是因為執意追逐無法實現的夢想，所以才無法享受每一天。我覺得這句話也說得很對，不過，如果能享受追尋夢想的過程，那就值得追尋了吧？」

英珠看了閔俊一眼，接著手指再次在鍵盤上飛舞。

「感覺每個人都會不一樣，端看他視什麼為價值。肯定會有為了夢想而不惜賭上人生的人，而反其道而行的人就更多了吧。」

「閔俊，你是哪一邊？」

閔俊回想自己過去幾年的生活並回答：「我應該是後者吧。雖然我能享受追尋夢想的過程，但放棄夢想才能享受的機率應該更高吧？我想要活得開心一點。」

「那我們是同路人囉？」

英珠將雙手擱放在筆電上，看著閔俊淺淺一笑。

「老闆您不是實現夢想了嗎？」

「是啊，而且也算是享受其中。」

「那我們就不是同路人了。」

閔俊開玩笑地劃清界線，英珠也聳聳肩笑了。

「少了樂趣的夢想，我好像也覺得不怎麼樣。究竟是夢想重要，還是樂趣重要？如果只能選一個，我也選樂趣！但我現在聽到夢想二字，心臟依然會撲通撲通跳。沒有夢想的人生，沒有流過淚水的人生，似乎也會同樣索然無味。不過，赫塞的《德米安》中曾出現這樣的段落——『沒有永遠的夢想，無論是哪一個夢想，都會由新夢想所取代，因此不能執著於任何夢想。』」

「聽到這段話後，我也希望能過這樣的人生。」閔俊緩緩起身說。

英珠則是抬起頭問：「什麼樣的人生？」

「就是試著隨遇而安，然後試著過追尋夢想的人生，等到最後能過夢寐以求的人生時，我要非常開心地過著更適合我的人生。」

「這樣很棒呢。啊，對了，閔俊……」

確認有位客人正一邊使用智慧型手機，一邊朝著咖啡區走去後，閔俊低頭看著英珠。

「這次要來說書的影評人，說跟你是同個學校、同個科系，還是同一屆的。」

閔俊瞪大眼睛問：「是嗎？叫什麼名字？」

「尹聖哲。」

閔俊瞬間陷入沉思，心想這是怎麼一回事，接著露出恍然大悟的表情。

「不過，您怎麼知道那個人的學校、科系還有哪一屆？」

「因為是對方先提出邀約的，問我說如果以是枝裕和導演的書辦說書活動怎麼樣，企劃書上頭有寫。」

「哈，企劃書上寫了一堆有的沒的呢。」

閔俊覺得很傻眼地笑了。

「是啊，看了滿臉問號。」

英珠收到企劃書之後也忍不住笑了，心想著怎麼連這些都寫上去了，但她馬上就回覆對方，一方面感謝對方提出這麼好的邀約，另外也為此調整行程。雖然才剛得知這位尹聖哲影評人的名字，英珠卻莫名產生了信任感。他展現了身為影評人對是枝裕和導演的深度關注，知識似乎也很淵博，而且最重要的是，光是讀幾個句子，就能立刻感受到他對文字的真心。能帶著這種真心誠意寫一份企劃書的人，感覺什麼都能交付給他。

「你很熟這位影評人嗎？」英珠開口詢問。

這時，閔俊一邊迅速地朝著幾乎快走到咖啡區的客人移動步伐，一邊說：

「是啊，再熟悉不過了。」

35 只是希望能互相喜歡

英珠將立牌放進書店，關上了大門。她看了一眼站在擺滿小說的書架前的勝宇，朝他走了過去。勝宇給走到自己身旁的英珠看了自己剛才取出的書，是尼可斯・卡山札基的《希臘左巴》（*Zorba the Greek*），也是兩人初次見面那天英珠提及的作家的小說。勝宇在把書放回原位的同時說：

「說書時，您提到了尼可斯・卡山札基吧？那天我回家之後再次讀了這本書。不瞞您說，以前我閱讀時並不覺得有什麼感動，只是因為別人都說這是本好書，所以才將它讀完。」

勝宇環顧眼前的眾多書籍，朝著英珠轉過頭。

「這一次呢，雖然不曉得是否促使我重讀的人也起了作用，但讀起來要比過去有趣多了，也能了解為什麼大家會喜歡左巴這號人物。仔細想想，我從出生到現在都不曾當過左巴這樣的人。我想也就是像我這樣的人，會對左巴產生憧憬吧。」

兩人的眼神有了交會。

「想必英珠小姐您也是那其中的一人。」

勝宇說完後，從英珠的身旁經過了。他坐在為客人準備的兩人沙發上，而英珠也在他的身旁坐了下來。把身子徹底埋進有溫馨燈光映照的沙發後，勝宇感覺過去幾天的煩惱一下子煙消雲散了。

「我在閱讀時感到很好奇，您透過左巴這號人物而產生了什麼樣的變化呢？又或者只是心懷憧憬，但並沒有任何改變？」

英珠可以理解勝宇為什麼會說這樣的話，想必他是看出來了，看似活得逍遙自在、幸福快樂的英珠，其實是個將自己囚禁在牢籠中動彈不得的人。他是想要英珠盡快掙脫束縛，和他一起如左巴一樣自由地活一回，去過有別於過往的人生，不作繭自縛的人生，不受心智囚禁的人生，還有不被過去綑綁的人生。英珠以略為不滿的語氣回嘴：

「對我來說，左巴只是其中一種自由罷了。在這世界上有各種自由，但我最喜歡的自由是像左巴那樣。我從來不曾想要活得像左巴一樣，也不敢那樣想，因為打從一開始，我就是小說中負責念口白的人，我就是只敢默默在一旁憧憬左巴那樣的人。」

勝宇緩緩地點點頭，說：「但如果憧憬某人，不是就會想去追尋嗎？即便是非常微不足道的部分，也會想要效法。」

「嗯，是有可能，我確實也跟著做了件事。作家您應該也會喜歡小說的那一幕。」

勝宇偏過頭看著英珠。

「跳舞的場面嗎？」

「對，就是那一幕。讀到那個場面時，我也想著，就過這種人生吧。即便失望了也跳舞吧，失敗了也跳舞吧，別太過嚴肅，笑吧，笑完之後再接著笑吧。」

「您成功了嗎？」

「成功一半，不過我果然天生就不是左巴那樣的人，就算笑著笑著仍會哭泣，跳著跳著也仍會跌坐在地。不過，我仍會再次站起來，笑著翩翩起舞，試著這麼生活。」

「很帥氣的人生呢。」

「是嗎？」

「聽起來是這樣。」

英珠看著勝宇輕輕地笑了。

「怎麼？您覺得我活得太過鬱悶嗎？因為被困在過去？」

勝宇搖頭。「不是的，我們都同樣受困於過去。我只是希望您的想法也能引領我往好的方向改變。」

英珠陷入短暫的沉默，然後問：「要怎麼做呢？」

「像左巴一樣。」

「像左巴一樣？」

「同時輕易地去愛。」

「輕易地去愛？」英珠笑著回答，但勝宇並沒有跟著笑。

「只對我如此。這自然是我的私心。」

短暫的沉默在兩人之間流淌，勝宇打破沉默開口：

「我有件事想問，方便問嗎？」

英珠帶著似乎知道勝宇想問什麼的表情點點頭。

「那天那個說是前夫朋友的人，應該沒有欺負您吧？」

還以為勝宇會詢問關於前夫的事，沒想到問的卻是這個，英珠忍不住輕笑出聲。

「沒有啦，他是個好人，也是我的朋友。」

「幸好呢，因為您那天的表情太凝重了。」

「是呀，會這樣想也很正常。」

英珠以爽朗的語調回答。勝宇沉默片刻，將背部靠在椅子上，接著又挺直腰桿問：

「我還有一件好奇的事。」

「嗯，我又得回答嗎？」

英珠反問時的語氣依然很開朗，讓勝宇搞不懂她此時是否包裝了自己的情緒。

他問：「為什麼告訴我那男人是誰呢？」

兩人互看著彼此，勝宇發現英珠的眼神逐漸轉變為先前告知他前夫的存在時的那種眼神，既哀傷卻又錯綜複雜的眼神。看到那樣的眼神之後，勝宇隨即明白英珠直到剛才都在掩飾自己的情緒。英珠平心靜氣地說：

「因為我不想說謊。」

「說什麼謊？」

「有時不做任何表示的行為本身不是會變成在說謊嗎？平時它無傷大雅，但有時卻會造成問題。」

勝宇淡淡地問了一句：「在什麼時候？」

「對對方懷有特殊情愫時。」

英珠說完之後，勝宇再次將背部埋進沙發，接著將英珠的話覆誦了一遍。

「特殊情愫。」

空氣中再度一陣沉默，這次仍是勝宇開口。

「遇見您之前，我曾經讀過您的文章。」

英珠轉過頭看著他，彷彿在詢問：「是嗎？」

「讀完文章之後，我很好奇您是什麼樣的人，但實際見到之後，卻和我預想的形象不同。那天您不是問我和自己的文字相不相似嗎？」

勝宇看著直勾勾地盯著自己的英珠，繼續說了下去。

「您問完之後，我也很想問，那麼您呢？在我看來似乎不像，但您自己是怎麼想的呢？」

「當時怎麼不問我呢？」

「我擔心您會一時慌了手腳，感覺我可能會脫口說出您和您的文字不像。我不想看到您慌了手腳，大概從那時開始，我就已經懷有特殊情愫了吧。」

英珠一言不發地看著勝宇，接著朝正前方轉過頭。勝宇凝視著這樣的她。

「可是，」勝宇說，「現在我的想法改變了，覺得您和您的文字似乎也有相似之處，不，是非常像。因為您的文字有一點垂頭喪氣的感覺。」

「竟然說垂頭喪氣。」英珠覆誦這幾個字，輕輕地笑了。

「因為悲傷而垂頭喪氣，可是臉上卻掛著笑容，讓人摸不著心思，也因此令人好奇的人。」

如今寒氣幾乎已經消退殆盡，即便只是輕薄的冬季外套也覺得熱，因此人們不是從衣櫃中找出最薄的夾克穿，不然就是脫下後拿在手上。這是個即便只穿件T恤在外頭走動，也不會讓人覺得寒冷，或看上去顯得單薄的季節。在英珠與勝宇坐著的沙發後方，透過窗戶看到的行人們也都穿著輕便的打扮。結束一天後踏上歸途的人們，他們會在經過書店時，漫不經心地轉頭看它一眼。

勝宇呼喚靜靜坐著的英珠。

「英珠小姐。」

「嗯。」

「我決定繼續喜歡您。」

英珠急忙轉過頭看著勝宇。

「我知道您為什麼會提起前夫的事，是希望我能離您遠一點吧。」

「不是那種意思，怎麼會要您離我遠一點呢。」英珠慌張地說。

「英珠小姐，」勝宇以比剛才更堅定的語氣呼喚英珠，他直勾勾地看著英珠說，「您過了幾年的婚姻生活？」

英珠吃驚地凝視勝宇，而勝宇也凝視著她。

「我原本也有個交往六年的女友，是我談最久的一段戀愛，只差沒有結婚而已……」

「不是那樣的。」

英珠的臉上充滿了錯綜複雜的心情，她說：「我之所以提起前夫，只是……覺得您會比較容易收回自己的心意。」

「我沒有死心，結婚算得了什麼？」勝宇不見動搖地說。

「我想的不是我曾經結過婚，所以和您之間不可能……沒錯，離婚算得了什麼？每個人都可以離婚啊，可是——」

勝宇凝視著她，臉上沒有任何表情變化。

「相較於離婚的事實，離婚的原因更重要，也就是為什麼離婚。」

在一言不發地看著自己的男人面前，英珠以發燙的臉繼續說下去，語速也加快了。

「我是搞砸婚姻的元凶，所以我把對方傷得很重。我很自私地擅自結束了關係。我愛過那個人，確實以我的方式愛過那個人，可是從某一瞬間開始，我自己變得要比那人珍貴。我心想，與其愛那個人而放棄我的人生，我想要放棄愛情，去過我想要的人生。我是把自己看得最重要的人，也覺得維持目前的生活方式很重要。還有，只要是為了我自己，為了我想要的生活方式，我可能又會在某一刻拋棄他人。也就是說，我並不適合當誰的另一半。」

說完話後，英珠的臉更燙更紅了，但勝宇只是目不轉睛地看著她。

英珠似乎認為自己應該擔負所有與離婚相關的責任，她已經做出了判斷，認為自己是極為自私、以自我為中心的人，因此，自己有可能再次傷害某人。而這，即是她選擇不去愛的理由。但是勝宇從來就不曾遇過沒有傷害過他人的人，也沒遇過總是站在利他的角度、以他人為中心的人。勝宇自己也一樣，至今他在戀愛時總會對對方造成傷害，總是聽到別人說他很自私。勝宇也同樣受了傷，他也同樣認為對方很自私。每個人都是這樣生活，還有，英珠自己大概也心知肚明。

儘管如此，她似乎尚未從往事走出來，她似乎還忘不了自己拋棄了某人，某個人因為她而受到傷害的事。或許，意識到自己是什麼樣的人之後，受到傷害的人是她自己。勝宇能體會她的心情，假如他也曾經遇過相同的事，說不定他也會用這種方式推開某人。

「我明白了，我應該懂您的意思。」勝宇壓抑住自己想說的話。

「謝謝您能諒解我。」英珠控制自己的情緒並回答。

「可是……我喜歡您的事，是不是讓您不高興？」

勝宇溫柔的目光投向英珠，英珠搖頭，像是在表示絕無可能。

「怎麼可能呢？只是……」

「今天就說到這吧。」

勝宇連看也沒看英珠就逕自起身，然後朝著大門走去，而英珠跟在他的後面。勝宇在大門前稍微停下腳步，轉過身看著英珠。他對於自己喜歡凝視她的事情感到心痛。他多麼希望能就這樣將英珠擁入懷中，溫柔地拍撫她的背部，也想告訴她，人與人之間本來就會互相傷害，本來就會分分合合，妳也不過是一時那樣而已，他想將英珠也早已明白的事實告訴她。但是，勝宇克制住自己的情感說：

「我希望能繼續上課，但您會不會不願意？」

英珠搖頭說：「不會呀，怎麼可能不願意，只不過我……」

「您不會覺得難受嗎？」英珠的眼神似乎如此詢問勝宇。

「對不起。」勝宇說。

英珠用一種不解勝宇為什麼要說這句話的表情看著他。

「我的心意似乎對您造成了困擾呢。」

勝宇靜靜地注視著不知道該如何作答的英珠。勝宇站在原地好一會兒，遲遲沒有移開步伐，經過一段沉默，最後才對英珠說：

「英珠小姐，我現在並不是要跟您求婚，只是希望能互相喜歡而已。」

勝宇說完想說的話，點頭向英珠致意之後，就打開門出去了。書店外面亮起的燈光照亮了勝宇走的路，英珠在勝宇離去之後的門前佇立了許久。

36─身邊有許多好人的人生

閔俊好像是第一次看到知美捧腹大笑。見到知美與英珠兩人的反應，似乎也讓聖哲越說越起勁。閔俊試著回想聖哲過去是否也是這麼愛說話的傢伙，但後來決定作罷。假如過去也是如此，他肯定會覺得人果然是不會變的，但如果過去不是這樣，他顯然又會覺得人果然都會變。

一小時前，知美說今天自己不上班，她說自己沒有想要獨自去哪玩，待在家裡也沒事可做，所以就跑來了書店。知美說話時的表情一如往常，也因此當閔俊聽到她說出這句話時，就像受到突襲般大受衝擊。

「我打算離婚。」

知美喝了口咖啡，接著又再喝了一口，還稱讚了一句：「越喝就越覺得滋味濃醇。」在這樣的知美面前，閔俊覺得很尷尬，不知道該擺出什麼樣的表情，最後只好帶著彷彿在生氣般的僵硬表情站著。知美瞅了閔俊一眼，再度喝了一口咖啡才說：

「現在這個表情剛剛好。你不知道該擺出什麼表情吧？我也一樣，不知道自己應該有什麼樣的情緒，所以乾脆不去感受任何情緒。」

閔俊到最後什麼也沒對知美說，只是小心翼翼地替她在已經見底的咖啡杯內倒入更多咖啡而已。知美向閔俊道謝的聲音就跟她的表情一樣，都與平時沒有太大不同。若是只聽她說話，會覺得知美好像什麼事都沒發生，若是再看她在英珠旁邊大笑的模樣，也只會再次確定知美果然什麼事都沒有。

開始播映電影了。參加說書的三十名觀眾一起觀賞是枝裕和導演的電影《比海還深》。閔俊將咖啡區整理好之後，也坐在最後一排最左側的座位上看電影。這部不斷重複展現主角良多窩囊的面貌，最後劃下句點的電影，向觀眾拋出了提問：我們是否成為了自己理想中的樣子？

雖然已經看過一次電影，但重刷之後，閔俊覺得良多這號人物是個對生活很笨拙生疏的人。他嘆了口氣，心想獨居的男人就非得過得那麼邋遢嗎？但之所以不覺得這樣的情節老掉牙，是因為他認為這只是一種設計，暗示不光是清理房間而已，男主角對整個人生都很生疏，甚至對於人生中唯一認為珍貴的小說創作都很不擅長。

看著電影播畢後，英珠和聖哲走到前面坐著的模樣，閔俊接著繼續思考良多何以對人生如此笨拙生疏的理由。想必那肯定也是因為人生是第一次吧。他懷抱小說家的夢想是第一次，被深愛的妻子拋棄是第一次，被深愛的兒子當成不爭氣的爸爸也是第一次，因此言行舉止才會那麼生疏笨拙，才會看起來那般孤單寂寞吧？

看著英珠提問、聖哲回答的模樣，閔俊也突然領悟到這個人生對自己來說也是第一次。觀看電影時，偶爾會獲得一些過於理所當然的體悟。今天閔俊因為這理所當然的體悟而打起了微微的冷顫。因為人生是第一次，所以只能百般苦惱；因為人生是第一次，所以只能惶惶不安；因為人生是第一次，所以才會如此珍貴；因為人生是第一次，所以我們無法得知人生會如何劃下句點；因為人生是第一次，所以就連五分鐘後會碰到什麼樣的事也無從得知。

聖哲就像在讀提詞機的主播般，流暢無礙地說著。聖哲以精煉的話語對觀眾說明是枝裕和導演的世界觀，以及它如何投射在電影裡頭。閔俊看著朋友的雙眼閃閃發光的模樣，胸口頓時一陣發熱。看到有人開心地做著自己喜歡的事，都會感到心滿意足，而因為那個人是自己的朋友，所以心情就更開心了。

從英珠的口中聽到聖哲名字的那天，閔俊和聖哲兩人重逢了。聽到要參加說書的影評人叫做尹聖哲的那天，閔俊在回家的路上打了通電話給聖哲。閔俊就像昨天才打過電話給聖哲似地，很自然地從手機中搜尋到他的名字，按下了通話鈕。當聖哲接起電話說出「欸！你在哪？」時，瞬間兩人都笑了。那天聖哲立刻就跑來找閔俊。

兩人在閔俊的房間聊到了凌晨，你一杯我一杯地喝起聖哲買來的燒酒，也化解了無法見面的歲月造成的尷尬感。聖哲說自己求職不順等遭遇反而是件好事，解釋了自己何以開始做起電影圈的工作。當閔俊問：「沒有隸屬於任何組織的你，為什麼是影評人？」

而聖哲則是瀟灑地回答：「因為我寫電影評論，所以就成了影評人啦。」接著又開始像以前一樣耍嘴皮子。

「你看好了，那個備受大家肯定的某某影評人寫的文章，跟我寫的文章根本沒有兩樣。」

「還有咧？」

「是他們互相給對方冠上頭銜，事先都串通好了。」

「是嗎？」

「即便是具有傳統與歷史的電影雜誌影評人，也無法保證他們就更懂得看電影，或者文章寫得比我更好。是大家一股腦地就相信了，覺得既然是那本雜誌的影評人，文章就肯定寫得很好，再加上如果周圍有幾個人說『這位影評人很會寫文章』，那人就成了文章寫得很好的人。你知道先有傳聞，後來才有文章的情況有多少嗎？」

「又在講那一套？你怎麼一點長進都沒有，還在講千萬電影之所以是千萬電影，是因為它剛開始是三百萬電影那些。」

「欸，世界上沒有什麼絕對的標準。當然有些文章一看就知道好壞，但水準差不多的文章，就是靠一張名片定勝負了。你看我的文章，這真的寫得很好。」

「誰說的？」

「我說的！涉獵無數篇影評的我說的！寫得好的文章都是半斤八兩。你等著看好了，看我是怎麼一舉成名的，搞不好大家會更吹捧我寫的文章。」

「欸，我們現在到底為什麼要講這些？」

「也就是說，我就是評論電影的影評人，不需要有誰給我頭銜，只要我這樣想就夠了。人生嘛，這樣不就行了嗎？」

聖哲說到這，也不知道是哪裡覺得好玩，咯咯笑了起來。他就這樣一個人盡情笑夠了之後，接著邊拍打閔俊邊說：

「你都不知道我有多懷念跟你這樣一搭一唱嗎？你過得怎麼樣？真的會繼續當咖啡師嗎？」

「大概吧。」閔俊乾掉杯中的燒酒說。

「這是你本來想做的嗎？」

「不是。」

「這樣也沒關係？」

「我以前想要的不就是找到工作嗎？希望能進一家好公司工作賺錢，過穩定的生活，可是就做不到啊，繼續懷抱希望也沒用。」

「以現在來說會太晚嗎？」

閔俊稍作思考，然後說：「這就不知道了，不過我現在並不想要那些了，現在的工作也很有趣。人生嘛，這樣不就好了嗎？」

閔俊拍打了聖哲的手臂一下，接著說：「泡咖啡也是一種藝術，是一種創意性的工作。即便使用相同的咖啡豆，今天和明天的味道都會不一樣，因為它會根據溫度、溼氣、我的心情、書店的氣氛而不同。調節咖啡的風味讓我覺得心情很好。」

「真是好棒棒。」

「很吵耶你。」

聖哲看著許久不見的好友問：「……不覺得累嗎？」

「當然不可能都沒事啊，但我還是裝作什麼事都沒有。雖然我渴望的瞬間並沒有降臨，但其實我也不會因此就覺得自己的人生是失敗的。」

「你並沒有失敗。」

閔俊看著聖哲噗哧一笑。

「當時只是覺得，不要太急著為發生在我身上的事情賦予任何意義，所以我決定不去深入思考關於我的人生，取而代之的是，我飯吃得很香，我會去看電影、上瑜珈課、泡咖啡。我把注意力從自己身上轉移到其他事物上，後來某一刻回顧自己，產生了這樣的想法，覺得我的人生並不是真的失敗了。」

「沒錯。」

「現在回想起來，大家幫了很多的忙。」

「是說誰？」

閔俊將背部靠在牆上，看了聖哲一眼。

「周圍的人。因為當我表現得若無其事的時候，周圍的人也真的都裝作若無其事。就算我沒有說出口，但他們似乎也看出來了，所以沒有人大驚小怪地給我安慰或為我擔心，感覺他們就只是接納了那樣的我。所以，他們讓我不必費力解釋自己，也讓我不排拒現在的自己。有了點年紀之後，還有了這樣的想法。」

聖哲用鼻子哼了一聲，咧嘴笑了。

「是又在耍什麼帥？好啦，我就應你要求問一句，你有了什麼樣的想法？」

「周圍要有很多好人，這樣才算是成功的人生。就算無法在社會上出人頭地，但多虧了那些人，還是能每天過著成功的生活。」

「哇……」

聖哲彷彿大受感動似地發出讚嘆聲。

「我喜歡這段話。要是往後我把你說的話放進文章，你可別說什麼。」

「你的腦袋這麼差，根本連記都記不住。」

「哇……就是因為這樣，我之前才不能跟金閔俊你見面，總之你根本是我肚子裡的蛔蟲。」

笑嘻嘻的聖哲朝著方才說出一段佳句的朋友舉起燒酒杯。

「那麼，我們對彼此來說也是好人囉？」

閔俊跟聖哲碰杯的同時說：「問題出在你吧，我本來就是個好人。」

「那就行了，我也是打從呱呱落地開始就是個好人。」

幾天前，因為喝醉酒而反覆說著相同的話的聖哲，此時已不見蹤影。從他口中蹦出來的所有句子都很單純、清楚且精準。聖哲的表情看起來游刃有餘，也很享受，這是閔俊認識他以來，第一次覺得他很帥氣，但並不是因為外表，而是因為他身上散發光采。

閔俊將目光從聖哲身上移開，轉向英珠和知美。英珠就坐在聖哲的身旁，而知美則是坐在觀眾席，當聖哲妙語如珠時，兩人就會哈哈大笑，但聖哲認真嚴肅地說話時，兩人又會同意地點點頭。掛在她們嘴角的微笑，似乎把聖哲的口才實力都給激發出來了。想必是那微笑給了閔俊時間，給了他緩緩接受人生的時間，給了他即便笨拙生疏、即便犯下失誤，仍相信自己能夠往前走的時間。

如今閔俊想將那樣的微笑送給兩人，送給明明狀態不好卻若無其事地笑著的兩人，還有送給周圍的人。最近幾天閔俊的心情非常好，感覺就像逐漸萌芽的某種想法最後憑藉自身的力量盛開似的，同時也像過去的閔俊和現在的閔俊久別重逢。過去的閔俊接受了現在的閔俊，而現在的閔俊也接受了過去的閔俊，最終也百分之百接受了目前這個人生。

重逢後的隔天早上，早早起床的聖哲把還在睡覺的閔俊搖醒。聖哲等待著閔俊睜開眼睛，然後就在他完全清醒之後，他說：

「我打算問完這個就先閃人了。」

閔俊起身坐著問：「問什麼？」

「鈕扣孔後來怎麼樣了？」

「鈕扣孔？」

「嗯，你以前不是說只有鈕扣，所以搞得自己一身狼狽嗎？現在怎麼樣了？」

閔俊搖頭甩掉睏意，看了聖哲一眼。他稍作思考後回答：

「很簡單，我換了件衣服穿啊，可是我卻發現那件衣服上已經先有了鈕扣孔。我做好符合鈕扣孔的鈕扣之後，後來扣鈕扣就很順利。」

「搞什麼，就這樣？」

「我是在說，在這世界上的某處，也會有一些事先把寬闊的孔洞打好，等待著某人找上門的人，甚至幫助找上門的人打造出他的鈕扣。看你的表情就知道你在想什麼，你是在問，體制一成不變，光是有幾個善良的人互相幫助有什麼意義吧？這個想法也沒錯，可是我昨天不也說了嗎？說需要時間。」

「時間……」

「稍作歇息的時間、思考的時間、享受悠閒的時間、回顧的時間。」

聖哲點點頭似乎明瞭了，他起身走向了房門，而就在這時，這次換閔俊問聖哲：

「你呢？你是怎麼辦到的？」

「啥？」

「你的學業成績不是很優異嗎？可是怎麼有辦法把上映的電影全都看過？明明過得那麼忙，怎麼還有辦法同時做自己喜歡的事？」

「這問題真傻。」

聖哲用指尖敲了敲流理台，同時說：「因為喜歡啊，哪還有別的理由？」

「就這樣？」

閔俊重新躺回被窩，聖哲笑了一下，揮了揮手。穿好鞋子的聖哲對閉著眼睛躺在床上的閔俊說：

「工作結束後我會過去書店，現在這裡成了我的祕密基地了。」

閔俊也沒睜開眼睛，就這樣搖了搖手。

37—心意確認測驗

閔俊比平常早抵達Goat Bean，他看到坐著的知美獨自在把弄咖啡豆。知美見到打開門進來的閔俊後，把放在旁邊桌面上磨好的咖啡粉遞給他。「今天用這個泡泡看吧。」閔俊就像隻溫馴的小狗般，依照知美的指示泡了咖啡。知美一言不發地緩緩吟味咖啡的滋味，接著將咖啡杯擱在旁邊的桌面上。閔俊也默默地啜飲咖啡，同時注視知美的舉動。她正做著看似毫無目的，但也不能說毫無用處的舉動——混合咖啡豆。

「如果把不同咖啡豆胡亂混在一起……會不會混出至今從來沒品嘗過，可是卻超好喝的咖啡？」

知美沒有抬頭，就像在自言自語似的。後來，她發現今天坐著的閔俊特別安靜，於是說：「有話想說就說吧。」

「沒什麼。」

「快說。」

「請問是不是因為我……」

知美露出一副「這又是在說什麼」的表情看著閔俊。

「什麼意思？」

「因為我那天說了那些話。」

「啊哈，」知美一臉無言地搖頭，「所以那天還有今天的你才會一臉沮喪樣啊。」

滿滿的歉意湧上心頭，閔俊的表情因此變得很凝重。

「我倒是想這樣說。多虧了你，我才能用客觀的角度去檢視我那非常不美滿的婚姻，所以我很謝謝你。這段歹戲拖棚的關係，也多虧你才能做個整理。」

聽到知美的話後，閔俊依然沒有放鬆表情。

「我錯就錯在執迷不悟地不肯放手。這次我明白了，好好生活，指的是過著好好整理的生活。因為恐懼、因為顧忌他人的眼色、因為擔心會後悔，所以就睜一隻眼、閉一隻眼的情況何其多？我也曾那樣，但現在整個人都輕鬆了起來。」

知美說到這裡，朝著閔俊轉過身坐著。她將左側的身體靠在椅背上，露出與平時無異的微笑，接著她做了個深呼吸，開始說起這段時間發生的種種。

「當時聽完你的話後，我明白了我需要時間。我需要以全新的視角來看待我們夫妻的關係，所以我停止了對那個人長久以來的抱怨、咒罵和嘮叨。就算那人凌晨三點才回家，隔天我依然笑臉以對；就算那人的衣服上散發可疑的香水味，我也裝作若無其事地笑著；就算那人把家裡搞得像豬窩一樣，隔天我仍露出了微笑。我決定靜靜地觀察那個人，同時客觀地看待我們的關係。

「但我只是做出這樣的舉動而已，那人卻從某一刻開始改變了。他不再凌晨才回家，還說自己從來沒有偷吃過，至少這點他可以對天發誓，而且我下班回家之後，發現家裡已經打掃得一塵不染。我還納悶這是發生什麼事了。每天晚上吃著那人準備的飯菜，總覺得有點彆扭，心想我們現在是要這樣生活了嗎？假如我沒有提出這個問題，想必我們到現在還會維持相同的生活模式。」

知美停了一下，然後轉過頭，目光越過烘豆機望著窗外。知美最喜歡的季節，春天，正在窗外搔首弄姿。

「我在吃著那人準備的晚餐時問了他，你最近怎麼表現得這麼好？結果他這樣回答，是因為我表現得很好，所以他也表現得好。我又問了，所以過去你會那樣是因為我表現得不好嗎？他說對。我問他，那你過去的舉動都是因為我做得不好，所以才故意表現給我看的嗎？他猶豫了很久，才說事實上他不知道從什麼時候開始演戲。我問他為什麼非得這樣做不可，他說是我毀了他的自尊心，說我之前太過露骨地指責他是個好吃懶做、一無是處的人，所以才會被惹怒，故意跟我唱反調。聽到這些話的瞬間，我就鐵了心要離婚了，覺得一切都結束了。」

知美一口氣喝光了變溫的咖啡，她的眼眶已經泛紅。

「我以前說過我本來是不婚主義者吧？小時候只要親戚聚在一起，就是在罵老公。

綜合所有人的說法就是這樣，她們為了替原本以為是老公的兒子擦屁股，弄得背脊都彎了。結了婚才發現，原本那個帥勁十足的男人，卻在一夕之間變成了孩子，成了她們必須溫柔配合他們的心情哄勸的人。她們說自己的老公不知道自尊心有多強，只要稍微說他兩句，就會馬上垂頭喪氣或勃然大怒，說已經徹底厭倦了這種生活。那麼，周圍的大人們就會這樣答腔附和，說有哪個男人不是這樣，其他老公也都是這副德行，湊合著過日子吧。

「我很痛恨這點。為什麼要和孩子結婚？為什麼都要迎合對方？所以我下定決心不結婚，直到遇見那個人，墜入了愛河。我上次說過吧？是我纏著他說要結婚的。可是那天晚上我領悟到了，啊，原來我也和以為是老公的兒子結了婚，原來我是和一個孩子生活啊。就在那一刻，一件事變得再明確不過了：和那個人生活的我過得太太太痛苦了。那個人讓我痛不欲生，痛苦得彷彿胸口在燃燒，可是我都已經知道了這全是那個人故意做出的舉動，要怎麼跟他繼續生活？所以隔天早上我就跟他說了，我們離婚吧。」

知美以比剛才更平靜的眼神看著閔俊說：「我做夢也沒想到，我在你面前罵那個人，就跟以前那些大人們沒有兩樣。對不起，閔俊，你應該不會因為我而覺得婚姻很可怕吧？」

閔俊搖了搖頭。

「您並不是只有罵老公而已，您在罵他之餘，也總會補充說他並不是那麼壞的人。」

聽閔俊沉穩地這麼說，知美用更開朗的表情回答：「當年大人們也這樣，她們總是盡情地罵完之後，最後以『不過還是沒人比得上他』做結尾。」

兩人一起無聲地笑了。

「閔俊，謝謝你總是不厭其煩地聽我說話。」

「我會繼續聽您說的，想說的時候就請跟我聯繫吧。」

閔俊用手假裝成話筒，轉換一下氣氛，知美也用右手比出了個OK。

英珠一抵達家門前，就看到兩個女人蹲在住辦合一大樓前，從她們手上提著的袋子形狀，可以看出知美是負責下酒菜，靜書是負責啤酒。三人一起走進屋內後，就一絲不亂地分別騰出空間、端來盤子並擺好下酒菜。接著她們彷彿接收到訊號似地，瞬間以大字形躺下來，暫時閉上了眼睛。「啊，好幸福。」英珠才剛說完，剩下兩人也忍不住應和：「真的。」一充完電之後，三人便起身開始享用眼前美味的食物。

知美挖了一口柚子口味的布丁，看著靜書。

「最近怎麼這麼難見到妳呀？很忙嗎？」

靜書挖了一口香草口味的布丁來吃，說：「我到處去面試。」

英珠則是替起司口味的布丁褪去外頭的包裝，同時瞪大了眼睛。

「面試？妳打算重新工作？」

「當然要工作啦。靜書一副理所當然地眨了眨眼睛，然後用戲劇性的語調說了一句：「問題出在錢、錢、錢啊！」之後，便將頭靠在牆上。

「問題總是都出在錢啊。」知美說。

「覺得休息夠了嗎？」

英珠靠在牆上，詢問失魂落魄地挖著布丁吃的靜書。結果靜書迅速地將背部移開牆面，以像平常一樣聰慧的眼神點點頭。

「休息夠了，我在休息的同時，充分學到了控制心智的方法。現在無論發生什麼事，我都能有自信地說『小菜一碟』，讓它們隨風逝去。」

「哦，很棒耶，再繼續說吧。」知美一邊搖動埋進布丁中的湯匙，一邊催促。

「往後就算生氣，我也不會像以前那麼痛苦了，因為生氣時我只要編織東西或冥想就行了。辛苦是免不了的吧，但我應該能夠克服。往後在公司上班久了，會遇到的王八蛋又何止一兩個呢？我想必也一直會是約聘人員，小看我的人也會持續出現吧？但那些人對我來說一點都不重要。內心的平靜，我的和平由我自己尋找。我會繼續享受我的嗜好，也會像姐姐妳們一樣繼續認識好人，同時試著戰勝這令人痛恨的世界。」

聽到靜書的一番話後，兩位姐姐以掌聲為她加油。三人接著各自分享了紓壓的方法。英珠說自己會去散步或閱讀，知美說自己會聊天或睡一整天覺，靜書說自己其實唱歌實力一把罩，很喜歡上KTV。聽到英珠說上一次去KTV好像超過十年了，靜書一臉錯愕，纏著兩位姐姐說這週末一起去KTV。三人拿起啤酒罐碰杯，說好週末要再聚一聚。

「不過，姐姐和那位作家怎麼樣了呢？」

靜書將啤酒罐放在地板上問。英珠裝傻似地眨了眨眼睛，露出一副不知道靜書在說什麼的樣子。不，與其說她在裝傻，不如說她是在想靜書是怎麼知道「那個」的。她以為自己可能聽錯了，所以才假裝不知道。靜書若無其事地再次問道：

「那位作家不是喜歡姐姐嗎？」

見英珠沒有任何回應，這次換知美插了進來。

「是誰？哪個作家？在他們書店進進出出的作家又不止一兩個，是在說哪一個？那個人說他喜歡英珠哦？」

「依我看是這樣啊？姐姐一臉憔悴地回來那天，那個作家的臉比姐姐更憔悴耶。」

知美觀察英珠的臉並問：「是在說妳前夫的朋友來找妳的那天嗎？」

聽到兩人的話，英珠也不作答，只是盯著客廳地板看，手卻不停地撫摸啤酒罐。見英珠的臉色不太對勁，靜書和知美於是互相交換了眼神，同意這件事就到此為止。

為了轉換氣氛，靜書說了上週去面試時發生的事。被問到這一年都做了什麼時，靜書非常理直氣壯地回答自己都在編織和冥想。靜書把面試官們錯愕到不行的表情演了一遍，惹得兩位姐姐同時哈哈大笑。三人酒足飯飽之後，一起躺了下來，就在天南地北地聊天時，知美突然伸直手臂，拍了拍英珠的手。

「今天謝謝妳了。我知道妳是為了讓我放鬆心情才約見面的。」

英珠也輕輕握住知美的手說：「每天來我們家也沒關係，今天想在這過夜也可以。」

「我也時間很多。」靜書也盯著天花板說。

「嗯，還有，那位作家，」英珠賣了個關子，然後看著知美，「我真沒想到自己會說出這種話，但我希望他能遇見比我更好的女人，所以發展得不順利。」

「什麼？」

知美猛然起身坐著，也把英珠拉起來坐好。

「我也沒想到我會親耳聽到這種話耶，就連最近電視劇也不會有這種台詞。這也太老派了吧？竟然希望對方能遇到比自己更好的人？妳為什麼會有這種想法？那個人不是了解妳的狀況，但還是喜歡妳嗎？」

「我並不是個好對象嘛，以談戀愛來說。」

英珠若無其事地說，同時打算再次躺下，但知美要她再次坐好。

「為什麼妳不是戀愛的好對象？妳又聰明，又會開玩笑，懂得讓別人心情放鬆，而且有點臭屁？比起這也不懂、那也不懂的人，可要有魅力多了！」

英珠稍微握了一下知美的手，然後在放開時說：

「還有，我也不太清楚自己的心。」

英珠想起了幾週前的週六，結束課程後走出書店的勝宇遞給她的書，是肯特・哈魯夫（**Kent Haruf**）的《心靈的深夜對話》（*Our Souls at Night*）。勝宇將書遞給她的同時說：「我在想這種關係不知道怎麼樣？」當天晚上，英珠雖然很猶豫，仍翻開這本輕薄優美的書，一口氣讀到了半夜。這本小說描寫男女遲暮之年的孤單與寂寞，以及在其中綻放的真摯愛情。這明明是描寫老年的故事，勝宇為什麼會把這本書拿給她呢？剛開始英珠很訝異，直到她再度閱讀那些劃了底線的句子，理解了勝宇想說的話。

喜歡和妳共處的時光，喜歡和妳聊天，因此別對愛情太過害怕，要是感到孤單，不想一個人待著時，就來到我的身邊吧。只要妳敲敲門，我隨時都願意替妳開門。

勝宇是在訴說，他會等待英珠。

知美拍了拍地板，低聲說：「不清楚自己的心……」

靜書代替沒找到答案的知美延續這段對話。

「碰到這種時候，不是應該要進行測驗嗎？碰到就連我都不清楚自己的心時，就需要做一次心意確認測驗嘛。」

「怎麼做？妳說說看。」知美說。

「姐姐，妳想想看，妳希望那位作家是像那天一樣，因為妳而臉色憔悴，還是像陌生人一樣坐視不管？當妳想哭泣時，妳希望他可以陪妳一起傷心，又或者坐視不管？當妳碰到開心的事時，妳希望他能替妳開心，又或者是坐視不管？就是像這樣做一次想像測驗。如果姐姐希望他不會對自己的事情坐視不管，就表示妳也對他有意思囉。」

英珠覺得靜書說的話很可愛，不禁莞爾，接著知美拍了一下英珠的手臂，提醒她現在可不是笑的時候。

「我很喜歡妳是個會思考的人，可是想法這玩意啊，有時真的會把人變得不怎麼樣。像妳這樣的人，總會讓想法走在心的前面，嘴上卻說不清楚自己的心，其實妳明明就知道。」

英珠聽到知美的話後依然露出了微笑。難道我也明白自己的心嗎？英珠想起了勝宇告白時凝視自己的眼神，以及他說「希望能互相喜歡」。英珠聽到這句話之後，是覺得開心呢，還是不開心呢？那天，自己是覺得心動了，還是心如止水呢？或許知美說得沒錯，也許英珠早就心知肚明。可是那重要嗎？我的心重要嗎？英珠無法做出結論。該怎麼做，該拿勝宇如何是好，英珠沒有半點頭緒。

38—將自己打造成更好的人的空間

閔俊，還記得第一次見到你那天我對你說的話嗎？我曾說，書店可能只能開兩年吧？我之所以從第一天就說出那樣的話，是因為認為必須事先說了，你也才能規劃你的未來。還有，在不知不覺中，我們共度的時光也接近兩年了呢。

開書店的第一年，也不知道是怎麼度過的。沒有你的休南洞書店是七零八落的，幸好當時就算我犯下了各種失誤，也不會有人看出來，因為幾乎沒有客人上門。如果你想知道那時的休南洞書店是什麼樣子，不妨就去問問民哲媽媽吧。民哲的媽媽對我們書店可是無所不知。

實際上，我在剛開始幾個月也不想刻意去招攬客人，因為我自己就像客人一樣，每天都很尷尬地走進書店。我嚴格遵守上下班時間，靜靜地坐在書店裡反覆思考與閱讀，就這樣帶著彷彿逐一找回失去之物的心情，度過一天又一天。書店剛開張時，我覺得自己就像一具空殼，但慢慢地那種感覺消失了，直到某一刻我才發現自己變得非常健康。那應該是在開書店半年左右的時候吧。

差不多是那時候，我開始用企業家的眼光看待書店。我的內心帶著這樣的想法，既然這個空間與時間來得就像一場夢，不如就把它當成一場夢來經營吧，但我領悟到自己必須用不同的視角來看待這個空間。雖然不知道能經營這個空間多久，不管時間會是兩年或三年，但我體認到，如果想要讓書店走下去，就必須有源源不絕的交換發生。因為書店是交換與書本相關的一切以及金錢的空間。我就像在寫日記般，每天都把「讓各種交換活動不斷發生，是身為老闆的工作」放在腦袋裡。我開始宣傳書店，努力避免休南洞書店失去它的本質，這樣的努力延續至今，而且「往後」也會持續下去。

自從你開始在書店工作，書店內又多了另一種交換，因為你的勞動力和我的金錢有了交換。這種表達方式會太過一板一眼嗎？會覺得我們之間的距離太過遙遠嗎？怎麼會呢！不正是因為有了這種交換，我們才會締結緣分、共度時光，並對彼此的人生造成影響嗎？隨著兩種交換形式在書店這個空間銜接、運轉，我開始感覺到更大的責任感。因為我必須努力賺錢，同時也必須為了把錢給出去而努力。

和你一起工作之後，我有了個願望，我希望你的勞動能被視為我的價值並獲得認可。所以「往後」我也會為了賺錢而努力，也會為了給出更多的錢而努力。你發現我為什麼三番兩次地提及「往後的事」了嗎？

有人替我工作，這件事令我時時心存感謝。假如沒有你，休南洞書店就不會有今天，不會有原本是來閱讀，後來卻迷上咖啡風味的客人，也不會有人接二連三地成為你的常客了吧？休南洞會在你出現後有了改變，並不單純只是因為咖啡的風味而已。我有說過嗎？你講求整潔、工作又勤奮的模樣成了我的榜樣。真的是這樣。在同一個空間一起工作的同事默默地做著自己該做的事，光是看到這幅情景，就為我帶來了力量。觀察你工作幾天的模樣之後，我開始對你百分之百信任。在這險惡的世界上，能夠信任我以外的人，是多麼令人開心、感激的事，想必你也應該懂這種心情吧？

儘管我非常感謝你替我工作，但另一方面卻又經常想著，要是你覺得自己是在為自己工作就好了，這樣你也才能從工作中找到意義。過去的經驗教導我的就是這些。「即便是在為他人工作的瞬間，我也必須是為自己工作。」因為是為了自己工作，所以不能敷衍了事。

但是，更重要的是，即便在工作的瞬間、即便沒有在工作的瞬間，都不該失去自我。另外還有一件事不能忘的：倘若工作的生活並不會令人感到滿足或幸福，覺得每天毫無意義、痛苦不堪，那就應該去找別的事做。因為我的人生就只有一次。你在休南洞書店過的每一天是什麼樣子呢？是不是在工作的過程中遺失了自我呢？我有點擔心這點。

你應該能猜到我為什麼會擔心這件事吧？因為我就是讓自己在工作中迷失自我的過來人。我對於無法以健康的方式工作感到後悔莫及。我原本以為工作是像階梯一樣的東西，是為了抵達最頂端而一步步踩上去的階梯，但實際上工作卻像是米飯一樣，是每天都要吃的米飯，是對我的身心、對精神與靈魂造成影響的米飯。在這世界上，有人會選擇狼吞虎嚥，有人卻會全心全意地享用米飯。如今，我希望能為了自己，成為全心全意地享用簡樸米飯的人。

在書店工作的期間，我似乎成了更好的人。因為我不只是在想像中權衡書中學習到的知識，而是真的努力在這個空間裡實踐它們。儘管我是個有許多缺點又自私的人，但在這裡工作的同時，我想要多分享、多給予一些。我必須下定決心要分享與給予，才能成為那樣的人。要是我天生就是個心胸寬大的人就好了，但我卻不是。在這裡生活的同時，「往後」我也會繼續努力成為更好的人。我希望在書中讀到的美好故事，不只是停留在書中而已，希望在我生活周遭發生的故事，也能成為說給別人聽的美好故事。以這個角度來看，我想拜託你一件事。

我，要推翻第一天對你說的話，打算繼續經營這家書店。在這之前，畢竟我有太多消極的想法了，因為我害怕要是太過認真，又會活得像過去一樣。我害怕這個空間會被我當成「只有」工作的空間。還有，不瞞你說，我到現在還保有像剛開始六個月一樣，想以客人的心情進出書店的想法。過去我經常因為這種想法和情緒交錯在一起而拿不定主意，也經常猶豫該不該繼續經營書店。但如今我決定不再遲疑了，我喜歡這家書店，喜歡在這裡遇見的人們，喜歡來這個地方，所以我想繼續經營休南洞書店。

我想繼續經營，並試著從各種想法和情緒中找到適當的平衡。我應該做得到。我想讓這間立足於資本主義市場中的書店，同時也是我夢想空間的書店，長長久久地生存下去，我想繼續思考有關書店與書的一切。還有，我希望在思考這些事情的時候，有你陪伴在我身邊。你覺得怎麼樣呢？我們要不要繼續共事呢？你有意願當休南洞書店的正式員工嗎？

39 我們在柏林見

閔俊像是等待已久似地立刻接受了英珠的邀請。兩人面對面坐著，簽了一份新的合約。英珠將交疊的手臂擱在桌面，看著閔俊在合約上簽名並說：

「現在你就不能隨便辭職囉。」

簽好名字的閔俊將合約推到英珠面前，說：「這您就有所不知了，最近很流行離職呢。」

兩人相視而笑。

應該是從泰宇來過之後吧，英珠的心飛快地奔向了下一步。她停止描繪休南洞書店的尾聲，而是試著為休南洞書店的下一步擔負起責任。

內心一旦開始奔馳，就會推動英珠去執行計畫一、二、三。其中計畫一是把信賴的人放在身邊，計畫二是旅行。英珠打算離開書店一個月，並藉由探訪國外獨立書店，規劃該如何重新整頓休南洞書店。她決定主要去逛那些長久經營的書店，她想知道是什麼讓書店得以存活下來。

無論耗費再多力氣，想必也無法得到想要的結果。即便不是去國外探訪一個月，而是去一整年，誰又會知道書店會不會在隔年就關門大吉。但哪怕是只經營書店一個月，如今英珠也希望朝著可行的方向賭上希望。萬一往後休南洞書店跟到目前為止的休南洞書店有一丁點差異，想必那會是因為經營書店的人心境有了轉變。因此，英珠的心境必須率先改變才行——朝著希望改變。

出國一個月前，英珠將旅行計畫告訴了閔俊和尚秀，大家都同意將六月的休南洞書店簡化為最低限度的營運。「閔俊和尚秀擔任全職員工，每週工作五天，一天八小時，沒有任何演講、活動或課程。」靜書和宇植也說好有空就會過來書店幫忙。靜書負責網路訂單業務，宇植則是下班後先過來書店一趟，再看需要幫忙什麼。

英珠在ＩＧ和部落格上告知自己要去旅行的消息，上傳六月的行程表，打電話給幾個人打聲招呼後，又選了幾本書。情況允許的話，她打算在旅行地點也繼續撰寫書評。她決定挑選以旅行地點為背景的小說或散文。閱讀書本的方法中，最豪華的方法就是親自走訪書中的背景，在當地閱讀那本書。在美國紐約、在捷克布拉格、在德國柏林閱讀以那些城市為背景的書，度過幾小時的時間，對讀者來說，還有比這更浪漫的閱讀方法嗎？

英珠會在處理書店工作的空檔描繪往後的旅行。她想在陌生的城市一邊查看谷歌地圖，一邊尋訪書店，在找到的書店內尋找它獨有的魅力，並想像如何在休南洞書店呈現這魅力，接著為了尋找下一間書店而徘徊，坐在咖啡廳休息，然後繼續走路，逛書店，就這樣過一個月。儘管這次旅行的主要目的是探訪書店，但其實英珠的心也為了其他理由而有些許興奮。這是她第一次獨自旅行，也是第一次有個像旅行般的旅行。

前往機場的巴士內，首爾的夏夜在車窗外掠過。英珠的腦海中冷不防地浮現媽媽的臉，但她很快地就閉上眼睛並將媽媽的身影抹去。其實英珠知道為什麼媽媽對自己發這麼大的脾氣，是因為媽媽害怕也討厭失敗。對媽媽來說，離婚是女人最大的失敗，而媽媽是因為害怕、討厭女兒失敗，因此才拋棄了女兒。媽媽是在失敗面前變得懦弱的人，而她只是對女兒做出了懦弱之人會有的舉動。英珠並不想對這樣的媽媽解釋她的想法是錯的，世界已經改變了，還有最重要的是，妳的女兒絕對沒有失敗，至少目前為止，她並不想率先走向媽媽。

英珠將頭靠在椅子上欣賞窗外風景，這時她的手機開始震動。是民哲打來的。民哲以聽起來很彆扭的聲音說自己有話要說，所以才打了電話。英珠將目光放在車窗外，問他有什麼事，民哲說自己決定了不上大學。英珠停頓了一下才說：

「這樣啊，你做出了決定呢，做得很好。」

她還對民哲補充說，你還有很多時間，往後什麼都辦得到。她認為這句話雖然很常聽到，但確實也是如此。民哲說了聲「好」之後接著說：

「我也讀了《麥田捕手》。」

英珠眼睛一亮，彷彿民哲就在自己眼前閱讀那本書似的。她問民哲覺得怎麼樣，結果聽到民哲回答說很無聊之後輕輕地笑了。

「什麼嘛，你說看了書就是為了說很無聊嗎？」

「不是啦，」在電話另一頭的民哲以略為緊張的口吻說，「雖然很無聊，但說來也奇怪，我覺得主角跟我很像。其實我們根本不一樣，個性不一樣，做的行為也都不一樣，可是卻覺得跟我很相似。像是對世界漫不經心？對任何事都不感興趣？所以看著他，我發現原來不是只有我這樣，稍微放下了心。尤其是他在最後說要為了孩子成為麥田捕手的部分。阿姨記得這部分嗎？」

「嗯，記得。」

「我就是看到那個部分才做出決定的，覺得不上大學也沒關係。也不知道為什麼，但就變成這樣了，雖然並不符合邏輯……但他似乎在對我說，你這樣做也沒關係。」

「嗯，我能理解。」

英珠這次也點頭說，彷彿民哲就在自己面前似的。

「真的嗎？真的能理解嗎？我自己不太能理解自己耶。」民哲吃驚地問。

「真的啦，我能理解，我也常常在閱讀時做出那種決定，所以我很懂那種不符合邏輯的心情。」

「哦……那我應該沒關係吧？」

「你指什麼？」

「做出……不符合邏輯的選擇。」

「當然囉，這是個就算不符合邏輯，但你的心會替你加油的選擇。我也是這樣想的。」

「我的心？」

「是啊。」

「我的心做出的選擇？選擇我的未來？」

「嗯。」

「哦，聽到是我的心做出的選擇……我比較放心了。」

「是啊，別擔心。」

英珠的耳邊傳來幾聲民哲的呼吸聲，最後民哲的聲音變得開朗起來。

「那麼，阿姨，祝您旅程愉快，等您回來之後，我們在書店見。」

「好，你也保重。」

「好的，另外也謝謝您。」

「嗯？謝我什麼？」

「書店給了我很大的幫助，我很喜歡在那裡聊天。」

「啊，幸好你這麼說。」

掛斷電話後，英珠正打算將手機放進背包，這時手機再度震動起來。英珠心想著是不是民哲打來的，結果發現來電者是勝宇。英珠五味雜陳地盯著勝宇的名字。當她把旅行計畫告訴勝宇的那天，勝宇什麼也沒問，反正先前的課程在五月就已經結束，也不需要在意勝宇的行程表。之後，兩人有近一個月的時間沒有見面，英珠只從專欄見到勝宇，或許勝宇也是如此。

就在英珠思考關於勝宇的事時，震動聲停止了，直到勝宇再度打來時，英珠立刻就接起了電話。好久沒聽到勝宇的聲音了。

「英珠小姐，我是勝宇。」

「嗯。」

「妳現在出發了嗎？」

「嗯，在路上。」

經過短暫的沉默，勝宇先出了聲。

「英珠小姐。」

「嗯？」

「六月的最後一週，妳計畫會在歐洲的哪個地方？」

「六月的最後一週？」

「對。」

「……在德國。」

「德國哪裡？」

「柏林。」

「妳有去過柏林嗎？」

「沒有。」

「我以前在柏林待了兩個月，去出差。」

「哦……」

「我可以在那一週去柏林嗎？」

「什麼？」

一聽到勝宇的提問，英珠的腦袋瞬間一片空白。

「我那週休假，所以在想或許可以成為妳的旅伴，妳覺得呢？」

「啊……」

聽到英珠語帶遲疑，勝宇淡然地回應：「妳覺得我去不好嗎？」

「因為太突然了。」英珠隱藏自己緊張的心情說。

「嗯……也是啦，我也覺得是這樣，不過我還是想問一下。」

眼見英珠沒有任何回答，勝宇帶著結束通話的意味向英珠致意。

「那祝妳旅途平安，就先這樣。」

不知為何，英珠總覺得這一刻可能會是最後一次聽到勝宇的聲音。她將目光轉向了窗外，看見了遠處從機場散發出來的燈光。

「作家。」

「嗯。」

「因為你都沒說話，還好嗎？」

「嗯，還好。」

「好的……那就先這樣。」

「作家。」

英珠連忙喊了一聲。

「嗯。」

想到結束這通電話後似乎就見不到勝宇了，英珠並不想掛斷電話，可是又該說什麼話才好呢？她按照平常的想法，要是不清楚自己的心，最好的方法就是據實以告，於是對勝宇說：

「我也不太清楚你來柏林是好還是不好。不久前有人這樣說，不清楚自己的心時，就做一次想像測驗，可是我現在想像不太出來，我不知道這種時候該怎麼做才好。」

「那我來幫妳吧。」

「要怎麼幫呢？」

「妳想像一下和我在柏林一起走路、一起去逛書店、吃飯，還有喝杯啤酒的畫面。想像一下，大約三十秒。我給妳三十秒。」

英珠帶著迫切的心情，按照勝宇的指示去想像自己和勝宇喝茶、吃飯與小酌的畫面；和他並肩一起走在街上的畫面，和他一起走進初次造訪的書店，聊著關於書本、關於書店的畫面；英珠提問，勝宇回答，又或者勝宇提問，英珠回答的畫面；兩人閱讀同一本書後討論的畫面；英珠在一旁捉弄勝宇，妨礙他寫文章的畫面；英珠在閱讀時，勝宇在旁邊開玩笑、逗她笑的畫面。英珠想像著這些畫面……但她並不覺得討厭。她並不討厭和勝宇在一起，她想和他同行，和他聊天。

「怎麼樣？光是想像和我在一起的畫面就覺得討厭嗎？」

「沒有。」英珠老實回答。

「那……我可以去嗎？」勝宇遲疑地問。

「可以，我們在柏林見面吧。」英珠平靜自在地對勝宇說。

「好的。」勝宇回答。

英珠搭乘的巴士進入了機場。

40 是什麼讓書店生存下來？

一年後。

英珠一邊喝著閔俊泡的咖啡，一邊持續用目光追逐書中的字句。民哲說自己認識的作家就只有沙林傑，因此憑著「輕薄」這個理由挑選了這本書。英珠一邊閱讀沙林傑的《法蘭妮與卓依》（*Franny and Zooey*），一邊暗自在心中對挑選這本書的民哲大喊：「活該！」這本輕薄卻深奧的書，那小子真的會覺得有趣嗎？

目前雖然只有英珠和閔俊上班，但十五分鐘過後，尚秀也會來上班。尚秀從半年前開始在休南洞書店擔任員工。聽到英珠提出要他來當正職員工，而不是兼職人員的邀約時，他問的第一個問題是關於頭髮的長度。聽到尚秀說，假如必須剪頭髮，他就當不了正職員工，英珠回說他這樣可以當正職員工。儘管尚秀以一種冷靜到近乎木訥的態度接受了邀請，但以正職員工之姿第一天上班時，他的臉卻因興奮而略微發紅。幾天後尚秀向英珠稍微透露了口風，說這是他出生以來第一次當正職員工。

尚秀成為正職員工的下個月開始，休南洞書店有了張小書櫃，放的都是尚秀閱讀的書。書櫃最上面那格寫著「短髮書蟲尚秀讀過的書」，旁邊還寫著「請客人們一起來閱讀，再和尚秀聊聊這本書」。儘管如今尚秀忙著工作，一天只能讀一本書，不過他依然恪守身為書蟲的本分，在客人面前滔滔不絕，讓他們聽得如痴如醉。經常來休南洞書店的客人們，如今也很自然地會先請尚秀推薦書，而不是請英珠推薦，而其中有不少人好奇尚秀都是在讀什麼書。就是考慮到這點，英珠才會打造出尚秀的專屬書區。

三個月前，英珠僱用民哲當工讀生。決定不上大學的民哲結束為期三個月的歐洲旅行，在春天回到了家中。歐洲旅行是熙珠以不去大學為籌碼，對民哲提出的要求。熙珠心想，與其窩在家裡耗時間，不如去陌生的世界走一趟，這樣對民哲也會有幫助。民哲去旅行時，熙珠帶著既興奮又苦澀的表情說，替民哲存的大學學費，現在都派不上用場了，所以現在家人可以輪流出去旅行了。他們說好，等民哲回來，就換熙珠夫妻倆接棒出發，並說民哲的爸爸為了這次的旅行甚至申請了留職停薪。熙珠夫妻倆目前正在環遊世界。

民哲旅行回來之後，不到一週就跑來找英珠。民哲帶著晒得恰到好處的皮膚和略帶成熟的表情，要英珠聘用自己當休南洞書店的工讀生。英珠當場就答應了，而民哲則從下個月開始，成了每週工作兩天、一天三小時的工讀生。民哲為了在休南洞書店工作，自行提出了一個條件，就是無條件參加書店活動，也就是在書店工作的四個人每個月共同閱讀一本書的活動。

不只是他們四人，這也是和所有知道休南洞書店的人一起進行的活動。每個月的一號，休南洞書店會選定「本月書店員工要讀的書」，並在社群網站和部落格上公開那本書，最後一個星期四，會和一起閱讀這本書的人們進行讀書會。剛開始扣除休南洞書店的員工，只有三四人參加，但現在人數增加不少，上個月就有十五人參加讀書會。這個月的讀書會，大家將會討論沙林傑的《法蘭妮與卓依》。

若要說起過去一年間休南洞書店最大的變化，那會是什麼呢？旅行回來之後，有段時間英珠維持過去的經營方式，但大約過了兩個月，她開始將這兩個月內在腦袋來來去去的想法付諸實踐。英珠決定在休南洞書店的深度和多元性中尋找它獨有的個性。就算客人們讀起來有些困難，但英珠決定以有深度的書為主進行策展，同時考慮到多元性，排除了暢銷書。

經營休南洞書店的同時，英珠老是在苦惱應該拿暢銷書怎麼辦。每次看到登上暢銷排行榜的書，內心就會鬱悶不已。問題並不在於登上暢銷排行榜的那本書，而在於一旦那本書登上暢銷排行榜，它就會蟬聯榜上的現象。久而久之，不知從何時開始，「暢銷書的存在代表多元性消失的出版文化」的想法也逐漸根深蒂固。

只要走進大型書店的暢銷書區，英珠就彷彿看到了出版市場的扭曲自畫像。僅仰賴幾本暢銷書的悲哀現實，這該怪誰呢？這並不是誰的錯，只不過是反映了不閱讀的文化中的各種面向罷了。面對這種現實處境，經營書店的人要做的，是不畏困難，依然傾注自己的棉薄之力，為讀者們介紹各式各樣的書，讓讀者們知道，在這世界上，不是只有成為暢銷書的幾本書而已，也不是只有寫暢銷書的幾名作家而已，而是有無數的好書，也有無數的作家。

為此，英珠能做的，就是在書店內排除暢銷書。假如直到昨天都還不是暢銷書，卻因為幾天前有知名人士在電視節目上提及，在今天成了暢銷書，英珠就不會再訂購那本書。並不是因為那本書不是好書，而單純只是為了追求多樣性。不過，英珠會挑選並採購與那本書的主題相同的書，假如有客人想找暢銷書，就能把其他的書介紹給他。

儘管不確定英珠的這種經營方式對客人們來說有多創新，但至少可以確定的是，這對聖哲來說具有十足的魅力。聖哲說：「那本書之所以是暢銷書，是因為它本身就已經是暢銷書了。」聖哲說不管是電影界或出版界都為了相同的問題而大傷腦筋，對英珠產生了革命情誼。聖哲總是把「希望能將更多好電影與好書介紹給更多人」掛在嘴邊。事實上，英珠去旅行之前，為了休南洞書店的未來所制定的計畫三就是這個——去掉暢銷書。

除此之外，過去一年間，休南洞書店也迎來了大大小小的變化，但其實從某方面來看又沒有太大改變。因為無論是過去的休南洞書店，抑或是現在的休南洞書店，都反映了英珠的理想和想法。英珠在尋訪國外獨立書店的過程中獲得的領悟是，所有書店都具有它自己的個性，而個性，就取決於經營書店的店主人身上。還有，打造個性所需要的是勇氣，為了把店主人的勇氣傳達給客人，需要的是真心。也就是說，需要的是勇氣與真心。

英珠心想，倘若能帶著勇氣實踐想法，又能不失去真心，或許休南洞書店就能像她造訪的那些書店一樣長久經營下去。此外，如果能持續反省與改變，休南洞書店的未來就能比想像中走得更遠。這一切想法的底下，要有英珠對書本持續不變的熱愛。

倘若英珠熱愛書本，書店員工也都熱愛書本，這份愛不也就能傳達給客人了嗎？倘若我們四個人能透過書來溝通，透過書來開玩笑，透過書來鞏固友情，透過書來延續愛，那麼客人不也就能明白我們的心了嗎？倘若在休南洞書店感受到唯有閱讀之人能打造出來的人生紋理，倘若唯有閱讀之人能打造的故事從休南洞書店流傳出去，大家不也會想要拿起書本來翻閱嗎？英珠希望能繼續閱讀、介紹好書，好讓大家在生活中驀然覺得需要故事時，就能找到書。

今天，英珠的一天也將與昨天相似。她會在書的包圍下，訴說與書有關的故事，做著與書有關的事，書寫與書有關的文章。她會抽空吃飯、思考、聊天，一下子憂鬱，一下子開心，而接近書店關門之際，她會說今天這樣算是過得還不錯，抱著愉快的心情走出書店。

在走回家的十分鐘內，她會與勝宇通個電話，回家後也繼續和勝宇通話，接著洗漱後上床休息。然後，搬到樓上住的知美說不定會跑來按門鈴，也說不定會與跟在知美後頭的靜書久違地來杯啤酒，又或者，因為職員增加而搬家的英珠，說不定會為了新家的視野不如之前的家而有些心情憂鬱。但到最後，英珠又會繼續捧讀昨夜沒讀完的書，藉此安撫自己的心，直到闔上書頁並躺下休息。

好好地度過一天，就等於好好地度過人生，英珠會想著這個不知在哪兒讀過的句子，沉沉睡去。

作者的話
描繪屬於你的休南洞書店

二〇一八年，在時序由春轉夏的路口，我一如往常地坐在書桌前盯著亮白的螢幕。那是我成為夢寐以求的作家後大約半年，我總覺得自己無法成為寫出好文章的散文作家，因此感到意志消沉，但即便如此，我仍覺得自己必須寫點什麼，所以日復一日地坐在書桌前。

不如來寫小說？

雖然我無法準確地想起是在幾月幾日幾點幾分冒出這個想法，但過了幾天後，我真的開始寫起了小說。書店名字的第一個字必須是「休」，書店的老闆是英珠，而咖啡師是閔俊。我就只帶著這三個設定寫起了第一個句子。除此以外，都是在寫小說時慢慢塵埃落定。假如突然有新的人物登場，這時才會決定他的姓名和特徵，不知道該說什麼才好時，就讓已經登場的人物和此時剛登場的人物對話，接著兩個人物就會自行展開劇情。說來也神奇，接下來的故事就會自動在腦中浮現。

創作小說的期間非常快樂，甚至到了令人吃驚的程度。過去經歷的寫作，是一場將我拉到書桌前坐下的艱難鬥爭，但這次卻不同，為了想要趕緊延續昨天寫到一半的對話，一大早就自動睜開了眼睛。到了夜晚，當眼睛變得乾澀，腰桿變得僵直，還有基於我給自己訂下的「不能超過一天勞動量」的原則，我會帶著遺憾的心情從座位上起身。創作小說的期間，相較於我親身經驗的事情，小說人物經歷的事要更令我在意。我的生活軸心，是隨著我所創作的故事繞轉。

儘管沒有事先描繪具體故事大綱，卻有事先設定好的氛圍。我想要創作氛圍如同電影《海鷗食堂》或《小森林》般的小說。我想打造出一個空間，擺脫沒有一刻能徹底歇息、只能咬緊牙關撐過的日常生活，從不斷鞭策你要更有能力、要加快速度的外界聲音中脫身。身處該空間，在溫柔紋理中蕩漾的一天，它並不是奪走我們能量的一天，而是替我們填滿能量的一天；它是開始時會讓人懷抱期待感，結束時會擁有滿足感的一天；它是能讓我成長，有成長帶來的希望，與一群善良的人進行有意義的對話的一天。最重要的，它是身體能獲得滿足、心靈能被接納的一天。我想描繪出這樣的一天，想描寫這樣度過一天的人們。

也就是說，我想創作的是我想讀的故事。是那些尋找屬於自己速度和方向的人的故事；是在苦惱、動搖、挫折中仍願意相信、等待自己的人的故事；是身處如果不管束自己的心，就會不由自主地貶低自己，貶低與我相關的許多事情，此時仍會支持我微小的努力、勞動和持續不懈的故事；是當我督促自己要做得更好，以致喪失生活樂趣時，能溫暖地摟抱我雙肩的故事。

雖然不知道這部小說是否符合我最初的期盼，但有不少讀者告訴我，這是本帶來溫暖安慰的小說。讀者們寬厚大度的書評，成了我溫暖的慰藉，感覺就像原本猶如島嶼般散落的我們相遇了。

如果不仔細觀察可能看不太出來，但《歡迎光臨休南洞書店》的人物們其實都持續在做某件事。他們透過改變各種微小之處而重新學習、磨練自己。即便從世界的標準來看，他們做的並不是能取得巨大成功的行動，但透過持續做著什麼，他們也不斷在改變與成長。而最後，他們因此站在了與起點相隔幾步遠的地方。他們所站立的位置，在別人眼中是高是低、是好是壞都無所謂，只要他們是自行採取行動、喜歡此時站立的地方，這樣就夠了。只要看待我人生的標準存乎於己，這樣便足矣。

即便不是每天，或許不是經常，但我們也不時會遇上發覺此時的人生「光是這樣就夠了」的瞬間。在焦躁與著急消失的那一刻，你會發現過去全力以赴來到這裡的自己實在是很了不起，實際上也相當令人滿意。倘若這些珍貴的瞬間匯集之處在於休南洞書店，那我希望能有更多人盡情去描繪各自的休南洞書店。

而我，想為在那個地方度過今日的你加油。

采實文化

文字森林
READING FOREST

線上讀者回函

在休南洞有一間小書店，
當你踏入這家書店的那一刻，
你將過上截然不同的生活！
你現在幸福嗎？
如果覺得有一點點辛苦，
那麼，就來休南洞書店逛逛吧！
——《歡迎光臨休南洞書店》

https://bit.ly/37oKZEa

立即掃描QR Code或輸入上方網址，
連結采實文化線上讀者回函，
歡迎跟我們分享本書的任何心得與建議。
未來會不定期寄送書訊、活動消息，
並有機會免費參加抽獎活動。采實文化感謝您的支持 ☺

文字森林
READING FOREST
文字森林系列 033

歡迎光臨休南洞書店

어서 오세요, 휴남동 서점입니다

作　者	黃寶凜（황보름）
譯　者	簡郁璇
封面設計	Dinner illustration
版型設計	許貴華
內文排版	許貴華
主　編	陳如翎
出版二部總編輯	林俊安

出版者	采實文化事業股份有限公司
業務發行	張世明・林踏欣・林坤蓉・王貞玉
國際版權	鄒欣穎・施維真・王盈潔
印務採購	曾玉霞・謝素琴
會計行政	李韶婉・許俽瑀・張婕莛
法律顧問	第一國際法律事務所　余淑杏律師
電子信箱	acme@acmebook.com.tw
采實官網	www.acmebook.com.tw
采實臉書	www.facebook.com/acmebook01

ISBN	978-626-349-269-1
定　價	430 元
初版一刷	2023 年 5 月
劃撥帳號	50148859
劃撥戶名	采實文化事業股份有限公司
	104 台北市中山區南京東路二段 95 號 9 樓
	電話：(02)2511-9798　傳真：(02)2571-3298

國家圖書館出版品預行編目資料

歡迎光臨休南洞書店 / 黃寶凜著 ; 簡郁璇譯 . -- 初版 . – 台北市 : 采實文化事業股份有限公司 , 2023.05
352 面 ; 14.8×21 公分 . -- (文字森林系列 ; 33)
譯自 : 어서 오세요 , 휴남동 서점입니다
ISBN 978-626-349-269-1(平裝)
862.57　　112005031